CANAÃ

Graça Aranha

Canaã

Principis

Esta é uma publicação Principis, selo exclusivo da Ciranda Cultural
© 2022 Ciranda Cultural Editora e Distribuidora Ltda.

Texto
Graça Aranha

Produção editorial
Ciranda Cultural

Editora
Michele de Souza Barbosa

Diagramação
Linea Editora

Preparação
Walter Sagardoy

Design de capa
Ana Dobón

Revisão
Fernanda R. Braga Simon

Imagens
Elena Schweitzer/shutterstock.com

Dados Internacionais de Catalogação na Publicação (CIP) de acordo com ISBD

A662c	Aranha, Graça
	Canaã / Graça Aranha. - Jandira, SP : Principis, 2022. 256 p. ; 15,50cm x 22,60cm. - (Clássicos da literatura brasileira).
	ISBN: 978-65-5552-744-5
	1. Literatura brasileira. 2. Imigração. 3. Corrupção. 4. Cultura. 5. Processo. 6. Pré-modernismo. 7. Resgate. I. Título. II. Série.
2022-0487	CDD 869.899-320 CDU 821.(81)-34

Elaborado por Lucio Feitosa - CRB-8/8803

Índice para catálogo sistemático:
1. Literatura brasileira : Romance 869.899-320
2. Literatura brasileira : Romance 821.(81)-34

1ª edição em 2022
www.cirandacultural.com.br
Todos os direitos reservados.
Nenhuma parte desta publicação pode ser reproduzida, arquivada em sistema de busca ou transmitida por qualquer meio, seja ele eletrônico, fotocópia, gravação ou outros, sem prévia autorização do detentor dos direitos, e não pode circular encadernada ou encapada de maneira distinta daquela em que foi publicada, ou sem que as mesmas condições sejam impostas aos compradores subsequentes.

Esta obra reproduz costumes e comportamentos da época em que foi escrita.

1

Milkau cavalgava molemente o cansado cavalo que alugara para ir do Queimado à cidade do Porto do Cachoeiro, no Espírito Santo.

Os seus olhos de imigrante pasciam na doce redondeza do panorama. Nessa região a terra exprime uma harmonia perfeita no conjunto das coisas: nem o rio é largo e monstruoso precipitando-se como espantosa torrente, nem a serra se compõe de grandes montanhas, dessas que enterram a cabeça nas nuvens e fascinam e atraem como inspiradoras de cultos tenebrosos, convidando à morte como um tentador abrigo… O Santa Maria é um pequeno filho das alturas, ligeiro em seu começo, depois embaraçado longo trecho por pedras que o encachoeiram, e das quais se livra num terrível esforço, mugindo de dor, para alcançar afinal a sua velocidade ardente e alegre. Escapa-se então por entre uma floresta sem grandeza, insinua-se vivaz no seio de colinas torneadas e brandas, que parecem entregarem-se complacentes àquela risonha e única loucura… Elas por sua vez se alteiam graciosas, vestidas de uma relva curva que suave lhes desce pelos flancos, como túnica fulva, envolvendo-as numa carícia quente e infinita. A solidão formada pelo rio e pelos morros era naquele glorioso momento luminosa e calma. Sobre ela não pairava a menor angústia de terror.

Absorto na contemplação, Milkau deixava o cavalo tomar um passo indolente e desencontrado: a rédea caía frouxa sobre Canaã, o pescoço do animal, que balançava moroso a cabeça, baixando de quando em quando as pálpebras pesadas e longas sobre os olhos viscosos. Tudo era um abandono preguiçoso, um arrastar lânguido por entre a tranquilidade da paisagem. Os humildes ruídos da natureza contribuíam para uma voluptuosa sensação de silêncio. A aragem mansa, o sussurro do rio, as vozezinhas dos pequeninos insetos ainda tornavam mais sedativa e profunda a inquebrantável imobilidade das coisas. Interrompia-se ali o ruído incessante da vida, o movimento perturbador que cria e destrói; o próprio sol nascente vinha erguendo-se repousado na calmaria da noite, e os seus raios não tinham ainda a potência de alvoroçar as entranhas da terra sossegada. Milkau caía em longa cisma, funda e consoladora. Quem não esteve em repouso absoluto não viveu em si mesmo; no turbilhão a sua boca proferiu acentos que não percebia; hoje, sereno, ele mesmo se espanta do fluido perturbador que emanava dos seus nervos doloridos e maus. As eternas, as boas, as santas criações do espírito e do coração são todas geradas nas forças misteriosas e fecundas do silêncio...

Na frente do imigrante vinha como guia um menino, filho de um alugador de animais no Queimado. O pequeno, muito enfastiado daquela viagem e do companheiro, deixava-se conduzir pelo seu velho cavalo. Umas vezes, soltava uma palavra que ficava morta no ar; outras, para se expandir, resmungava como animal, esporeava-o e o fazia galopar descompassado e arquejante. Milkau nesses momentos atentava no menino e se compungia diante da trêfega e ossuda criança que era essa, rebento fanado de uma raça que se ia extinguindo na dor surda e inconsciente das espécies que nunca chegam a uma florescência superior, a uma plena expansão da individualidade. E o viajante saía da contemplação, surgia do fundo dos seus pensamentos, e chamando a si o pequeno:

– Então, vens sempre ao Cachoeiro?

– Ah!... – disse o menino como que espantado de ouvir uma voz humana... – Venho sempre quando há freguês; ainda anteontem vim, mas desde muito não chegava ninguém da Vitória. Também choveu tanto estes dias!...

– De que gostas mais: de tua casa ou da cidade?

– Da cidade, nhor sim.

– Teu serviço em casa de teu pai é só acompanhar os passageiros para o Cachoeiro? – continuou Milkau no seu interrogatório, que despertava e alegrava a criança.

Esta respondeu-lhe agora prontamente:

– Ah! Nhor não!

– Que fazes então?

– A gente ajuda o pai... Às vezes, de madrugadinha, vamos para a pescaria levantar a rede. Hoje, antes do patrão chegar, estávamos já de volta... Também foi só cocoroca e um pinguinho... Só quatro... O rio está escasso. Seu Zé Francisco diz que é porque a água está fria, mas tia Rita diz que agora é tempo de lua e a mãe-d'água não deixa o peixe sair. O melhor é pescar com bombas; mas o subdelegado não consente e a gente tem que se cansar por nada.

– Aí no Queimado vocês não têm carne?

– Ah! Nhor sim, carne-seca na venda do pai, mas é para a freguesia. Nós comemos peixe, e, quando falta, a gente bebe mingau... Continuavam a marchar pela estrada adentro. A paisagem não variava no desenho; apenas o sol começava a incendiar o espaço. Milkau fitava com bondade o pequeno guia; este sorria agradecido, abrindo os lábios descorados, mostrando os dentes verdes e pontiagudos, como afiada serra; mas o rosto macilento se esclarecia com a grande doçura de uma longa resignação de raça.

– Quanto falta para chegarmos, meu filho? – perguntou ainda o viajante.

– Mais da metade do caminho; ainda não se avista a Fazenda da Samambaia, e de lá à cidade é o mesmo que para o Queimado.

– Tu voltas logo para casa, ou queres descansar um pouco? Fica até à tarde...

– Oh!, patrão... O pai diz que eu volte já; hoje é dia de ir com a mãe fazer lenha, após tratar dos animais, consertar a rede que a canoa de seu Zé Francisco arrebentou esta madrugada; e nós vamos à noite, antes de a lua aparecer, deitar a rede, porque hoje, se a água estiver quente, é noite de peixe... O pai disse.

O imigrante compadecido testemunhava naqueles nove anos do desgraçado a assombrosa precocidade dos filhos dos miseráveis. O pequeno, animado pela conversa, alinhava-se garboso no velho cavalo, empunhava as rédeas com firmeza, fincava as pernas de esqueleto e punha o animal num trote esperto. Milkau acompanhava instintivamente essa atividade, e os dois, assim, fugitiva ligação da piedade e da miséria, avançavam pelo caminho afora.

Pouco tempo depois, numa curva da estrada, o menino apontou para diante e voltando-se disse ao companheiro:

– Estamos na Samambaia.

Lá no alto da colina um casarão pardacento misturava-se à bruma azul-acinzentada do longe, e, à medida que Milkau prosseguia, o horizonte se ia estreitando, o morro na frente tapava a estrada, e parecia que esta, estirando-se num esforço, ia morrer sobre ele. Os viajantes margeavam ora o cafezal plantado na encosta das colinas, ora a roça de mandioca na baixada. A terra era cansada e a plantação, medíocre; ao cafezal faltava o matiz verde-chumbo, tradução da força da seiva, e coloria-se de um verde-claro, brilhando aos tons dourados da luz; os pés de mandioca finos, delgados, oscilavam, como se lhes faltassem raízes e pudessem ser levados pelo vento, enquanto o sol esclarecia docemente o grande céu e o ar era cheio dos cantos do rio e das vozes dos pássaros, que prolongavam a ilusão da madrugada. Sentia-se, ao contemplar aquela terra sem forças, exausta e risonha, uma turva mistura de desfalecimento e de prazer mofino. A terra morria ali como uma bela mulher ainda moça, com o sorriso gentil no rosto violáceo, mas extenuada para a vida, infecunda para o amor.

Milkau e o guia chegaram a uma porteira que fechava a estrada no trecho em que esta cortava as terras da Samambaia. O menino empurrou a cancela e com uma das mãos foi abrindo-a, enquanto ela rangia com um grito agudo. Milkau passou, e atrás dele uma pancada surda cerrou a estrada. Esta, logo ao penetrar nas terras da fazenda, descrevia uma curva que abraçava o vale e se aproximava da barranca do rio. O caminho barrento, pegajoso e úmido, cheio de sulcos de carro de boi, desprendia um cheiro de lama e estrume. Da estrada pelo morro acima o terreno era inculto, coberto de mata-pasto crescido, e sobre ele viam-se bois agitando com o movimento inquieto das cabeças a sineta que traziam ao pescoço, bufando e cantando insofridos a erva. Desenhava-se sob a pele dos pobres animais a rija ossadura. Faziam-lhes companhia aves de mau agouro, anus que trepavam nas suas costas de esqueletos, piando como pássaros da morte.

Quando Milkau se viu em frente à casa, largou esquecidas as rédeas do cavalo e pôs-se a mirar em torno. O casarão, à vista agora, era grande e acachapado, com uma imensa varanda em volta, sem janelas, e para onde se abriam as desbotadas portas do interior. Fora branco, mas estava enegrecido, com uma cor parda e desigual; aqui e ali o bolor sobre as paredes traçava estranhas e disformes visagens; da varanda descia uma escada de madeira já com falta de degraus e com os corrimãos arrancados; na frente, crescia livre a erva com touceiras de mato rasteiro, apenas cortado pelas picadas que levavam da estrada e de outras direções à casa de vivenda. Ao lado, uma capela, havia muitos anos fechada, guardando no seu silêncio a voz da devoção, que por ali passara, transformada em ignorado e misterioso relicário de antigas imagens de santos, talvez belezas ingênuas de uma arte primitiva, dentro da igrejinha, velados pelas divindades enclausuradas, jaziam no chão sagrado os túmulos de senhores e de escravos, igualados pela morte e pelo esquecimento...

O cavalo de Milkau continuava a passo, o guia bocejava indiferente e, erguendo uma perna, alçava-a sobre a sela num gesto de resignação. Voltando-se para a casa, viu um vulto que chegava à soleira da varanda, reconheceu-o e disse vagarosamente ao companheiro:

– Lá está seu coronel Afonso.

Milkau cumprimentou, tirando cortesmente o chapéu; o homem lá no alto correspondeu, erguendo indolente o sombreiro de palha. O dono da fazenda, de pés nus, calça de zuarte, camisa de chita sem goma, parecia, com a barba branca, muito velho, atestando na alvura da tez a pureza da geração. A fisionomia era triste, como se ele tivesse consciência de que sobre si recaía o peso do descalabro da raça e da família; o olhar, turvo, apagado para os aspectos da vida como o de um idiota; o esgotamento das suas faculdades, das emoções e sensações era completo e o reduzira a uma atitude miseranda de autômato. Mas, ainda assim, ele representava a figura humana, a mesma vida superior envolta na queda das coisas, arrastada na ruína geral. E não há quadro mais doloroso do que este em que a ação do tempo, a força da destruição não se limita somente às tradições e aos inanimados, mas envolve no descalabro as pessoas e as paralisa e fulmina, fazendo delas o eixo central da morte e aumentando a sensação desoladora de uma melancolia infinita.

Quase à beira do caminho estava a casa do forno, onde se preparava a farinha. Era um velho barracão coberto de telha carcomida e negra, sobre a qual um limo verde crescia, qual espessa e microscópica floresta. No interior estava armada a bolandeira, como uma sobrevivência das antigas moendas, e ao lado a roda onde no tempo do serviço se ralava a mandioca. Havia também dois se mexia a farinha pelo processo rudimentar das pás. Eram de cobre e destoavam do resto da engenhoca. Milkau notou, além disso, no grande desleixo da casa abandonada, restos de maquinismos espalhados pelo chão, tubos, caldeiras, rodas dentadas, atestando ter havido ali uma instalação melhor, que o homem, caindo de prostração em prostração, perdendo todo o polido de uma civilização artificial, abandonara agora em sua decadência, para se servir dos aparelhos primitivos que se harmonizavam com a feição embrutecida do seu espírito.

Milkau prosseguia pela estrada, abrangendo ainda com os olhos o quadro dessa triste fazenda. O vulto do coronel ficava imóvel na soleira da escada, presidindo com o olhar pasmado ao desmoronar silencioso daqueles restos de cultura, esperando na lúgubre atitude do inconsciente a lenta invasão do mato, que numa desforra triunfante vinha vindo, circunscrevendo, apertando o homem e as coisas humanas...

Os viajantes continuavam a mover-se dentro daquela paisagem onde as forças da vida parecia estarem paralisadas e onde tudo tinha a fixidez e a perfeição da imobilidade, quando, quebrando o caminho à direita, eles enfrentaram quase subitamente com um rancho de moradores. Era um pardieiro armado em cruz, coberto de palha, cujas línguas se projetavam desordenadas da cumeeira. O pequeno guia adiantou-se para a casa, instintivamente, como movido por longo hábito. À porta do rancho um velho cafuzo, com os olhos nevoados, fitava vagamente o espaço, encostado ao moirão: apenas trajava uma usada calça, o tronco estava nu, e sob a pele ressequida desenhava-se a envergadura de um esqueleto de atleta; sobre o dorso, como em moribundo cepo de árvore, crescia uma penugem branca encaracolada, que subia até ao queixo e formava uma rasteira barba. A sua postura era de adoração rudimentar, de um nunca terminado pasmo diante do esplendor e da glória do mundo.

No batente da porta sentava-se uma mulata moça. Toda ela era a própria indolência. Os cabelos não penteados faziam pontas como chifres, a camisa suja caía à toa no colo descarnado, e os peitos de muxiba pendiam moles sobre o ventre; em pé, ao seu lado, um negrinho vestido apenas de um cordão ao pescoço, donde se dependuravam uma figa de pau e um signo de Salomão, mirava embasbacado os cavaleiros que se achegavam ao tijupá.

Milkau cumprimentou o grupo, que sem o menor alvoroço o deixava aproximar-se. Apenas o velho disse, respondendo à saudação:

– Se apeie, moço.

– Não, obrigado. Quero chegar cedo...

– Eh! Meu sinhô, daqui ao Cachoeiro é um instantinho. Olhe só... Vencendo duas curvas do rio, está-se na cidade...

Depois o velho, como se refletisse um momento e sentisse despertar em si uma ânsia de comunicabilidade, insistiu com Milkau para que se apeasse. O guia não esperou mais, pulou da sela, e, abandonando o seu cavalo, segurou pelo freio o do viajante, enquanto este punha o pé em terra e bocejava numa satisfação de repouso.

O estrangeiro apertou a mão calosa e áspera do velho, que abriu os lábios numa rude expressão de riso, mostrando as gengivas roxas e desdentadas. A cafuza não se mexeu; apenas, mudando vagarosamente o olhar, descansou-o, cheio de preguiça e desalento, no rosto do viajante. A criança acolheu-se a ela boquiaberta, com a baba a escorrer dos beiços túmidos.

Da porta Milkau via claramente o interior da habitação. A cobertura era alta no centro e pendia em declive tão rápido para os lados que nas extremidades um homem não podia ficar em pé; a mobília miserável e simples compunha-se de uma rede cor de urucu armada num canto, de outra dobrada em rolo e suspensa num gancho, uma esteira estendida no chão de soque, dois banquinhos rasteiros, um remo, molhos de linha de pescar e alguns pobres instrumentos de lavoura. Uma pequena divisão de palha, como que um biombo fixo, separava um dos cantos da peça, formando um quarto, onde se viam uma esteira e uma espingarda. No fundo, a porta abria para uma clareira do mato, na qual uma touça de bananeiras se multiplicava, e junto a essa porta pedras negras que se misturavam a restos de tições apagados indicavam a cozinha.

– Mora aqui há muito tempo? – perguntou Milkau.

– Fui nascido e criado nessas bandas, sinhô moço... Ali perto do Mangaraí. – E, tateando o espaço, estendia a mão para o outro lado do rio: – Não vê um casarão lá no fundo? Foi ali que me fiz homem, na fazenda do Capitão Matos, defunto meu sinhô, que Deus haja!

O estrangeiro, acompanhando o gesto, apenas divisava ao longe um amontoado de ruínas que interrompia a verdura da mata.

E a conversa foi continuando por uma série de perguntas de Milkau sobre a vida passada daquela região, às quais o velho respondia gostoso, por ter ocasião de relembrar os tempos de outrora, sentindo-se incapaz, como todos os humildes e primitivos, de tomar a iniciativa dos assuntos. Ele contou por frases gaguejadas a sua triste vida, toda ela um pobre drama sem movimento, sem lances, sem variedade, mas de quão intensa e profunda agonia! Contou a velha casa cheia de escravos, as festas simples, os trabalhos e os castigos... E na tosca linguagem balbuciava com a figura em êxtase a sua turva recordação.

– Ah, tudo isto, meu sinhô moço, se acabou... Cadê fazenda? Defunto meu sinhô morreu, filho dele foi vivendo até que Governo tirou os escravos. Tudo debandou. Patrão se mudou com a família para Vitória, onde tem seu emprego; meus parceiros furaram esse mato grande e cada um levantou casa aqui e acolá, onde bem quiseram. Eu com minha gente vim para cá, para essas terras do seu coronel. Tempo hoje anda triste. Governo acabou com as fazendas, e nos pôs todos no olho do mundo, a caçar de comer, a comprar de vestir, a trabalhar como boi para viver. Ah! Tempo bom de fazenda! A gente trabalhava junto, quem apanhava café apanhava, quem debulhava milho debulhava, tudo de parceria, bandão de gente, mulatas, cafuzas... Que importava feitor?... Nunca ninguém morreu de pancada. Comida sempre havia, e quando era sábado, véspera de domingo, ah! meu sinhô, tambor velho roncava até de madrugada.

E assim o antigo escravo ia misturando no tempero travoso da saudade a lembrança dos prazeres de ontem, da sua vida congregada, amparada na domesticidade da fazenda, com o desespero do isolamento de agora, com a melancolia de um mundo desmoronado.

– Mas, meu amigo – disse Milkau –, você aqui ao menos está no que é seu, tem sua casa, sua terra, é dono de si mesmo.

– Qual terra, qual nada... Rancho é do marido de minha filha, que está aí sentada, terra é de seu coronel, arrendada por dez mil-réis por ano. Hoje em dia tudo aqui é de estrangeiro, Governo não faz nada por brasileiro, só pune por alemão...

Num estremecimento, o preto velho, com o olhar perdido no vácuo, a mão estendida fazendo gestos tardos e incertos, prosseguia no seu monólogo:

– Vosmecê vai ficar aqui? Daqui a um ano está podre de rico. Todos os seus patrícios eu vi chegar sem nada, com as mãos abanando... E agora? Todos têm uma casa, têm cafezal, burrada... De brasileiro Governo tirou tudo, fazenda, cavalo e negro... Não me tirando a graça de Deus...

E os seus olhos tristes obscureceram-se. A névoa que os cobria tornou-se mais densa, como que sobrecarregada agora da pesada visão da conquista da terra pátria pelos bandos invasores.

Seguiu-se um opressivo silêncio. Milkau recolhia o eco daquele queixume de eterno escravo, daquela maldefinida resignação dos esmagados. Havia alguma coisa de aleijão nesse protesto, e a incapacidade de uma expressão livre e elevada fazia crescer a angústia. O velho continuava meneando a cabeça e resmungando um choro. A figura da filha, de uma indolência sinistra, dava maior opressão a tudo... Milkau sentia um estrangulamento, como se o peso de toda a responsabilidade da sorte daquela gente caísse também sobre ele. Lá dentro de si mesmo batia-se em vão para encontrar a claridade de um sentimento, a liquidez de uma palavra consoladora. Nada achou. Num gesto contrafeito despediu-se.

– Adeus, até à vista, meu velho.

O preto abanou-lhe a mão. Os outros da família ficaram quietos, apatetados.

Milkau caminhava pela grande luz da manhã, agora de todo inflamada. Os ventos começavam a soprar mais espertos e como que agitavam as almas das coisas, arrancando-as do torpor para a vida. O rio descia em direção contrária à marcha dos viajantes, e esses movimentos opostos davam a impressão de que toda a paisagem se animava e docemente ia desfilando aos olhos do cavaleiro. A fazenda, lá no alto, sumia-se no fundo do longínquo horizonte, o imigrante notava o manso desenrolar do panorama, como o de fitas mágicas: casas de moradores, homens, tudo ia passando, rolando mansamente, mas arrastado por uma força incessante que nada deixava repousar.

A estrada se alargava, outras vinham aparecendo, desconhecidas, infinitas e incertas, como são os caminhos do homem sobre a terra. A brisa fresca encanava-se pelas duas ordens fronteiras de colinas paralelas ao rio e trazia ao encontro do viajante um mugido sonoro de cascata. O rolar do Santa Maria batendo sobre pedras amontoadas, despedaçando-se como um louco nas lajes, aumentava; e as suas águas revoltas, espumantes, recolhiam e reverberavam a luz do sol, como um vacilante espelho. Milkau ao longe, na mata ainda fumegante de névoas, uma larga mancha branca. Na frente o guia, estendendo o braço, gritou-lhe: Porto do Cachoeiro.

Milkau, como se despertasse, respirou sôfrego, o corpo se lhe agitou e estremeceu nessa ânsia de quem penetra na terra desejada; mas o sangue em alvoroço saudou a aparição do povoado; os nervos, a vontade transmitiam um fluido ativo ao lerdo animal, que, ao sopro da viração, ao contato dos lugares próximos à cidade, fim das suas jornadas, também se transformou em vida; e agora, de narinas escancaradas, bufando, sacudia as crinas, relinchava asperamente, mordia o freio, curvava o pescoço e acelerava brioso o passo.

Então, de uma pequena elevação que ia galgando, Milkau, o olhar espraiado na paisagem, dominava a povoação apertada entre a montanha e o Santa Maria. Cheia de luz, com sua casaria toda branca, em plena glória da cor, da claridade e da música feita dos sons da cachoeira, represa do férvido rio que se liberta em franjas de prata, a cidadezinha era naquele delicioso e rápido instante a filha do sol e das águas.

Os viajantes continuavam apressados; as primeiras casas iam chegando: eram pobres habitações, como soltas na estrada para saudarem alvissareiras os viandantes. Mirando-as atentamente, Milkau observou que essas casas eram moradas de gente preta, de raça dos antigos escravos, e adivinhou-os batidos pela invasão dos brancos, mas ainda assim procurando os derradeiros e longínquos raios de calor humano, e deitando-se à soleira das cidades, para eles estrangeiras e proibidas.

Os viajantes desceram a rampa e foram ter a uma porteira, que o pequeno, tomando a frente, escancarou para dar passagem a Milkau. Entravam agora mais devagar na cidade.

– Onde se apeia, patrão? – perguntou solícito o guia.

– Em casa do senhor Roberto Schultz. Conhece?

– Ah! Senhor, sim, quem não sabe?... O maior sobrado da cidade... Domingo passado levei também um moço para lá.

Os cavalos arfavam, dando à marcha fatigada uma sensação de movimentos irregulares, como se descessem com medo montanhas pedregosas; uma espuma abundante ensopava-os, e, abandonados de rédeas, iam tropeçando nas pedras soltas da rua. Os olhos de Milkau tinham os estremecimentos das passagens bruscas dos panoramas contrários; não possuíam fixidez nem calma para precisar qualquer observação, apenas guardavam na retina inconsciente a vaga sensação de uma cidadezinha alemã no meio da selva tropical. Ao espírito do imigrante desceu uma confusa e tênue recordação de outros tempos, ao entrever essa população toda branca, e ao sentir a irradiação do sol batendo sobre as cabeças das crianças, como refulgentes chapas de ouro.

Chegados a um grande sobrado, o guia pulou lesto do cavalo e ajudou Milkau a apear; despediram-se como bons amigos, e, enquanto o viajante penetrava na loja, o menino voltava com os animais. O armazém de Roberto Schultz era vasto. Tinha quatro portas de frente, e as mercadorias inúmeras davam-lhe uma feição de grandeza e opulência. Ali se negociava em tudo, em fazendas, em vinhos, em instrumentos de lavoura, em café; era um desses tipos de armazém de colônia, que são uma abreviação de todo o comércio e conservam, na profusão e multiplicidade das coisas, certo traço de ordem e harmonia. A loja àquela hora já estava cheia de gente, e Milkau, para chegar até ao balcão, foi desviando os fregueses ali amontoados em pé, todos indecisos, pesados, brancos e tardos alemães.

Disseram a Roberto que havia um viajante à sua procura, e imediatamente Milkau foi conduzido ao escritório, onde um homem taurino e barbado o recebeu. O imigrante entregou-lhe uma carta de apresentação, que ele principiou a ler, interrompendo-se de vez em quando para fitar o recém-chegado. Dos olhos deste baixava uma claridade suave, uma calma dominadora, que perturbava o velho negociante, ora a ler, ora a mirar pensativo e aborrecido. Afinal, dobrou vagaroso a carta e pôs-se a tamborilar na secretária.

– Então – disse por dizer –, vem com a ideia de ficar aqui? Milkau afirmou essa resolução. Roberto começou a aconselhá-lo a que não se decidisse antes de ver bem as coisas por si.

– Isto aqui é triste e enfadonho. Vai-se aborrecer, afianço-lhe... Talvez fosse melhor ir para Rio ou São Paulo. Aí, sim, são os grandes centros de comércio, onde acharia um emprego com facilidade. A colônia é um engano; noutro tempo ganhava-se algum dinheiro, porém agora os negócios não marcham...

– Mas... – quis interromper Milkau.

Roberto não o atendia e continuava a arredá-lo, com as suas palavras, para longe do Cachoeiro.

Na minha opinião, o senhor deve voltar hoje mesmo; nós estamos abarrotados de pessoal. Aqui em minha casa tenho gente demais, que vou despedir; em nenhuma casa de negócio da colônia o senhor se pode empregar. Que vale hoje o comércio com os impostos, com o câmbio, e com as contribuições da política?... porque nós aqui, apesar de estrangeiros, ou talvez, por isso mesmo, somos os que sustentamos os partidos do Estado. As eleições não tardam, por aí já devem vir os chefes da Vitória, temos de hospedá-los, dar festas, arranjar eleitores; ora, tudo isso nos vai empobrecendo: o que se ganha é uma miséria para esses extraordinários...

– Mas eu não vim com destino ao comércio – afirmou decisivo o viajante.

– Como? Vem com o plano de ir para o café?...

E Roberto não ocultou a surpresa de ver um colono naquele imigrante tão bem-vestido para um simples cultivador.

– Ah! Isto é outra coisa – continuou o negociante agora amável. – Não há nada como a lavoura; vá para o mato, arranje a sua colônia e daqui a pouco tempo está rico. Olhe, a nossa casa está às suas ordens, nós lhe fornecemos tudo de que precisar, e, quando puder, vá nos mandando café. É o costume aqui, nós nos pagamos em gêneros... o que é uma vantagem para o colono – acrescentou, baixando ligeiramente o olhar. – Chegou em boa hora para arranjar um excelente prazo nas novas terras do Rio Doce, que se vão abrir aos imigrantes. O juiz comissário mandou pregar o edital para as medições e arrendamentos; o agrimensor, o senhor. Felicíssimo, está no Porto do Cachoeiro, de viagem para as terras. É um rapaz alegre, que sempre nos aparece por cá; ele, o senhor sabe, é freguês da casa e é do partido.

Milkau agradeceu os oferecimentos do negociante e dispunha-se a partir em busca de uma estalagem quando o outro reclamou:

– Não vale a pena ir para o hotel. Aqui fica melhor; temos muitos cômodos para hóspedes, como é de uso... Depois, o senhor me pode ser útil agora, fazendo companhia a um moço chegado anteontem e também de família importante... Imagine: filho do General Barão Von Lentz... O rapaz, porém, anda triste e sorumbático. Não sei o que será... Talvez vergonha de ter imigrado... Ah!, esses rapazes...

E, sorrindo malicioso, ergueu-se, pedindo a Milkau que o acompanhasse. Este quase ia arrebatado no meio de agrados e cortesias devidas a um futuro freguês. Ambos atravessaram para o outro lado do balcão, dirigindo-se à escada do sobrado. Os olhos de Milkau deslumbraram-se à luz da manhã alegre e viva. À porta da loja uma velha de nariz adunco, de rosto de pergaminho franzido, chegava montada em sua mula e entre dois alforjes suspensos dos ganchos da cangalha. Na rua passava uma tropa de burros carregados de canastras de café e repicando campainhas.

No quarto em que entraram Roberto e Milkau, um moço, que estava a escrever, levantou-se para saudá-los.

– Trago-lhe um companheiro – anunciou o dono da casa–; este patrício, que se deseja estabelecer no Rio Doce...

Voltando-se para Milkau, repetiu-lhe que estivesse como em sua casa e perguntou-lhe pela bagagem. O outro explicou-lhe que vinha tudo pela canoa, devendo chegar à noite. Roberto deixou os novos imigrantes.

– Pode continuar o seu trabalho – disse Milkau delicadamente.

– Não, o que eu estava a fazer não é urgente... Apenas matava o tempo.

E os dois se puseram a conversar sobre coisas vagas, sobre a viagem, o tempo, a natureza. E, enquanto se entretinham, Milkau admirava a mobilidade da fisionomia do jovem Von Lentz e não se cansava de observar o fulgor de seus olhos fulvos, dominando o rosto sem barba, cujas linhas eram acentuadas e fortes, e se projetavam de uma cabeça ampla, roliça como a de um patrício romano. Mas de par com esse súbito entusiasmo pela expressão cultural daquela jovem figura, Milkau sentia-se constrangido por ter encontrado naquelas paragens estranhas e remotas um filho de general alemão, um ser privilegiado na sua pátria, como um evadido do seu próprio e grande mundo, que viera sepultar sem dúvida no mistério das colônias uma parcela de angústia, de desespero e de desilusão...

Daí a momentos os dois novos se achavam na grande sala de almoço dos empregados do armazém e tomavam lugares à mesa. A sala era desguarnecida; as paredes, simplesmente caiadas, não tinham o menor enfeite, os criados serviam, automáticos como soldados, ao regimento de caixeiros que comiam silenciosos. Em todas as fisionomias daqueles homens tão diferentes, alguns, velhos de pele enrugada, outros, moços de perpétua adolescência, via-se estampado o pensamento único de cumprir o dever prático, de caminhar para a frente no conjunto harmônico de um só corpo. Milkau lia naquele ajuntamento de alemães o caráter camponês e militar que fundou a obediência e a tenacidade na sua raça e reduziu tudo o que podia ter de beleza, de elevação moral, à monotonia de um precipitado único. Onde estava a Alemanha sagrada, a pátria do individualismo, o recanto suave do gênio livre?, perguntava a si mesmo Milkau no sussurro regular do almoço, contemplando o esquadrão de homens louros; e refletindo sobre a alma alemã, pensava que talvez somente se pudesse explicar a incógnita dessa alma pelas imagens e expressões incertas da vaga e simbólica metafísica. Quem sabe, continuava quase em sonho; quem sabe não foram um dia dois espíritos que se encontraram disparatados em um mesmo corpo, um servil à matéria, ambicioso, cúpido, procurando absorver o outro que voava docemente, e pairava sempre no alto, zombando de tudo, de homens e deuses, gerando puramente, sem conjunções torpes, nas regiões plácidas do ideal, as figuras da poesia e do sonho. E quem sabe como foi longo e pertinaz o combate entre as duas forças!... Mas houve um momento em que o demônio da terra venceu o espírito de beleza e de liberdade, e o corpo aí está hoje sossegado, sem ânsias, sem lutas, qual uma massa de escravos, a devorar os últimos restos do gênio do passado, divino alimento donde brota essa luz que ainda o ilumina na sua lúgubre e devastadora marcha sobre a terra...

Findo o almoço, os caixeiros saíram em ordem. Milkau e Lentz iam por último, vagarosamente, como hóspedes despreocupados. No quarto resolveram visitar a cidade; e, quando daí a momentos passavam pelo armazém em direção à rua, Roberto os chamou.

– Está aqui exatamente o Senhor Felicíssimo, que segue depois de amanhã para o Rio Doce, a fim de fazer as medições.

Dizendo isso, indicava um moço magro, baixo e moreno, com o rosto talhado em triângulo, cheio de marcas de bexigas, uma chata cabeça de bacurau, em que os olhos negros cintilavam vivos e secos.

– O senhor Milkau – continuou Roberto – acaba de chegar com o propósito de arrematar um lote de terras. Expliquei-lhe que neste momento o que há de melhor é o Rio Doce, e que o senhor me faria o favor de arranjar-lhe um prazo bem-situado.

– Pois não! – acudiu o agrimensor, solícito, com um gesto de quem quer abraçar. – Sigo amanhã a me encontrar com uma turma que está em Santa Teresa; depois de amanhã bem cedinho nos pomos em marcha, e quando for lá pelas onze acampamos no porto do Ingá, no Rio Doce... Os senhores quando vão?

Lentz ficou embaraçado, e meio confuso respondeu:

– Para o campo?... Ainda não sei afinal o que farei na colônia... Depende muito do senhor Roberto...

O negociante coçou a cabeça e disse solene, em murmúrio, como se invocasse o testemunho dos mais:

– O senhor Von Lentz prefere uma colocação na cidade, no comércio... Mas o senhor Felicíssimo é que pode dizer quanto isso é difícil... as casas estão cheias, a ocasião é má... Esperemos, esperemos...

Felicíssimo perguntou a Milkau o dia da partida.

– É só para combinar tudo e quando chegar lá não haver demora. O negócio é fácil, o senhor requer um prazo, e o juiz comissário, que está agora para os lados do Guandu, despacha, mas não precisamos dele para fazer a medição. Na sua ausência estou autorizado a tudo, até mesmo a entregar os lotes aos colonos que os vão trabalhando... Entre nós as coisas não são feitas com luxo... Não temos formalidades... Tudo se arranja e legaliza depois. O que é preciso é pagar logo as custas...

Milkau interrompeu-o para se informar das distâncias.

– Daqui a Santa Teresa, quantas léguas?

– Cinco. E de lá ao Rio Doce outras tantas. O senhor deve ir daqui até o alto de Santa Teresa, aí dormir e no dia seguinte tocar para o Rio Doce.

– É preciso um guia?

– Não... Estrada sem errada, e batida...

Roberto ofereceu-se para mandar guiar o imigrante por tropeiros que iam diariamente para essas bandas. Milkau agradeceu, dispensando o obséquio.

Deixando Roberto, saíram os três do armazém. Felicíssimo, que dizia não ter nada a fazer naquelas horas, propôs acompanhar os estrangeiros, dando assim expansão aos instintos de sua nativa e tranquila vadiagem.

Agora, o Porto do Cachoeiro abrasado de sol desvendava-se todo. A cidade era dividida em duas partes, que uma ponte ligava, mas podia dizer-se que só à margem esquerda era crescente, porque do outro lado as habitações se contavam, salteadas e raras. As casas daquela banda enfileiravam-se monótonas em frente ao rio, e nem um jardim quebrava a austeridade das moradas, nem um quintal margeava os caminhos, nem uma árvore sombreava as ruas. Pela primeira vez, porventura, nos trópicos, os habitantes de uma pequena cidade, como essa, não conheciam os prazeres do convívio dos animais domésticos, nem tinham a expansiva preocupação da cultura das plantas e das flores. Uma esterilidade rigorosa e sistemática estampava-se no perfil das casas, que eram apenas o abrigo de uma população de negociantes. Na rua, Milkau ia adivinhando a explicação moral daquela localidade, e uma impressão de angústia emanada da branca aridez da cidade o turbava, pois parecia-lhe que o bafo dos traficantes tinha matado a poesia, a graça daquele canto excepcional na natureza, onde eles haviam levantado as tendas da especulação. Felicíssimo ia pressuroso, contando os milagres da fortuna comercial daquela gente.

– Este sobrado aqui – dizia ele, apontando para uma casa esguia e igual às outras da rua – é de Frederico Bacher, chefe do partido da oposição; é o rival e o inimigo de Roberto. Chegou aqui sem nada; hoje, veja como está rico! E aqui são todos assim, todos têm muito dinheiro. Pode-se dizer que o comércio do Cachoeiro é mais forte do que o da Vitória... Ainda não se deu um caso de quebra... Esses alemães têm olho... Se fossem brasileiros, estava tudo arrebentado.

E o agrimensor continuava, nesse tom, a fazer o elogio das virtudes germânicas para o negócio, a economia, a facilidade de assimilação, a energia no trabalho, dando, como contraste a ela, as qualidades inferiores dos brasileiros, que ele se comprazia em proclamar, no gáudio de se mostrar, aos companheiros de passeio, justo e superior, e ao mesmo tempo com propósito lisonjeiro. Para se dar ar de importância e intimidade com os moradores, de instante a instante, deixava Milkau e Lentz na rua e penetrava pelos armazéns adentro, para trocar uma palavra com o dono da casa. Algumas vezes, conseguia arrastar do fundo das lojas até à porta os negociantes, com quem à vista dos novos tomava liberdades, dando-lhes palmadinhas nas costas, beliscões na barriga e dizendo-lhes injúrias por gracejo, ao que os alemães complacentes sorriam muito rubicundos, murmurando em tom de desculpa aos outros:

– Esse Senhor Felicíssimo... Isso é um diabo...

Os três iam seguindo assim, despertando pelos gestos e pelas vozes altas do agrimensor a atenção da rua, mirados pelos tropeiros que descarregavam os animais e pelos fregueses que procuravam as lojas. Lentz não tinha o menor interesse em andar de casa em casa, à maneira fastidiosa e vulgar de Felicíssimo; e então, para se ver livre dessa obrigação enfadonha de correr passos de porta em porta, propôs que subissem a um dos morros que cercavam e abafavam ao mesmo tempo a cidade, e de lá desfrutassem a vista da região. Os outros concordaram e assim foram, guiados por Felicíssimo. Para galgar a montanha mais acessível, tiveram de passar além da ponte, por sobre a cachoeira cujos cavos borbotões os ensurdeciam; e os passos dos homens na ponte de madeira, em cima das águas que se quebravam embaixo, tinham vibrações sonoras e poderosas como se sobre ela passasse o pesado tropel da cavalaria. Do outro lado estava a montanha que se puseram a subir por uma vereda pedregosa e de cascalho solto, dando à marcha um movimento irregular e fatigante. Felicíssimo ia mais lépido, na frente, enquanto os outros, não acostumados ao calor, caminhavam dificilmente, alagados em suor. À proporção que eles subiam, morriam as vozes da cachoeira, vinham ao seu encontro o hálito perfumado das plantas montanhesas e o ar leve para lhes acalmar os ardores. A princípio, dentro do circuito dos morros, a perspectiva era estreita. Em cima, porém, eles dominavam a vasta região acidentada, e os olhos dos estrangeiros tiveram um delicioso instante de êxtase. O contorno arredondado das montanhas cobertas de uma relva basta, rente, fulgurante nas suas cores matizadas, o rio por entre os vales, o ar límpido e seco mantendo estável a atmosfera, a força da claridade desdobrando pelas colinas o panorama, a abóbada celeste de um imenso azul cobrindo docemente a terra, todo esse conjunto de luz, de cor, de traços dava à paisagem um aspecto total de grandeza e confiança. Felicíssimo era o intérprete da região. Como perfeito sabedor, dava o nome às coisas e designava os lugares. Milkau estava sereno no alto da montanha. Descobrira a cabeça de um louro de ninfa, e sobre ela, e na barba revolta, a luz do sol batia, numa fulguração de resplendor. Era um varão forte, com uma pele rósea e branda de mulher, e cujos poderosos olhos, da cor do infinito, absorviam, recolhiam docemente a visão segura do que ia passando. A mocidade ainda persistia em não o abandonar; mas na harmonia das linhas tranquilas do seu rosto já repousava a calma da madureza que ia chegando.

Felicíssimo apontava em torno e ia designando os pontos do horizonte; os outros acompanhavam-lhe os gestos rápidos e, como em sonho, não podiam fixar os nomes bárbaros e estranhos que lhes feriam os ouvidos, mas se interessavam em guardar e acentuar as impressões que lhes vinham da região. Para o oriente era a terra do Queimado, cujo caminho se desenrola longo e sinuoso, ora numa planície descampada e risonha, ora por entre o verde de um mato raro, até a um pequeno grupo de casas que formam o porto do Mangaraí, à beira do Santa Maria, ali orgulhoso e folgado, com as águas desembaraçadas dos cachoeiros. Para o norte, para o sul, para o poente, as montanhas vão crescendo, amontoando-se como massas de pintura. Ali o Guandu, acolá Santa Teresa, duas regiões sombrias, que os colonos vão arrancando do silêncio misterioso da solidão. Sobre um vale cheio de sol um fio d'água cai longo e transparente como um grande véu de noiva. Para o poente, o Santa Maria margeia os cafezais, as casas de lavoura, e luta com as lajes negras que porfiam em retê-lo.

Milkau nesse panorama aberto lia a história simples daquela obscura terra. Porto do Cachoeiro era o limite de dois mundos que se tocavam. Um traduzia, na paisagem triste e esbatida do nascente, o passado, no qual a marca do cansaço se gravava nas coisas minguadas. Aí se viam destroços de fazendas, casas abandonadas, senzalas em ruínas, capelas, tudo com perfume e a sagração da morte. A cachoeira é um marco. E para o outro lado dela o conjunto do panorama rasgava-se mais forte, mais tenebroso. Era uma terra nova, pronta a abrigar a avalancha que vinha das regiões frias do outro hemisfério e lhe descia aos seios quentes e fartos; e ali havia de germinar o futuro povo que cobriria um dia todo o solo, e a cachoeira não dividiria mais dois mundos, duas histórias, duas raças que se combatem, uma com a pérfida lascívia, outra com a temerosa energia, até se confundirem num mesmo grande e fecundante amor.

Eles desceram da montanha; e entravam pela cidade, quando os armazéns se fechavam para reabrirem depois da hora do jantar. Nesse momento, via-se pelas ruas um movimento maior de gente que deixava as lojas e se recolhia às casas.

– Aqui – perguntou Lentz ao agrimensor –, quase todos são alemães?

– Sim, poucos brasileiros. No comércio, pode-se dizer, não há nenhum.

– Então, em que se ocupam os brasileiros do Cachoeiro? – indagou Milkau.

– Os que temos aqui são os do foro, os juízes, escrivães, meirinhos. Outros são também empregados públicos, coletor, agente de correio...

– E professores? – perguntou Lentz.

– Só um, porque a língua que se ensina por essas matas é o alemão, e os professores são alemães, exceto o da cidade... Padres também não temos, nem igreja, como devem ter reparado. Também não há necessidade, porque raros são aqui os católicos, e para os protestantes há três pastores nas capelas do Luxemburgo, Jequitibá e Altona... Os católicos do município são o povo do Queimado, do Mangaraí e outros pontos, onde está hoje a gente antiga da terra.

Felicíssimo continuava a dar notícias do lugar; os outros ouviam-no em silêncio, e a conversa foi assim espreguiçando até chegarem à porta da casa de Roberto. O agrimensor despediu-se, prometendo voltar no dia seguinte para os acompanhar em novas excursões.

Depois do jantar, que tinha corrido como o almoço, os dois novos subiram ao quarto, incapazes de sair à rua e de se ir meter às primeiras horas da noite na fábrica de cerveja, na outra margem do rio, como era o costume ali. Milkau estava fatigado da viagem e do passeio do dia. Lentz sentia-se esbraseado e abalado pela emoção vinda do encontro com o seu recém-chegado patrício, que, por motivos dele não percebidos, já tanto o seduzia e o prendia.

Sentaram-se os dois junto à janela aberta. A calma da tarde imobilizava as coisas, dando-lhes a tranquilidade, o repouso e a fixidez das pinturas. Nessa hora a natureza excedia-se a si mesma, tomando a expressão serena da arte. Os primeiros perfumes dos matos da redondeza desciam para embalsamar o panorama, e sombras leves vinham envolvendo o mundo. Os dois imigrantes contemplavam em silêncio, e uma saudade estranha, segredando-lhes, explicava o mistério dos quadros sonhados e nunca vistos, a nostalgia de ilusões que ali se realizavam agora...

– Parece que já vi este quadro em algum lugar – disse Milkau, cismado. – Mas não, este ar, este conjunto suave, este torpor instantâneo, e que se percebe vai passar daqui a pouco, é seguramente a primeira vez que conheço.

– E por quanto tempo aqui ficaremos? – disse o outro num bocejo de desalento; e o seu olhar pairava preguiçosamente sobre a paisagem.

– Não meço o tempo – respondeu Milkau – porque não sei até quando viverei, e agora espero que este seja o quadro definitivo da minha existência.

Sou um imigrado, e tenho a alma do repouso; este será o meu último movimento na terra...

— Mas nada o agita? Nada o impelirá para fora daqui, fora desta paz dolorosa, que é uma sepultura para nós?

— Aqui fico. E se aqui está a paz, é a paz que procuro exatamente... Eu me conservarei na humildade; em torno de mim desejarei uma harmonia infinita.

— É então por isso que vai para o mato? Não seria melhor ficar aqui no comércio?

— Não. Procuro uma vida estável e livre, e o comércio é torturado pela avidez e ambição... Além disso, penso que o trabalho digno do homem é a lavoura nos países novos e férteis como este, e a indústria no velho continente. O comércio não me atrai, com suas formas grosseiras, seus estímulos baixos, sua posição intermediária na sociedade. Não me sinto solicitado senão por coisas mais simples e aproximadas da situação do futuro. O senhor persiste em se dedicar aos negócios?

— Não sei bem o que faça... Estou indeciso, irresoluto. Penso que, se o comércio pode ser um meio de fortuna e de dar vazão às ânsias de jogador que há em cada homem, é também um caminho baixo e vil. Estou indeciso; e, não fosse o medo do tédio da mata e da morte da agitação, eu talvez me abalançasse a ir trabalhar na lavoura.

A cidade estava iluminada frouxamente, com espaços longos de sombra, mas em outros pontos as luzes da rua e das casas caíam sobre as águas do rio, que as multiplicavam em seu espelho trêmulo. Lentz se calara. Perdia-se na noite o seu olhar, como em uma grande cisma; o seu rosto não tinha serenidade, as linhas estavam perturbadas, dando à fisionomia uma expressão de rancor e de inquietação. Parecia que dentro dele, num monólogo íntimo e doloroso, se prolongava a queixa contra o destino, e ele se debatia em vão, dentro dos muros fechados da sua sorte, num esforço de ave ferida para pairar nas regiões do seu sonho. Milkau apiedou-se daquele silêncio aflitivo e, deixando-se levar pelos bons impulsos da sua confiança abundante, disse ao jovem companheiro:

– Por que não iremos trabalhar no Rio Doce? O senhor talvez se ache aí mais feliz e mais independente. Podemos requerer um mesmo prazo, e, como não temos família, faremos uma sociedade e nos auxiliaremos mutuamente... E se se arrepender, poderá partir, que me não queixarei de ficar só, pois esse é ainda até agora o meu destino...

Essas palavras eram brandas e boas, e foram ditas com muita pureza de coração. Pelos lábios de Lentz passou um sorriso tão suave como franjas de um lago manso em que rapidamente se transformaram as fúrias de mar revolto, que era pouco antes a sua alma.

– Sim, veremos... Eu lhe agradeço muito... Por que não?... – murmurou numa emoção que, por orgulho, procurava domar.

Milkau regozijou-se, na perspectiva de ter um companheiro precisando de amparo e conforto no exílio. E também se alegrava por si mesmo, porque sentia os seus instintos de comunicação espraiar-se no convívio daquele rapaz, que lhe parecia tão inteligente, e cujos desígnios revelavam pelo menos uma alma em aspiração. Todavia não quis de um modo brusco e imprevisto decidir a sorte do outro imigrante pela sua. Esperava que ele refletisse mais, antes de se determinar a acompanhá-lo. Em Lentz o que predispunha a aceitar a companhia de Milkau era a indecisão em que estava de se abandonar à vida rude e mesquinha de caixeiro; era também a sedução intelectual por esse companheiro de acaso. Milkau não quis insistir e delicadamente desviou o assunto. Passou a conversar negligentemente sobre outras coisas.

– Então, tem-lhe agradado a terra? Esta verdura de primavera?

O esplendor do sol? A vegetação possante?

– Sim, tudo isto é forte e belo, mas eu prefiro os campos europeus com suas mutações, e seu quadro de montanhas, o seu colorido mais distinto.

– A Europa – atalhou Milkau – tem a tradição, que nos priva da liberdade de julgamento. Fora dela não sei se o Reno vale o Santa Maria, que, sem lendas, sem passado, reflete em mim por seus próprios merecimentos tanto encanto, com suas margens incultas, sua água límpida e borbulhante, seus chorões curvos...

– Oh!, este sol implacável!... Aqui não há descanso para uma suave matização da cor. Sempre este amarelo a nos perseguir...

E com um gesto de mão sobre a cabeça, Lentz parecia querer arrancar de si a obsessão da luz onipresente.

– Breve se acostumará, e há de amar esta natureza até à paixão.

Eu já venho de longe e cada vez a admiro mais.

– Ah! Não é esta a primeira vez que vem ao interior do Brasil?

– Por este lado é a primeira vez... Antes, estive de passagem em Minas Gerais, logo que cheguei ao país, levando o plano de me estabelecer ali; mas não encontrando facilidade, dirigi-me para cá.

– Em que lugar de Minas esteve?

– No oeste... E foi uma grande viagem para mim. São João del-Rei é uma impressão única.

– Como? – interrogou curioso Lentz.

– Ali me pareceu ter penetrado no passado intacto do Brasil. Oh! Foi uma volta deliciosa aos tempos mortos hoje por toda a parte e que ainda lá prolongam a sua vida...

Lentz embebeu-se nas palavras de Milkau, que começou a contar-lhe a sua visita à velha cidade mineira. No Cachoeiro era silêncio, a luz das casas se apagara, os lampiões da rua espaçadamente ponteavam de luz as sombras da noite diáfana, da noite de verão que é apenas um instantâneo descanso do dia. A cachoeira mugia sempre, e o seu rumor igual e constante passava imperceptível aos ouvidos de Lentz, todo à escuta da narração de Milkau.

– Logo à primeira madrugada o meu sono de viajante fatigado foi cortado pelo repicar de sinos de muitas igrejas, o que me produziu um doce encantamento. Como a todo homem habituado às grandes cidades modernas, a música dos sinos era-me desconhecida na força e na sonoridade que tinha naquela manhã; mas, no entanto, essa música estranha não me feria, e eu a recolhia quase em êxtase, como se fosse uma antiga e revivida sensação, pois parecia que era entendida por uma alma longínqua que se despertava dentro de mim e tomava posse do meu ser... Deixei-me ficar deitado, embalado pelas carícias do sono... E sonhava... O espaço estava cheio de sons, o ar leve da montanha flutuava como se todo ele estivesse impregnado de música; a natureza despertada pela alegria dos sinos volatilizava-se e librava-se leve no ar, a cidade fugia da terra carregada nas harmonias, voava para os céus cantando... E eu sonhava, ouvindo repicar, procurando a calma, o sono e o esquecimento... A Idade Média representava-se no meu sonho: povoados, castelos feudais, mosteiros, homens e coisas, todos ligados pelas vozes do campanário, que marcava no espaço a vida e a morte...

Milkau continuava a falar da velha cidade mineira, que ele definia como um santuário. O espírito da religião ali localizado dava-lhe o caráter e a significação. Dentro do seu recinto montanhoso, irregular e feio, deparava-se de instante em instante com uma igreja, todas elas singelas, tristes, erguidas mais pela necessidade da devoção que pelos carinhos da arte. As casas acompanhavam esse tom severo e despretensioso e eram assinaladas por pequenas cruzes negras nas paredes desbotadas. Tudo ali tinha um aspecto sacerdotal, tudo falava de religião, igrejas frequentadas quase todas as horas do dia, devotas procurando a solidão dos altares, as festas religiosas preocupando o povo e divertindo-o durante o ano inteiro. Na quaresma a irrupção religiosa era ainda mais crescente... Nesse tempo, às noites um padre saía à rua acompanhado da multidão cantando rezas. Uma cruz negra envolta nas dobras alvas do sudário, meia dúzia de tochas acesas, e era tudo. E lá ia a via-sacra percorrendo os passos da cidade. Numa devoção alegre e radiante, na mais completa e bela confusão de classes, o povo seguia rezando pela rua em um murmúrio alto, fazendo coro às orações começadas pelo padre; e quando chegava aos passos, oratórios abertos nas ruas, cantava músicas suaves e ingênuas... A multidão, ajoelhada sob o céu límpido, iluminada pelos raios da lua, acariciada pela brisa fresca das alturas, implorava num sorriso: misericórdia!

Cercada de morros a cidade era guardada ainda por igrejas postadas nas alturas, como de atalaia. Pelas encostas das montanhas subiam os devotos em romarias piedosas aos santos padroeiros das capelinhas humildes. Nas tardes de verão (recordava Milkau) costumava desfilar um cortejo de seminaristas em férias e, às vezes, esse cordão negro sucedia cruzar com o bando infantil e branco das colegiais dirigidas por irmãs de caridade; os dois grupos não se aproximavam e se desviavam reverentes, subindo e descendo pelos morros, sobre os quais iam descrevendo longas e marciais teorias, até se sumirem no horizonte... E se à hora da ave-maria um devoto retardatário passando por aquelas montanhas saudava os seminaristas em nome de Cristo, os rapazes erguiam a cabeça com altivez para o céu, num relâmpago se descobriam, irrompendo-lhes do peito um grande, fervoroso grito, que a solidão da tarde no deserto tornava solene: Para sempre seja louvado!

A cidade ainda falava a outras tradições do velho Brasil. Sobre o seu terreno acidentado, sulcos abertos e profundos indicavam a passagem do homem terrível que por ali desentranhou o ouro. A paisagem está toda marcada de cicatrizes das feridas da terra, que assim maltratada e hedionda clama às gerações de hoje contra a devastação do passado. O homem moderno, limpo de coração, não deixará de sentir um frêmito de terror, reconstruindo no espetáculo daquela paragem morta todo o quadro de uma época feita de escravidão, de ouro e de sangue... Há casas ali que deviam ser zeladas como relíquias das melhores páginas da história de uma nação; por elas passaram mártires, nelas viveram sonhadores, e os habitantes do lugar ainda sabem ler nas paredes dessas casas conservadas, e povoadas dos restos de outrora, a poesia da liberdade e da grandeza de todo o País. E essa mistura de fé religiosa e patriótica dá um caráter distinto àquela antiga cidade, purificando-a momentaneamente dos vícios em que se vão dissolvendo as outras...

Rematou Milkau esse quadro com algumas reflexões.

– Dou-me por muito feliz em ter ido a tempo de ver tudo isto, porque não muito longe esse conjunto de poesia, de tradição nacional, vai acabar. Na verdade, é com mágoa que sinto estar prestes o desmoronamento daquela cidade circundada de colônias estrangeiras, que a estreitam lentamente até um dia a vencer e transformar sem piedade.

– Mas isto é a lei da vida e o destino fatal deste País. Nós renovaremos a Nação, nos espalharemos sobre ela, a cobriremos com os nossos corpos brancos e a engrandeceremos para a eternidade. A velha cidade mineira da sua narração não me interessa, os meus olhos se projetam para o futuro. Porto do Cachoeiro tem mais significação moral hoje pela força de vida, de energia que em si contém que os lugares mortos de um país que se vai extinguir... Falando-lhe com a maior franqueza, a civilização desta terra está na imigração de europeus; mas é preciso que cada um de nós traga a vontade de governar e dirigir.

– Nas suas palavras mesmas – disse Milkau – está escrita a nossa grande responsabilidade. É provável que o nosso destino seja transformar de baixo acima este País, de substituir por outra civilização toda a cultura, a religião e as tradições de um povo. É uma nova conquista, lenta, tenaz, pacífica em seus meios, mas terrível em seus projetos de ambição. É preciso que a substituição seja tão pura e tão luminosa que sobre ela não caiam a amargura e a maldição das destruições. E por ora nós somos apenas um dissolvente da raça desta terra. Nós penetramos na argamassa da Nação e a vamos amolecendo; nós nos misturamos a este povo, matamos as suas tradições e espalhamos a confusão... Ninguém mais se entende; as línguas estão baralhadas; indivíduos, vindos de toda a parte, trazem na alma a sombra de deuses diferentes; todos são estranhos, os pensamentos não se comunicam, os homens e as mulheres não se amam com as mesmas palavras... Tudo se desagrega, uma civilização cai e se transforma no desconhecido... O remodelamento vai sendo demorado... Há uma tragédia na alma do brasileiro, quando ele sente que não se desdobrará mais até ao infinito. Toda a lei da criação é criar à própria semelhança... E a tradição rompeu-se, o pai não transmitirá mais ao filho a sua imagem, a língua vai morrer, os velhos sonhos da raça, os longínquos e fundos desejos da personalidade emudeceram, o futuro não entenderá o passado...

2

– Não vejo nada claro – disse Lentz. E, fechando os olhos feridos pela luz grandiosa do dia, sentia dentro das pálpebras, na câmara rubra das pupilas, fuzilar relâmpagos de sol.

– Quem me dera – murmurava então Milkau – que o sol se não apagasse... A pátria do homem devia limitar-se a um canto da terra onde não houvesse sombra.

E os dois caminhavam afastando-se do Porto do Cachoeiro na direção de Santa Teresa. A princípio a estrada cortava por cima de pequenos morros descobertos, onde, numa paisagem acidentada e limpa, passeavam errantes as sombras das nuvens; daí a momentos ela morria na boca da mata. Milkau e Lentz, ao penetrarem na escuridão repentina e fria, sentiram pelos olhos o véu de uma ligeira vertigem. Pouco a pouco eles se recompuseram, e então admiraram.

A floresta tropical é o esplendor da força na desordem. Árvores de todos os tamanhos e de todas as feições; árvores que se alteiam, umas eretas, procurando emparelhar-se com as iguais e desenhar a linha de uma ordem ideal, quando outras lhes saem ao encontro, interrompendo a simetria, entre elas se curvam e derreiam até ao chão a farta e sombria coma. Árvores, umas largas, traçando um raio de sombra para acampar um esquadrão, estas de tronco pejado que cinco homens unidos não abarcariam, aquelas tão leves e esguias erguendo-se para espiar o céu, e metendo a cabeça por cima do imenso chão verde e trêmulo, que é a copa de todas as outras. Há seiva para tudo, força para a expansão da maior beleza de cada uma. Toda aquela vasta flora traduz a antiguidade e a vida. Não se sente nela sombra de um sacrifício que seria o triunfo e o prêmio da morte. Dentro, as parasitas se enroscam pelos velhos troncos, com a graça de um adorno e de uma carícia. Há mesmo árvores que são mães de árvores e suportam com fácil e poderosa galhardia a filha, que lhe sai do regaço, e mais esplendorosa, às vezes, que a rija e bela progenitora. Uma infinita variedade de arbustos cresce às plantas dos gigantes verdes; é uma florazinha miúda, compacta e atrevida, dentro do bojo de outra mais ampla e opulenta. E tudo se ergue, e tudo se expande sobre a terra, compondo um conjunto brutal, enorme, feito de membros aspérrimos, entretecido no alto pela cabeleira basta e densa das árvores e embaixo pela rede intérmina das fortes e indomáveis raízes; todo ele se entrelaça, enroscando-se pelos braços gigantescos, prendendo-se como por tenazes numa grande solidariedade orgânica e viva... Pelas frestas das árvores, pela transparência das folhas, desce uma claridade discreta, e nessa suave iluminação se desenrola dentro do mato o cenário pomposo das cores. Elas são em si vivas e quentes, mas a gradação da sombra, que ora avança, ora se afasta, comunica-lhes da negrura do verde ao desmaio do branco a matização completa, triunfal. E lá em cada boca da estrada, as portas da mata formam um círculo longínquo, azulado, como portas feitas só de luz, e de uma luz zodiacal e docemente infinita... De todo o corpo colossal, das folhas novas e das folhas mortas, dos troncos verdes e dos troncos carunchosos, das parasitas, das orquídeas, das flores selvagens, da resina que se derrama vagarosa ao longo das árvores, dos pássaros, dos insetos, dos animais ocultos no segredo da selva, se desprende um cheiro misterioso e singular, que se volatiliza e se difunde no imenso todo, e, tal como o aroma das catedrais, acalma, embriaga e adormece as coisas. Na volúpia harmoniosa desse perfume, que é acre e tonteante, com a claridade que é branda, está a fonte do repouso da mata... O silêncio que mora na floresta é tão profundo, tão sereno que parece eterno. Feito das vozes baixas, dos murmúrios, dos movimentos rítmicos dos vegetais, é completo e absoluto na sua perfeita harmonia. Se por entre as folhas secas amontoadas no solo se escapa um réptil, então o ligeiro farfalhar delas corta a doce combinação do silêncio; há no ar uma deslocação fugaz como um relâmpago, pelos nervos de todo o mato perpassa um arrepio, e os viajantes que caminham, cheios da solidão augusta, voltam-se inquietos, sentindo no corpo o frio elétrico e instantâneo do pavor...

– Extraordinário – disse Lentz, saindo do seu espanto.

Milkau replicou:

– A sensação que aqui recebemos é muito diferente da que nos deixa a paisagem europeia.

E, mirando para o alto e para a frente, continuou:

– Aqui o espírito é esmagado pela estupenda majestade da natureza... Nós nos dissolvemos na contemplação. E, afinal, aquele que se perde na adoração é o escravo de uma hipnose: a personalidade se escapa para se difundir na alma do Todo... A floresta no Brasil é sombria e trágica. Ela tem em si o tédio das coisas eternas. A floresta europeia é mais diáfana e passageira, transforma-se infinitamente pelos toques da morte e da ressurreição, que nela se revezam como os dias e as noites.

– Mas este espetáculo de uma grande mata brasileira é assombroso, não é? – interrogou Lentz.

– É. A verdade, porém, é que, ao tocarmos a região do assombro, tal espetáculo nos priva da liberdade de ser, e afinal nos constrange. É o que sucede com esta força, esta luz, esta abundância. Nós passamos por aqui em êxtase, não compreendemos o mistério...

E mudos continuavam a caminhar pela estrada coberta, os olhos de ambos a desmancharem-se de admiração.

Passado algum tempo, Lentz exprimiu alto o que ia pensando:

– Não é possível haver civilização neste país... A terra só por si, com esta violência, esta exuberância, é um embaraço imenso...

– Ora – interrompeu Milkau – tu sabes bem como se tem vencido aqui a natureza, como o homem vai triunfando...

– Mas o que se tem feito é quase nada, e ainda assim é o esforço do europeu. O homem brasileiro não é um fator do progresso: é um híbrido. E a civilização não se fará jamais nas raças inferiores. Vê, a História...

MILKAU – Um dos erros dos intérpretes da História está no preconceito aristocrático com que concebem a ideia de raça. Ninguém, porém, até hoje soube definir a raça e ainda menos como se distinguem umas das outras; fazem-se sobre isso jogos de palavras, mas que são como esses desenhos de nuvens que ali vemos no alto, aparições fantásticas do nada... E, depois, qual é a raça privilegiada para que só ela seja o teatro e o agente da civilização? Houve um tempo na História em que o semita brilhava em Babilônia e no Egito, o hindu nas margens sagradas do Ganges, e eles eram a civilização toda; o resto do mundo era a nebulosa de que se não cogitava. E, no entanto, é junto ao Sena e ao Tâmisa que a cultura se esgota hoje numa volúpia farta e alquebrada. O que eu vejo neste vasto panorama da História, para que me volto ansioso e interrogante, é a civilização deslocando-se sem interrupção, indo de grupo a grupo através de todas as raças, numa fatal apresentação gradual de grandes trechos da terra, à sua luz e calor... Uns se vão iluminando, enquanto outros descem às trevas...

LENTZ – Até agora não vejo probabilidade da raça negra atingir a civilização dos brancos. Jamais a África...

MILKAU – O tempo da África chegará. As raças civilizam-se pela fusão; é no encontro das raças adiantadas com as raças virgens, selvagens, que está o repouso conservador, o milagre do rejuvenescimento da civilização. O papel dos povos superiores é o instintivo impulso do desdobramento da cultura, transfundindo de corpo a corpo o produto dessa fusão que, passada a treva da gestação, leva mais longe o capital acumulado nas infinitas gerações. Foi assim que a Gália se tornou França e a Germânia, Alemanha.

LENTZ – Não acredito que da fusão com espécies radicalmente incapazes resulte uma raça sobre que se possa desenvolver a civilização. Será sempre uma cultura inferior, civilização de mulatos, eternos escravos em revoltas e quedas. Enquanto não se eliminar a raça que é o produto de tal fusão, a civilização será sempre um misterioso artifício, todos os minutos rotos pelo sensualismo, pela bestialidade e pelo servilismo inato do negro. O problema social para o progresso de uma região como o Brasil está na substituição de uma raça híbrida, como a dos mulatos, por europeus. A imigração não é simplesmente para o futuro da região do País um caso de simples estética, é antes de tudo uma questão complexa, que interessa o futuro humano.

MILKAU – A substituição de uma raça não é remédio ao mal de qualquer civilização. Eu tenho para mim que o progresso se fará numa evolução constante e indefinida. Nesta grande massa da humanidade há nações que chegam ao maior adiantamento, depois definham e morrem, outras que apenas esboçam um princípio de cultura para desaparecerem imediatamente; mas o conjunto humano, formado dos povos, das raças, das nações, não para em sua marcha, caminha progredindo sempre, e os seus eclipses, os seus desmaios não são mais que períodos de transformações para épocas fecundas e melhores. É a fatalidade do Universo que se cumpre nesse Todo que é uma parte dele... Quando não há um trabalho à flor das coisas, luminoso e doce, há uma elaboração subterrânea, tenebrosa e forte. Às vezes, é num ponto isolado da superfície que se dá a opacidade das trevas, e pela fusão um povo aí se forma recapitulando a civilização desde o seu ponto inicial e preparando-se para levar o progresso mais longe que os povos geradores...

LENTZ – Como? Então o contato dos povos da arte com os selvagens determina um precipitado que excede aqueles na capacidade estética?

MILKAU – A arte, Lentz, pode diminuir ou aumentar em alguma das suas expressões, segundo várias solicitações do meio e da época, mas pelo fato de não florescer certa forma de Arte o progresso artístico não deixa de ser maior. Se a verdade estivesse na conclusão contrária, então a humanidade teria retrocedido depois do período do grego, e da Renascença, porque até agora a História não conta épocas tão felizes para a Escultura e para a Pintura.

LENTZ – Mas toda a questão está na compreensão do progresso moral.

MILKAU – Quando a humanidade partiu do silêncio das florestas para o tumulto das cidades, veio descrevendo uma longa parábola da maior escravidão à maior liberdade. Todo o alvo humano é o aumento da solidariedade, é a ligação do homem ao homem, diminuídas as causas de separação. No princípio era a força, no fim será o amor.

LENTZ – Não, Milkau, a força é eterna e não desaparecerá; cada dia ela subjugará o escravo. Essa civilização, que é o sonho da democracia, da fraternidade, é uma triste negação de toda a arte, de toda a liberdade e da própria vida. O homem deve ser forte e querer viver, e aquele que um dia atinge a consciência de sua personalidade, que se entrega a uma livre expansão dos seus desejos, aquele que na opulência de uma poesia mágica cria para si um mundo e o goza, aquele que faz tremer o solo, e que é ele próprio uma floração da força e da beleza, esse é homem e senhor. O fim de toda a sua vida não é a ligação vulgar e mesquinha entre os homens; o que ele busca no mundo é realizar as expressões, as inspirações da Arte, as nobres, indomáveis energias, os sonhos e as visões do poeta, para conduzir como chefe, como pastor, o rebanho. Que importam a solidariedade e o amor? Viver a vida na igualdade é apodrecer num charco...

MILKAU – Toda a marcha humana é uma aspiração da liberdade; esta é o verdadeiro apoio, o estímulo, a razão de ser de uma sociedade. A ordem não é um princípio moral; é apenas um fator preexistente e indispensável ao conceito social; não pode haver sociedade sem ordem, como cálculo sem números; a harmonia existirá por momentos, mesmo num regímen de escravos e de senhores, mas será instável, e sem a liberdade não há ordem possível; a busca e a realização da liberdade como fundamento da solidariedade são o fim de toda a existência... Mas, para aí chegar, que caminho não percorreu o homem!... A liberdade é como a própria vida, nasce e cresce na dor...

LENTZ – Oh! mas essa dor deita gotas de amargura sobre a vitória. Não, o verdadeiro homem é o que se libertou de todo o sofrimento, aquele cujos nervos não se contraem nas agonias, o que é sereno e não sofre, o que é soberano, o que é onipotente, o que tem sua integridade completa e fulgurante; o que não ama, porque o amor é um desdobramento doloroso da personalidade.

MILKAU – O que nos une solidariamente na humanidade é o sofrimento. Ele é a fonte do amor, da religião e da arte, e não se pode substituir a sua consciência fecunda pelo império de uma insensibilidade feroz.

LENTZ – Quanto a mim, penso que devemos voltar atrás, apagar até aos últimos traços as manchas desta civilização de humildes, de sofredores, de doentes, purificar-nos do seu veneno, que nos mata depois de nos entristecer.

MILKAU – Eu vejo na exaltação das tuas palavras que há em nós uma tristeza diversa diante do quadro da vida dos homens... mas sempre tristeza e desespero. O mal é universal, ninguém está satisfeito por estes tempos;

todos se lamentam, e nem senhores, nem escravos, nem ricos, nem pobres, nem cultivados, nem simples têm o seu quinhão de alegria, de satisfação, como queriam. E, quando numa sociedade o indivíduo sofre, essa gota de agonia é bastante para condenar todo o fundamento da comunhão. Há uma crise em tudo, o próprio solo é vacilante e trêmulo, o mundo está abalado, a atmosfera é irrespirável. No meio de confusas aspirações, neste contato estranho de sentimentos tão vários, pode-se acaso fundar a harmonia sossegada e doce da vida? A religião foi-se; ela é do tempo, e, como próprio tempo, uma vez perdida, não volta mais... Uma civilização de guerreiros persiste no meio do surto da alma pacífica do homem. Tudo se confunde, se mistura e se repele num torvelinho de desespero... A sombra do passado penetra demasiado na morada do homem moderno e enche-lhe a casa de espectros e visões, que o detêm e o perturbam. E o futuro, mensageiro do gesto consolador, vem avançando a medo como um ladrão noturno... Mas eu não esperei o seu passo vacilante e tardo: despi a minha roupagem pesada, e lépido então fui buscar o perfume e os alimentos que, vagaroso e divino, ele vem trazendo aos homens. E como dentro em mim é doce a salvação!

LENTZ – E para aí chegares?... Deixaste pátria, família, sociedade, uma civilização superior?

MILKAU – Deixei o que era vão.

LENTZ – E à Europa, e à Alemanha nada mais te prende?

MILKAU – Somente o que elas têm de grande no passado. Mas isto é o incorpóreo, é o invisível, e eu não preciso de me sentar sobre as ruínas para amá-lo. É a obra da imaginação e da memória. O meu culto ao que é humano é ativo, reside na dupla consciência da continuidade e da indefinidade do progresso. O que a Europa nos mostra, como forma da vida, é apenas um prolongamento desarmônico das forças de ontem e das solicitações do presente.

LENTZ – Não compreendo como por um ato de vontade se possa trocar Berlim pelo Cachoeiro... De que cidade da Alemanha és tu?

MILKAU – Sou de Heidelberg, e de lá guardo as minhas mais longínquas recordações. Vejo-me ao lado de meu pai, dia e noite ligados, como o corpo e a sombra... Ele era um professor de colégio, um desses universitários muito instruídos, mas, como a maior parte deles, indeciso em sua vasta cultura escolar. Meu pai, Lentz, era a própria doçura, e as imagens que dele conservo no fundo da minha pupila são de um homem feito de sorrisos suaves e inextinguíveis; tinha uma inteligência sutil e aérea, mas o pudor da audácia o entorpecia, e por isso todo o seu grande capital de bondade e de amor ficou sepultado no fundo do seu coração, e o mundo o ignorou. Ele continha e refreava a imaginação. Oh! como ele mesmo criava barreiras ao seu espírito! Os preconceitos chegavam-lhe ao apelo da sua timidez, e ele os acariciava como se fossem numes protetores. Mas em tudo isso havia uma infelicidade funda, que lhe devia ser o amargor da vida. As suas expressões nunca transpiraram o sangue de todo o seu amor humano. Foi o perfume que guardou no interior da alma sem o transfundir além, e desse excesso de concentração veio-lhe a morte...

LENTZ – E nesse tempo que idade tinhas?

MILKAU – Eu saía da universidade e entrava no mundo quando meu pai morria. Minha mãe com lágrimas molhava noite e dia as saudades plantadas no seu coração. Ela foi mesquinha de dor, e eu amei-a até à sua morte como uma filha tamanhinha e mofina...

LENTZ – E então?

MILKAU – Depois de três anos dessa existência, entre a recordação e a piedade, parti de Heidelberg com a alma cheia de um grande silêncio. Comecei ouvir os acentos da minha própria voz.

LENTZ – E não te veio ao encontro uma voz de mulher?

MILKAU – Não.

LENTZ – E nunca amaste a mulher?

MILKAU – Aos dez anos o amor começou em mim, mas, como tudo que nasce prematuro, essa paixão de infância foi meio doença, meio êxtase místico. O que há em mim de sentimento religioso se desenvolveu então na adoração daquilo que eu buscava; bens e males da minha vida eu atribuía só a esta influência poderosa e mortificadora. E no entanto ela fugia de mim... Longos tempos se passaram nessa enganadora caça; todos os meus estudos, os meus brincos, os meus sonhos de criança tiveram a forma dos pequenos e intensos martírios; eles vertiam lágrimas e suavam sangue. Como estremeço ao lembrar-me de tanta vida, de tanto amor consumido por uma sombra... Em vão? Não sei... Quando volto ao meu passado, é ainda esse trecho do caminho da vida que mais me deleita: sinto quanto ele é embalsamado pelo amor que aí passou, como esse perfume que foi a minha purificação da adolescência vem até a mim... E a grande ventura (quem sabe?) foi que sobre essa montanha de fogo formada em minha alma jamais desceu o sorriso, a brandura, a carícia que resfria e que funde... e então eu ascendi, ascendi... Aos vinte anos estava tudo acabado. A morte dela veio habitar a minha existência, e não me consolei longo tempo, até que outro amor, e esse o grande, o único, me viesse possuir para sempre...

E Milkau foi interrompido pelo repique de campainhas que descia pela estrada, redobrando a amplidão das vozes sonoras no silêncio da mata. Pouco a pouco esses sons perdiam a doçura melancólica e se confundiam com gritos humanos e tropel de animais. Não tardou que os dois amigos vissem uma tropa, que vinha das terras altas em direção ao Porto do Cachoeiro. A mula da frente marchava enfeitada de fitas de cor, que lhe embaraçavam os meneios da cabeça. Milkau e o companheiro encostaram-se para a beira da estrada, apoiando-se nas árvores, e ainda assim os animais, procurando o trilho habitual, roçavam-lhes ao corpo as bruacas de café e os olhavam com os seus olhos de besta, imensos, tristes e insondáveis.

Os tropeiros em sua maioria eram mais brancos que mulatos; porém os gritos, as ordens, as pragas de uns e outros eram ditos espontaneamente na língua de cada um. A tropa passou caminho abaixo, levando consigo o seu violento barulho que quebrava além o sono das coisas. Atrás dela ficara um odor acre de café verde, de poeira levantada e de lama revolvida, a qual ali na sombra e umidade das árvores não se extingue nunca. Os dois amigos caminharam algum tempo calados, mas uma ânsia de confissão e de abandono os estimulava naquele mundo estranho; e eles, ladeados de árvores sem fim, tornavam com frenesi, com excitação, ao diálogo perpétuo dos temas eternos.

LENTZ – Na verdade, há muito pouco tempo eu não poderia imaginar-me aqui nesta floresta... Nós somos governados na vida pelo imprevisto... A história é muito simples (disse Lentz, como respondendo a uma interrogação escrita nos olhos de Milkau). Questão de amor, ou antes questão de consciência... Amei uma mulher, que pensei ser a criatura sublime, que fraca ama o forte, que humilde ama o soberbo. E nós fomos assim pelo caminho suntuoso da minha fantasia, arrastando-a eu após mim, já pela solidão das montanhas de neve, já pelos lagos verdes que refrescam as terras, já pelas cidades traficantes e vis. Minha amada conheceu as vibrações infinitas da volúpia, minha amada amou no sangue, na carne, e depois disso eu a julgava recompensada e feliz; mas um dia revoltou-se, e a alma da mulher do ocidente, que a longa cobardia dos homens já fez eterna, nela se despertou para exigir de mim a minha escravidão. Encontrou apoio nos preconceitos cristãos de meu pai, nos escrúpulos e temores de minha mãe que me procurava dissolver ao bafo de sua ternura mórbida. Resisti. O pai de minha amada era um velho general companheiro de armas do meu, e ele pedia à minha família uma reparação por aquilo que tinha sido o ato da independência da minha extrema sensibilidade. E o que é pior, no meu grupo social formou-se em torno de mim uma atmosfera de reprovação:

todos se julgavam limpos de consciência para se afastarem de mim com desdém. E confesso (oh! vergonha!) não pude suportar essa pressão coletiva dos meus camaradas, dos indivíduos da minha classe!... O homem levará ainda muito tempo, Milkau, a libertar-se do grupo a que pertence, a emancipar-se dessa tirania poderosa que lhe anula a individualidade e lhe traça na fisionomia as linhas de uma máscara comum e sem distinção própria, ou seja, a família, ou seja, a classe, ou seja, a raça. A minha arrogância entibiou-se, o que há em mim de cobarde, de escravo, entorpeceu a energia de minha altitude; o que há em mim de aquisição intelectual, conjunto de ideias árdegas e aceleradas, foi morto pelo antigo e implacável sentimento... Então fugi, deixando os meus estudos de universidade, a minha posição, a minha família, a minha fortuna. O que eu buscava em troca de tudo que deixei era um mundo maior, ainda virgem e intemerato do contato lascivo e deprimente dessa moral cristã; era um verdadeiro domínio para o homem novo, para quem, saltando por cima dos séculos da humildade, quer dar a mão aos antigos e com eles e sob o influxo deles renovar a civilização e produzir um mundo que seja o reino da força radiante e da beleza triunfal. E parti então para a virgindade destas selvas, com o ímpeto de viver nelas solitário, na exaltação do meu ideal, ou de um dia as transformar em um império branco, que é o desejo e a razão do meu sangue. Viajei longamente até agora. O mar foi para mim a primeira grande sensação da liberdade; sobre ele sonhei, e vivi intensamente o gozo do pensamento puro... mas não vivi o mar, porque não atuei sobre ele, e a vida é a ação...

MILKAU – O que cada um de nós procura é tão diverso... Também, como tu, deixei terra natal, sociedade, civilização, em troca de bens maiores, de bens eternos. A minha trajetória vem de época mais remota... Depois da morte de minha mãe, o meu primeiro desejo foi sair de Heidelberg e buscar a vida em outra parte. Berlim me atraía, e julguei aí encontrar uma solução à minha existência, então vaga e sem objetivo. O que mais me atormentava era a consciência de que começava a viver por viver, sem interesse na vida. Afastado de qualquer crença religiosa, sem uma ideia moral que fosse meu apoio, o infinito para mim não existia, a sociedade não me preocupava, e a consolação não me podia vir do nada. A minha existência era vagar com os companheiros fortuitos, sem saber onde os meus passos iriam findar. Vivia vacilante e fugitivo, buscando no exterior a calma para o espírito; eram passeios intermináveis, eternas caminhadas pelas ruas, pelos parques da cidade, pelos bosques calados... Mas as minhas cismas eram as mesmas, e eu sempre me prendia ao passado do meu coração, invocando as três imagens dos que amei e cujos retratos povoavam o meu quarto, e elas as minhas saudades. Nesta época a minha não conformação ao mundo era cada vez maior; sentia-me crescer dentro de mim mesmo, numa aspiração indefinível de amor, de calma, de sonho que sempre me fugiam: a minha tortura era infinita, a minha melancolia, acabrunhadora. Minha amada, minha mãe, meu pai... Custava-me já resistir a tanto; a minha doença moral parecia-me irremediável, a mim, torturado de um desejo de realidades, quando tudo me era indeciso e intangível... Nada havia que me prendesse à vida; o que eu amara tinha desaparecido, o que amo hoje não me tinha chegado. Vivia na desilusão; a minha dúvida tinha espaços tão ilimitados que meu espírito oscilava e se perdia no mundo das ideias e das emoções. E então tive aquela ânsia torturante de resolver de qualquer modo, de terminar as minhas vacilações, e, desalentado, procurei realizar a ação pela única forma que me parecia positiva na vida, isto é, pela morte... Mas a contemplação da miséria moral em torno de mim susteve aquilo, a que em minha insânia eu chamava o ato da vontade. Todos os sofrimentos estranhos se infiltravam em minha alma; as lentas agonias e os duros sacrifícios alheios eram pasto da minha piedade. No estado de espírito em que me achava, só tinha inclinação para os que se assemelhavam a mim. Eu sofria, e a Dor pela sua mão forte e santa me conduziu aos outros homens... Refleti: «se todos sofrem e se resignam, é porque a vida é mais desejável que a morte, e não é o suicídio uma salvação que deve ser coletiva. Não se trata de libertar um só dos mártires, é preciso que todos se salvem»... E o suicídio começou a morrer no meu pensamento, enquanto o clarão benfazejo da solidariedade aí apontava... Não me restava agora para combater o desespero senão procurar na mesma vida a razão que me curasse do mal da morte e fosse um desafogo aos meus novos sentimentos. Olhei todas as vias que se podiam abrir diante de mim... Compreendi logo que não podia continuar na posição que tinha de crítico literário em um jornal de Berlim: faltava-me agora o ânimo de falar de livros inspirados em uma arte vazia, sem ideal, e saturada de sensualidade. Convenci-me ainda mais da falsa situação em que estava, fazendo parte do grupo de ignorantes e dogmáticos que, envolvidos nos mistérios da imprensa, exploram os outros homens, cuja credulidade voluntária é ali como em toda parte a forma de sua cumplicidade na perpetuação do mal sobre a terra... E agora para onde ir?, perguntava eu humilhado. Que profissão será a minha neste quadro do mundo? A política? A diplomacia? A guerra?

LENTZ – Sim, a guerra. Porque ela é forte, é digna. O mundo deve ser a morada deliciosa do guerreiro.

MILKAU – Aquelas duas vidas, a do político e a do diplomata, eram vãs para quem não escutava a voz da comodidade ou da ambição, para quem não queria definhar na esterilidade e no egoísmo, para quem buscava o que é eterno... A guerra é uma volta ao passado, a um ideal morto para a civilização e de que o meu novo pensamento ainda mais se afastava... Não tinha aonde ir; e este embaraço a minha crise prolongava-se, pois não era mais escolher entre a vida e a morte, e sim entre qualquer vida e uma vida. Essa uma vida que eu sonhava, que eu queria e por toda a parte procurava, não podia descobrir... Não podia ir às oficinas, ir à indústria, porque aí não encontrava ainda a atmosfera para a minha independência e o meu amor. Não se tratava só de trabalho, tratava-se também de uma livre expansão da individualidade, e a indústria nesta velha civilização é um desfiladeiro apertado de combate no meio da sociedade, que ela divide em senhores e escravos, ricos e pobres... A minha angústia continuava, e por entre esses tormentos a minha existência solitária se ia passando na contemplação reconfortante da Arte. A Beleza entrava no meu espírito como um doce sustento. Ou mirando a linha triunfal da estatuária, ou agitando-me ao vivo movimento do gesto, ou aquietando-me à serenidade da atitude repousada eternamente no mármore, ou embebendo-me na poesia infinita da cor, no enigma insondável da figura humana, o meu espírito descansava e apoiava-se para a existência... E então pus-me a viajar longos dias pelas antigas paragens, onde a arte busca ainda a sua fonte de mistério e rejuvenescimento... Foi pela arte que comecei a amar a natureza, pois até então a minha atenção ao mundo exterior era vaga e incerta: eu só tinha os olhos voltados para o meu caso pessoal, para as minhas cismas longas e indefinidas. No momento em que tratei a arte, em que me possuí da beleza, a minha vista se alongou pelo mundo afora, e eu vi o esplendor por toda a parte. Os panoramas do céu passaram a interessar-me profundamente; dias inteiros a admirar a limpidez da atmosfera, outros a perder os olhos no cristalino do ar, outros a sonhar na imensidade das cúpulas azuis límpidas e infinitas que são o espaço. Vi o mar, o pequeno mar do sul da Europa untuoso e doce, que estreita a terra cheia de anfractuosidades, as quais são abrigos para os homens, mar que não espanta, mar amigo, que é um traço de união entre as gentes; e de outras praias brancas, imensas, espiei o outro mar, o mar tenebroso que apavora, que domina e que é em si mesmo, como a própria liberdade, inacessível, tentador e indomável... O meu deslumbramento pela natureza afastava-me de tudo o que não fosse contemplação. Carregando por toda a parte a minha admiração, sucedia-me passar longos tempos solitário nas florestas, nos lagos e nos campos, num êxtase de louco, a extrair das coisas a suma da beleza. Vivia mais das impressões da luz sobre o quadro onde se desenrola a vida que dos alimentos da terra... No outono o sol abrasa as árvores amarelas, e sobre elas a Morte é uma glória de ouro... No inverno os esqueletos das árvores cobrem-se de branco, como uma paisagem fantástica e morta, e desce sobre a terra uma neve abundante, vadia pelos ares, leve como arminho, farfalhante como areia... No tempo dessa única preocupação reinava em meu espírito um esquecimento das desgraças do passado ou dos cuidados do futuro, e esse olvido me parecia a felicidade pela hipnose com que adormecia a minha consciência. Assim vivi longo tempo, e tão engolfado no meu culto que atravessava estranho e silencioso o mundo. Viajava dentro do meu êxtase, que era como um carro de ouro levado pelos cavalos árdegos da imaginação e transportado pelos caminhos deslumbrantes das regiões plácidas e misteriosas da beleza imortal... Ao estado de desvario artístico sucedia em mim um desejo de mortificação e sofrimento. Ressuscitar, em pleno domínio do sensualismo, a vida solitária dos monges, evaporar a minha animalidade e dissolvê-la na combustão de um sentimento ativo e fecundo, tal foi a nova via por que caminhei. Concentrado num lugarejo encravado no coração dos Alpes da Baviera, absorvi-me no estudo e na cisma...

LENTZ – E a consolação? Não te veio?

MILKAU – A princípio iludi-me, pensando que não havia outra existência, tão forte, tão nobre... mas os velhos monges tinham como sustento o consolo da adoração... O meu isolamento era apenas intelectual, uma forma de desdém de mundo, uma expressão mesquinha de quem foge do seu lugar na vida. Depois dos primeiros momentos de prazer e tranquilidade, a minha covardia me atormentava infinitamente, e a solidão passou a ser um estado aflitivo. Hoje, Lentz, quando penso no isolamento a que um homem se consagra, penso sempre no deleite desse refúgio, penso que é um sacrifício, mas também que é uma manifestação de estéril orgulho. O ascetismo é como uma ilha solitária que arde no meio do mar, os seus fogos deslumbrantes têm um fantástico poder de iluminação sobre o mundo, mas as suas labaredas afastam dela os homens... E eu não podia consumir-me nessas chamas, pois já trazia dentro de mim a porção de humanidade que me conduzia à vida. Então, uma manhã desci das alturas... Aqui nos meus olhos ainda tenho guardado até hoje o último espetáculo das montanhas glaciais. Nunca mais tornarei à geleira fumegante, nem sobre os blocos de gelos das brancas e frias pedras verei mais descansar a luz rósea do sol. Paisagem solitária e morta, como se fosse um fundo de mar seco, e sobre ela os fragmentos da vida passando carregados ao sopro do vento gelado... Adeus, montanhas de silêncio, de consolo e de imolação! Quando cheguei abaixo era outro homem. O amor dentro de mim sorria, amparava-me, e um bem-estar infinito nunca mais me deixou. O que eu amava era fazer amar, gerar o amor, ligar-me aos espíritos, dissolver-me no espaço universal e deixar que toda a essência de minha vida se espalhasse por toda a parte, penetrasse nas mínimas moléculas, como uma força de bondade...

LENTZ – Não, não! A vida é a luta, é o crime. Todo o gozo humano tem o sabor do sangue, tudo representa a vitória e a expansão do guerreiro. Tu eras grande quando a tua sombra sinistra de solitário passeava nos Alpes e amedrontava os ursos. Mas, quando o amor penetrou em ti, começaste a minguar; a tua figura de homem vai se apagando, e eu verei o teu semblante um dia sem luz, sem vida, sem força, mirrado pasto da tristeza.

MILKAU – O princípio do amor me sustenta e protege. Eu sou daqueles que foram por ele consolados... Ia terminar o drama íntimo do meu espírito e concluir-se a passagem dolorosa de um estado de moral hereditária para uma consciência pessoal. Refletindo sobre a condição humana, o meu pensamento se esclareceu, quando vi a marcha da humanidade partindo da escravidão inicial... No princípio era o caos; massas informes apresentavam-se como manchas de nebulosas cobrindo a terra; pouco a pouco desta confusão cósmica os homens se destacaram, e as personalidades surgiram, enquanto os outros ainda jazem informes na matéria geradora. Mas um dia chegará também para estes a hora da criação; o amor os reclamará à vida, pois criar homens é a sua obra. Um dia será a subordinação de tudo a todos para maior liberdade de cada um. É a parábola que descreve a vida, da grande escravidão para a maior individualidade...

LENTZ (Olhando a floresta) – Vê como tudo te desmente. Esta mata que atravessamos é o fruto da luta, a vitória do forte. Cem combates travou cada árvore destas para chegar à sua esplêndida florescência; a sua história é a derrota de muitas espécies, a beleza de cada uma é o preço da morte de muitas coisas que desde o primeiro contato da semente poderosa foram destruídas... Como é magnífica aquela árvore amarela!

MILKAU – O ipê, o sagrado pau-d'arco dos gentios desta terra...

LENTZ – O ipê é uma glória de luz; é como uma umbela dourada no meio da nave verde da floresta; o sol queima-lhe as folhas e ele é o espelho do sol. Para chegar àquele esplendor de cor, de luz, de expansão carnal, quanto não matou o belo ipê... A beleza é assassina e por isso os homens a adoram mais... O processo é o mesmo por toda a parte; e o caminho da civilização é também pelo sangue e pelo crime. Para viver a vida é preciso ir até ao último grau de energia, é preciso não a contrariar. Aqueles que cruzam as armas são os mortos. Os grandes seres absorvem os pequenos. É a lei do mundo, a lei monárquica; o mais forte atrai o mais fraco; o senhor arrasta o escravo, o homem, a mulher. Tudo é subordinação e governo.

MILKAU (Olhando a mata) – A natureza inteira, o conjunto de seres, de coisas e homens, as múltiplas e infinitas formas da matéria no cosmos, tudo eu vejo como um só, imenso todo, sustentado em suas íntimas moléculas por uma coesão de forças, uma recíproca e incessante permuta, num sistema de compensação, de liga eterna, que faz a trama e o princípio vital do mundo orgânico. E tudo concorre para tudo. Sol, astro, terra, inseto, planta, peixe, fera, pássaro, homem, formam a cooperação da vida sobre o planeta. O mundo é uma expressão da harmonia e do amor universal.

(E apontando para a vegetação no alto de uma rocha.) Na verdade, a vida dos homens na terra é como a daquelas plantas sobre a pedra. O cume da montanha era uma laje estéril, e sobre ela não frutificavam as sementes de árvores e de grandes plantas trazidas pelos pássaros e pelos ventos. Um dia, enfim, trouxeram eles sementes de algas e vegetais primitivos, para os quais o mineral da terra é um alimento. Muito tempo passado, quando aquelas sementes primeiro rejeitadas foram de novo para ali carregadas, já encontraram a terra formada pelas algas e sobre ela medraram, espalhando pelo chão a sombra, protegendo os primitivos moradores da pedra, que então ousaram crescer, entrelaçando-se nos troncos das árvores, no corpo de suas filhas. Do muito amor, da solidariedade infinita e íntima, surgiu aquilo que nós admiramos: um jardim tropical expandindo-se em luz, em cor, em aromas, no alto da montanha nua, que ele engrinalda como uma coroa de triunfo... A vida humana deve ser também assim. Os seres são desiguais, mas, para chegarmos à unidade, cada um tem de contribuir com uma porção de amor. O mal está na força, é necessário renunciar a toda a autoridade, a todo o governo, a toda posse, a toda a violência. É preciso não perturbar a harmonia dos movimentos e da espontaneidade de todos os seres. Diante da obra da civilização o papel de cada um é igual ao do outro: a ação dos grandes e dos pequenos confunde-se no resultado. A história testemunha que a cultura não é somente a obra do crime e do sangue; ao lado da coação moral concorrem as alavancas da simpatia. A obra do passado é ainda venerável, porque é sobre ela que se fundará o futuro. Não amaldiçoemos a civilização que nos veio no sangue antigo, mas façamos que este sangue seja cada dia mais amoroso e menos carniceiro. Que os nossos mais entranhados instintos da animalidade se transformem no voo luminoso da piedade, da dedicação e do amor...

    Era finda a viagem. Os dois homens fitavam o sol, que rubro rolava para debaixo das montanhas. Os dois homens fitavam a Morte, que se vinha apoderando docemente das coisas...

3

Milkau, sentado à porta da pequena estalagem de Santa Teresa, onde dormira, estava contemplando a vida que se despertava em torno quando Lentz, saindo por sua vez do quarto, veio encontrá-lo com uma expressão repousada e jovial, levemente excitado pela frescura e sutileza do ar. Milkau alegrou-se vendo o seu companheiro de destino e saudou-o com um sorriso de ternura. Pouco depois, iam juntos pela pequena povoação agora acordada e radiante na sua ingênua simplicidade. As pequenas casas, todas brancas e toscas, abriam-se, cheias de luz, como olhos que acordassem. Assim escancaradas e iguais, se enfileiravam em ordem. O seu conjunto uniforme era o de um pombal suspenso na altura silenciosa da montanha. Em roda, circunscrevendo a povoação, um parque verde assinalado de árvores salteadas, e por onde passavam cantantes fios de água corrente, que eram a alma da paisagem.

Os dois imigrantes sentiam-se transformados por uma paz íntima, por uma consoladora esperança, diante do quadro que lhes mostrava a população. Viam todo o povo trabalhando às portas e no interior das casas com tranquilidade, e todas as artes ali renascer na singeleza do seu espontâneo e feliz início. Era um pequeno núcleo industrial da colônia. Enquanto por toda a parte, na mata espessa, outros se batiam com a terra, aquela pouca gente se entretinha nos seus humildes ofícios.

Milkau e Lentz percorriam o lugarejo, notando a música vivaz e alegre formada pelos vários ruídos do trabalho. Na sua oficina, um velho sapateiro de longa barba e mãos muito brancas e esguias batia sola. Lentz achou-o venerável como um santo. Um alfaiate passava a ferro um pano grosso; mulheres fiavam nos seus quartos, cantarolando; outras amassavam o trigo e preparavam o pão, outras, em harmônicos movimentos, peneiravam o milho para o fubá; sempre o pequeno trabalho manual, humilde e doce, sem o grito do vapor e apenas, como única máquina, um pequeno engenho para mover os grandes foles de uma forja de ferreiro, que a água de uma represa fazia rodar com estrépito sonoro. E todo esse ruído era vivo e abençoado, todo ele se entretecia sem violência, e mesmo o malhar do ferro não destoava do metálico clangor de uma clarineta, em que o mestre da banda de música de Santa Teresa dava a lição matinal aos seus discípulos. Havia uma felicidade naquele conjunto de vida primitiva, naquele rápido retrocesso aos começos do mundo. Ao espírito desmedido e repentista de Lentz esse inesperado encontro com o Passado parecia a revelação de um mistério.

– Isto é uma glória – disse ele, interrompendo o silêncio em que iam –, estes pobres que trabalham mediocremente com as próprias mãos, estes homens que se não mancham nos fumos do carvão, que se não embrutecem no barulho das máquinas, que conservam toda a frescura da alma, que se bastam a si mesmos, que fazem cantando o pão, as vestes... são os criadores simples e naturais, e a criação é neles uma feliz satisfação do inconsciente.

Milkau também admirava, orgulhoso de ser homem naquele alto de montanha, onde o trabalho tinha o seu cenário tranquilo; mas, como enxergasse no louvor de Lentz o espírito negativo deste, observou:

— Realmente, é um belo quadro esse que vemos, e o espetáculo de um trabalho livre e individual nos embriaga de prazer. Mas no fundo assistimos a um começo de civilização; é o homem que ainda não venceu grande parte das forças da natureza e está ao lado dela numa postura humilde e servil.

— Mas quem pode negar que o homem, servo da máquina, se vai afundando num embrutecimento pior que o do selvagem? — replicou Lentz.

— Para mim há uma ilusão nesse sentimento romântico. Sim, a máquina, especializando e eliminando os homens, tirou-lhes a percepção integral da indústria; hoje, porém, que o homem a transformou em um instrumento de movimentos próprios, ele se libertou, readquiriu a sua inteligência, dirigindo o maquinismo engrandecido quase à altura de um operário. Nós não podemos fazer que a massa da civilização retroceda a esse antigo período da indústria. A poesia que há nele é o perfume misterioso do passado, para o qual nos voltamos atemorizados; mas há também uma poesia mais forte e mais sedutora na vida industrial de hoje, e é preciso considerá-la pelo seu prisma luminoso como uma aurora...

— Pois eu — repetia Lentz inabalável, enquanto passeava ao lado de Milkau — tenho como sagrada toda essa gente; merecem mais o meu amor que essa infinidade de proletários, cheios de ambições, famintos e pavorosos, procurando governar o mundo. Ao menos estes aqui, puros de todo o pecado de orgulho, são bons e ingênuos e suportam o seu jugo com um sorriso.

Passearam ainda algum tempo, sentindo uma entranhada dificuldade em abandonar aquele lugar. Dirigiram os passos para os caminhos que abeiravam Santa Teresa. Procuravam as pequenas elevações, giravam abaixo e acima pelo parque, paravam à porta das casas, miravam atentos o serviço que nelas se fazia, sorriam às crianças, e, perseguindo com olhos de admiração as saudáveis raparigas, enrubesciam-nas. E em tudo isso se recreavam mansamente, deixando-se ir na inconsciência desses atos espontâneos, que os retinham alguns minutos no povoado. Mas afinal tiveram de se arrancar ao descuidado repouso. Uma filha da hoteleira levou-os até a boca do caminho do Timbuí. Com mil perguntas a prenderam uns instantes, agradados do seu rosto delicado, da sua forte e fulva cabeleira. Lentz via na rapariga uma divindade estranha naquela floresta verde, mas uma divindade meiga como eram os habitantes de Santa Teresa. A jovem estendeu o braço longo indicando-lhes o caminho. Eles admiraram-lhe o gesto, o ar, a graça, e partiram como num sonho.

A princípio iam meio apreensivos e calados, como quem parte para o desconhecido. A estrada por cima dos morros descampados ora descia, ora subia. O panorama largo, ousado, fecundo, variava de aspectos, cheio de montes, vales, florestas, ribeiros e cascatas. Era um trecho de uma região poderosa e opulenta da terra brasileira. Dentro dela se abrigava a multidão de bárbaros e de estranhos ali recebidos com brandura e carinho. Milkau e Lentz passaram pelas casas de colonos agricultores, as quais viam pela primeira vez, e, sem nelas penetrarem, punham-se a mirar de fora esses retiros encantados de verdura, de tranquilidade e abundância. E as casinhas sucediam-se por todo o vale, abrigadas umas no fundo seio dos morros, outras dependuradas na encosta destes, todas com disposição e graça uniformes.

Havia fumo em todas as chaminés, mulheres em suas ocupações domésticas, animais e crianças debaixo das árvores, homens metidos na sombra fresca dos cafezais que rodeavam as habitações. E os dois imigrantes, no silêncio dos caminhos, unidos enfim numa mesma comunhão de esperança e admiração, puseram-se a louvar a Terra de Canaã.

Eles disseram que ela era formosa com os seus trajes magníficos, vestida de sol, coberta com o manto do voluptuoso e infinito azul; que era animada pelas coisas; sobre o seu colo águas dos rios fazem voltas e outras enlaçam-lhe a cintura desejada; as estrelas, numa vertigem de admiração, se precipitam sobre ela como lágrimas de uma alegria divina; as flores a perfumam com aroma estranho, os pássaros a celebram; ventos suaves lhe penteiam e frisam os cabelos verdes; o mar, o longo mar, com a espuma dos seus beijos afaga-lhe eternamente o corpo...

Eles disseram que ela era opulenta, porque no seu bojo fantástico guarda a riqueza inumerável, o ouro puro e a pedra iluminada; porque os seus rebanhos fartam as suas nações e o fruto das suas árvores consola o amargor da existência; porque um só grão das suas areias fecundas fertilizaria o mundo inteiro e apagaria para sempre a miséria e a fome entre os homens. Oh!, poderosa!...

Eles disseram que ela, amorosa, enfraquece o sol com as suas sombras; para o orvalho da noite fria tem o calor da pele aquecida, e os homens encontram nela, tão meiga e consoladora, o esquecimento instantâneo da agonia eterna...

Eles disseram que ela era feliz entre as outras, porque era a mãe abastada, a casa de ouro, a providência dos filhos despreocupados, que a não enjeitam por outra, não deixam as suas vestes protetoras e a recompensam com o gesto perpetuamente infantil e carinhoso, e cantam-lhe hinos saídos de um peito alegre...

Eles disseram que ela era generosa, porque distribui os seus dons preciosos aos que deles têm desejo; a sua porta não se fecha, as suas riquezas não têm dono; não é perturbada pela ambição e pelo orgulho; os seus olhos suaves e divinos não distinguem as separações miseráveis; o seu seio maternal se abre a todos como um farto e tépido agasalho... Oh! esperança nossa!

Eles disseram esses e outros louvores e caminharam dentro da luz...

Já traziam cinco horas de Santa Teresa quando chegaram à margem do Rio Doce. Mal tiveram tempo de dar uma vista d'olhos pela redondeza, porque, saindo de um barracão verde ali situado, o agrimensor Felicíssimo se lhes dirigiu com o triângulo moreno do seu rosto escancarado num grande riso de vida e bondade.

– Então – gritou de longe –, isso são horas de chegar?

E sem esperar resposta foi ao encontro dos dois alemães, com as mãos estendidas... Milkau pensou que era o gênio da raça originária e senhora daquela terra que se lhes deparava, numa alegria estrepitosa e confortante.

– Ah! meu caro – disse Lentz –, por um pouco ficávamos por esses caminhos, ajoelhados, adorando esta sua bela terra.

– Não há dúvida, isto é mesmo um paraíso – concordou com entusiasmo o agrimensor.

E os outros começaram a contar-lhe com exaltação as suas primeiras impressões. Felicíssimo, porém, interrompeu-os, preocupado pelo instinto da hospitalidade.

– Onde almoçaram? Posso arranjar aqui alguma coisa para entreterem o estômago...

– Obrigado – disse Milkau. – Ao sairmos de Santa Teresa, comemos alguma coisa que trazíamos e depois no caminho nos fartamos de laranjas no pomar de uma velha colona. Ainda lhe trazemos algumas aqui. Veja que beleza de fruta!

– Ainda não viram nada – respondeu o agrimensor, recebendo as laranjas. – Não estraguem a admiração, porque têm muito de que ficar de boca aberta. Olhem, não há Brasil como este, e em tudo!

Encaminharam-se para uma meia-água coberta de zinco, onde o agrimensor tinha o escritório, cujo arranjo não podia ser mais simples: alguns instrumentos de campo, ao canto, sobre uma mesa dois ou três grandes livros que eram o registro dos prazos arrendados aos colonos, e na parede um grande mapa dos lotes de terra da região. Nem um livro de leitura, nem o quadro mais humilde, nem uma fotografia; apenas um maço de jornais para desabafo da curiosidade do cearense. Felicíssimo fazia também desse barracão o seu quarto de dormir, de uma singeleza nômada. Ao lado havia outro puxado maior, que era o alojamento destinado aos imigrantes, enquanto esperassem levantar nos lotes as suas casas. Era espaçoso e arrumado como um dormitório de hospital, tendo ao fundo uma pequena cozinha. Felicíssimo, porém, abrira gostoso uma exceção para os dois estrangeiros, agasalhando-os no barracão do escritório. Os hóspedes agradeceram ao brasileiro amável e, abancados todos no quarto de dormir, travaram conversas nas quais os imigrantes se foram informando de muitas coisas do lugar, até que o agrimensor, sentindo que o sol baixava, lhes disse:

– Ande daí, gente! vamos escolher os lotes.

Passaram para o escritório, e diante da planta dependurada acrescentou:

– Para mim, o que mais lhes conviria seria o número dez. Aí a terra deve ser esplêndida. O diabo é que está enterrado em plena mata e vão ter muito trabalho para fazer a limpa... Mas olhem que na verdade vale o esforço.

E Felicíssimo, de varinha em punho para apontar no mapa, todo assanhado, interrogava os outros. Milkau, sem se preocupar muito com a escolha e querendo ceder por delicadeza à opinião do agrimensor, aceitou o lote proposto. Ele se rejubilava naquele dia glorioso com a miragem de um grande e santo labor.

Preparavam-se para sair. Chegando à porta, Felicíssimo farejou o tempo, com ares de entendido, refletiu e ponderou aos companheiros:

– Daqui ao lote dez é um pedaço; não teríamos tempo de ir e voltar com o dia. Mas se fazem questão...

– De forma alguma – respondeu Lentz. – É melhor ficar para amanhã.

Uma doce fadiga entorpecia os viajantes, e eles, deitados sobre a relva junto à casa, em companhia do cearense, ouviam-lhe as histórias, cismavam em coisas vagas e miravam o rio passar preguiçoso...

Um grupo de homens armados de ferramentas de campo apareceu a distância. Vinham vagarosamente, arrastando-se pela estrada descampada junto à praia do rio. Percebendo de longe que havia gente nova, caminhavam silenciosos, com o impulso sinistro e reservado que é o primeiro movimento do homem para o homem... Chegados que foram, saudaram surdamente e calados entraram no interior do armazém para guardar as ferramentas. Felicíssimo, vendo-os passar tão estranhos, ficou surpreendido e gritou-lhes:

– Então, camaradas! o rumo está acabado?

– Pronto! – disseram, passando sem parar, a um só grito, feito da voz de todos, e entreolhando-se espantados por terem respondido ao mesmo tempo, fazendo coro.

Milkau e Lentz admiravam a robustez daqueles homens com pulsos de ferro, torso hercúleo, barbas avermelhadas, olhos de um azul de abismo, muito parecidos como um grupo de irmãos. Somente havia um mulato, que entre eles se destacava. Tinha a cara mascarada pelas bexigas; era bronzeado, usava uma pequena barba anelada e falha e o cabelo curto em pé sobre a testa. Com os olhos rajados de sangue e os dentes pontiagudos de serra, tomava por vezes a aparência de um sátiro maligno; mas essa impressão não era frequente, e rapidamente a desmanchava um riso fácil e ingênuo. No meio da massa indistinta dos companheiros louros e pesados, o cabra brasileiro tinha um ar vitorioso, um ar espiritualizado. Não havia, na verdade, entre ele e a terra um remoto convívio, perpetuado no sangue e transmitido de geração em geração?...

Pouco a pouco os homens foram se aproximando dos recém-chegados, ouvindo-lhes silenciosos a conversa. Como o sol se punha e as águas do rio se faziam cor de sangue, Felicíssimo apontou para o céu, mostrando a Milkau e a Lentz os bandos de aves que passavam na iluminação do crepúsculo, em longas teorias harmônicas.

– Ah! Um bom tiro! – exclamou o mulato, saboreando com melancolia os efeitos criados em sua imaginação de caçador.

— Qual, Joca, ali tu não apanhavas nada, cabra... — disse-lhe a rir Felicíssimo, em alemão.

Os camaradas aplaudiram.

— Aposto, seu cadete — replicou o mulato com fanfarrice. — Se eu tivesse uma boa arma, não ficava um bicho daqueles voando. Era só pontaria no da frente... e se a arma fosse espalhadeira, havia de se ver...

As aves em bando continuavam serenas e soberbas no seu voo. Outras vinham ao longe... Joca olhava, seguindo-as pesarosamente. Admirava-se Lentz do modo corrente por que o mulato falava alemão, apesar de rechear a frase de vocábulos brasileiros. E, dirigindo-se aos trabalhadores alemães, perguntou-lhes se falavam a língua do país. Responderam que não. E Felicíssimo observou a propósito:

— Olhe, não se admire desses homens que estão aqui há um ano ou pouco mais. Há gente na colônia, entrada há mais de trinta anos, que não fala uma palavra de brasileiro. É uma vergonha! O que acontece é que os nossos tropeiros e trabalhadores todos falam o alemão. Não sei, não há povo como o nosso para aprender as línguas alheias... Creia que é um dom natural...

Joca aprovou convicto e ajuntou que ele mesmo já falava mais alemão que a sua língua e arranhava um pouco o polaco e o italiano. No fundo do pensamento de Lentz houve um pequeno júbilo por essas confirmações da insuficiência do meio brasileiro para impor uma língua. Essa fraqueza não seria a brecha para os futuros destinos germânicos daquela magnífica terra? E pôs-se a cismar, com os olhos abertos e fulgurantes.

— Não estará longe o dia — considerou Milkau—, em que a língua dos brasileiros dominará no seu país. O caso das colônias é um acidente, devido em grande parte à segregação delas no meio da população nativa. Não digo que os idiomas estrangeiros não influam sobre o idioma nacional, mas desta mistura resultará ainda uma língua, cujo fundo, cuja índole serão os do português, trabalhado na alma da população por longos séculos, fixado

na poesia e transportado para o futuro por uma literatura que quer viver...
(E sorria, dirigindo-se a Lentz.) Nós seremos os vencidos.

Isso agradou a Felicíssimo. Joca, que de tudo só apanhou a frase final, olhou com superioridade a massa de seus companheiros alemães. A profecia dava-lhe desde já um orgulho de vencedor.

Enquanto a conversação se ia desenrolando mansamente, viram passar pelo caminho, à beira do rio, um velho muito alto e magro, armado de espingarda e carregando um animal morto a gotejar sangue pelas feridas, que Joca declarou ser uma paca. O caçador era seguido por um bando de cães que o rodeavam ou precediam, todos muito árdegos, de orelhas ora empinadas, ora baixas, exaustos da caçada, boca aberta e língua de fora, trêmulos, nervosos, a resfolegar, queimando o ar frio com ardente e inquieta respiração, numa combustão que os envolvia de ligeiro fumo. O caçador caminhava com passo rápido, os cães o acompanhavam ganindo e excitados pelo cheiro de sangue que escorria da caça.

– Ah! – murmurou Joca com pena –, se nós apanhássemos aquele bichinho para a panela.

O caçador passou sem os cumprimentar.

– É um selvagem – disse Felicíssimo.

– Mora por aqui? – interrogou Milkau.

– É o vizinho mais perto do barracão, mas nem por isso nos salva... passa pela gente como se fôssemos cachorros... – respondeu Joca.

– Há de ser algum solitário – supôs Lentz.

– Um arredio – explicou o agrimensor –, não fala com pessoa alguma que eu saiba, vive só com aqueles cachorros, que são valentes como feras.

E o velho sempre caminhava, indiferente ao grupo de homens que o observavam, até que se sumiu no mato.

Continuavam a tratar da vida singular que levava o caçador, quando um dos camaradas se achegou a Felicíssimo, prevenindo-o de que podiam ir cear. Ergueram-se da relva, uns espreguiçando os braços, outros bocejando, e tranquilos e morosos entraram todos em casa.

Os trabalhadores do barracão armaram a mesa das refeições no dormitório dos imigrantes e aí puseram-se a cear. A comida era simples e pobre, o peixe salgado e a carne seca, alimentação habitual dos homens do campo nos lugares do seu serviço; e todos se banqueteavam alegremente, alguns num prazer discreto e moroso, outros espertos e faladores como Felicíssimo e Joca. Lentz olhava agora as duas raças, ali reunidas à mesa; admirava o que havia de sólido e repousado nos gigantes alemães, enquanto a facúndia interminável e mole do cearense e do mulato lhe trazia a sensação do enjoo de mar.

No entanto, Milkau estava solícito com todos, alegrando-se naquela comunhão entre as raças distintas, vendo alargar-se o destino da sobrevivente mesa comum que caía dos tempos como uma relíquia do patriarcado.

A sala era alumiada por um lampião de querosene e a luz turva e indecisa, mas suficiente para que os novos colonos pudessem distinguir a fisionomia de cada trabalhador europeu até então para eles confundidos numa só massa. Uns eram já homens maduros e experimentados por longos sofrimentos, outros novos e joviais, geralmente fortes, e mostrando uma calma indolente nos movimentos e nos olhos um longo descanso. Comiam mais ou menos igualmente com medo e devagar. Além do fundo uniforme da sua própria classe, uma longa intimidade lhes dera em muitos pontos uma só feição.

Entreteve-se Milkau, para conversar com os seus patrícios, em indagar dos lugares donde era cada um deles. Quase todos procediam da Prússia Oriental, da Pomerânia; havia, porém, alguns que vinham das bandas do Reno.

– De que lugar é? – perguntou Milkau ao trabalhador mais idoso.

– De Germershein.

– Então somos quase vizinhos, porque sou de Heidelberg.

O trabalhador sorriu, feliz por ter encontrado um conterrâneo; mas a sua alegria não passava de um gesto dolorosamente incompleto como o próprio espírito. Para Milkau um compatriota era o aparecimento súbito e inesperado de todo o seu passado. Uma incompreensível saudade dos seus primeiros anos o mortificou um instante; era como um arrependimento de não ter sido nos princípios da vida o homem de hoje. Um desejo de voltar atrás, de começar de novo, de pagar em amor toda a indiferença que tivera pelas coisas da sua terra, pelos homens da sua cidade, pelo quadro, enfim, onde passara a sua mocidade silenciosa.

– Ah! – exclamou ligeiramente pensativo. – Então é da terra de Soror Marta! Conheceu o Rochedo da Monja...?

– Sim.

Lentz perguntou se isso se ligava a alguma lenda. E Milkau pediu ao trabalhador que narrasse essa tradição ignorada pelos que ali estavam. Todos se voltaram para o emigrado do Reno.

O homem interrogado ficou um segundo atônito e irresoluto em sair da obscuridade coletiva e anônima em que até então estivera na mesa. A princípio não disse uma palavra. Coçava embaraçado a cabeça.

Joca, a quem o silêncio de um instante perturbava e afligia, voltou-se para o companheiro alemão com os olhos esgazeados.

– Desembucha, homem de Deus! É segredo? – gritou o cabra.

O alemão afinal resolveu-se a falar, olhando para todos, muito espantado de se ver naquela situação saliente.

Na sua linguagem tosca contou que no tempo das Cruzadas um duque, apenas se casara, partira a pelejar pela Fé. Sua mulher ficara inconsolável com a separação e, temendo a morte do esposo, fez voto de que, se tornasse a vê-lo, o primeiro filho que tivessem seria consagrado ao serviço de Deus. Voltou o duque, e passado algum tempo nasceu-lhes uma filha, que se chamou Marta. A menina era de uma deslumbrante beleza, e com pesar os nobres vizinhos, que a queriam para esposa dos filhos, viram-na crescer morta para o mundo. Apenas Marta se tornou moça, entrou para o convento, onde a sua piedade encantava ainda mais a sua peregrina formosura. O duque morreu na outra cruzada, e a viúva, sem mais filhos, ficou isolada no castelo. Era-lhe único consolo ver a filha, que de tempos a tempos ia visitá-la, vestida de monja. Uma vez, quando esta atravessava o bosque para uma dessas visitas de consolação, aconteceu-lhe encontrar-se com um jovem caçador, filho de um conde palatino. Deslumbrado, o rapaz ficou louco de amor pela freira, e silencioso seguiu-a até ao castelo. Lutou consigo por esconder a paixão criminosa, mas foi impossível, e vencido, ansiado e ardente planejou raptar a monja. Uma tarde, disfarçado em aldeão, o jovem conde bateu à porta do mosteiro para dizer a Marta que a duquesa estava a morrer. A freira partiu logo para a casa de sua mãe. O conde acompanhou-a, e, quando chegaram ao lugar mais solitário, descobriu o seu ardil e propôs-lhe fugirem e ocultarem o seu amor em outras terras. Marta espavorida e virtuosa põe-se a correr. O moço, alucinado, persegue-a. Vão os dois pela floresta como loucos. A freira transviada toma um caminho que a afasta do castelo, e no desespero da fuga chega até ao rio, onde o conde a vai alcançando... Um rochedo se abre e recolhe no seio de pedra a jovem monja. Não acreditou o conde na proteção de Deus e teimou em esperar a saída de Marta. Ficou assim dias e dias ali vivendo, encostado ao penhasco. De dentro, em vez de maldições, vinha o eco das súplicas da freira pela salvação da alma de seu malfeitor. Passaram-se meses, anos, o conde envelhecia, a barba embranquecida alongou-se-lhe até aos pés, e afinal o coração, amolecido pelas orações da monja, ficou expurgado da tentação e ele, convertido, penitente, entoava os hinos que Marta lhe ensinava de dentro do rochedo inviolável. Jurou então consagrar-se ao serviço de Deus, e, no propósito de fundar uma ordem religiosa, despediu-se da freira por entre lágrimas de arrependimento. Partiu curvado, velho e cheio do espírito divino. Abre-se a rocha, Marta sai na mesma juventude com que entrara. Para ela, assistida e alimentada pelos anjos, o tempo não havia corrido, e restava-lhe a ilusão de ter apenas passado um dia encerrada na pedra. Confusa, medrosa, parte para o convento. Durante a sua ausência as freiras, ouvindo cantar na sua cela uma voz celestial, passaram todo o tempo ajoelhadas à porta, embevecidas, presas à melodia, rezando em êxtase. Quando Soror Marta saiu do rochedo, parou a voz na cela e as freiras desprenderam-se do encanto, voltando aos seus labores. Marta corria para o mosteiro, e no seu caminho o tempo, que era de inverno, ia-se mudando em primavera, abrindo-se em flores o campo mirrado... Entrou no convento, e tudo estava como deixara anos antes... Ali também o tempo não correra. Arrojou-se a monja aos pés da superiora, confessando os perigos da sua ausência. A pobre madre acreditou que era um instante de alucinação e disse-lhe que ela não se tinha afastado do quarto, onde cantara os mais belos louvores a Deus. Atônita, Marta recolheu-se ao seu aposento, de onde no mesmo momento viu sair um anjo, que a substituíra na ausência, e que era a sua imagem.

A ceia ia-se acabando sob a apreensão vaga que no ânimo dos trabalhadores deixava a evocação das lendas natais. Pouco a pouco cada um se foi erguendo e deixando a sala. Não tardaram a se juntar fora no terreiro, à aragem fria da noite. Milkau e Lentz também se chegaram aos outros, e todos na solidão que era ali se reuniam mais e mais em íntima comunhão. Os homens deitaram-se na relva, voltados para o rio, que era uma faixa fosforescente e trêmula, de que parecia irradiar toda a luz que atenuava a escuridão da noite. A conversa era morna e trôpega, coxeando sobre assuntos incertos, pois mais forte que estes havia em cada espírito uma ideia íntima, longínqua e poderosa que teimava em se fixar. E um dos homens foi o intérprete de todos quando disse:

– Há muito encantamento neste mundo de Deus... Sempre se deve andar prevenido, pois ninguém sabe o que lhe está reservado sofrer e ver. Donde menos se espera surge um perigo...

Os outros, pensativos, concordaram num brando murmúrio, caindo outra vez em silêncio. Lentz quis levantar-lhes o espírito e pôs-se a negar bruxas, milagres e encantados. Falou longamente, mas sem força de abalar as convicções plantadas desde séculos às fontes daquelas almas. E quando ele acabava, dizendo: – As bruxas já morreram há muito tempo e elas sempre foram estas mesmas mulheres que vocês amam –, um dos mais velhos não gostou do tom da negação e replicou:

– Não diga tal, moço, os homens devem tomar cautela nos seus amores. Quantas desgraças não lhes acontecem por se fiarem em vozes e cantigas de mulheres...

Cada um lembrou uma história da sua localidade originária. Ali, no serão da terra tropical, surgiram, chamados pelas evocações dos emigrados, os heróis, os semideuses saxões, as ninfas do Reno, os gigantes com o seu cortejo de anões fantásticos. Os dois brasileiros interessavam-se ardentemente por esses contos vindos de um mundo desconhecido e que lhes sugeriam a reminiscência de tantas outras histórias europeias a eles transmitidas e adulteradas pelos povos brancos, primeiros geradores da sua raça mestiça. Mas, agora as lendas volviam às suas origens, vinham mais puras, mais límpidas, com o seu caráter imune de contatos estranhos; e com que sabor não escutaram as façanhas de Siegfried, filho de Sigisberto, as suas proezas no castelo do Nivelino, seu combate com o gigante, a derrota do anão Alberico, guarda dos tesouros fabulosos, e depois as suas lutas, as porfias com a bruxa Brunhilde, rainha da Islândia, em que ele combatia invisível pela força mágica do seu chapéu encantado, vencendo a mulher para entregá-la ao esposo, até que um dia morre o herói atravessado por uma lança, que o atinge no único ponto vulnerável do corpo...

E com que paixão não ouviram eles tratar da bela Lorelei, ora benfazeja, protegendo os habitantes de sua vizinhança, ora vingativa, fazendo abrir as águas do Reno para engolirem os ousados que procuravam ver-lhe o semblante misterioso e que antes de morrer enlouqueciam ouvindo os seus cânticos... Vinha nessa história a paixão do conde palatino pela fada, seduzido pelas suas vozes mágicas, até que um dia, avistando Lorelei sobre o rochedo com a lira na mão, desmaiou e a fada o transportou para o seu palácio de cristal no fundo das águas azuis... E a tristeza no castelo, o velho pai louco a procurar o filho, até que, vendo a ninfa, lhe pede que o restitua, e ela, soberana, divina como um símbolo, responde ao som da harpa: "O meu risonho palácio de cristal é no seio da onda e para lá, longe do vosso mundo, levei o meu amante fiel e leal..."

Quando essa história acabou, alguns passaram a comentá-la no círculo de suas nevoadas ideias. E Joca declarou que não tinha medo de mães-d'água. Como os outros escarnecessem dele, instou fanfarrão:

– Não se arreceia de mulheres, mesmo diabas ou feiticeiras, quem já teve trabalho com curupira.

Milkau achou esse termo estranho de um belo e raro acento de linguagem; considerou-o como uma dessas palavras ricas de som do idioma brasileiro enxertadas no velho tronco da língua; mas, como não soubesse a significação do nome, nem a lenda nativa que a ele se prende, disse num tom familiar ao mulato:

– Conte-nos isso, Joca!

– Ah! – respondeu este, preparando-se para narrar–; não foi por estas bandas, foi no Maranhão, porque eu sou de lá... Meu tio Manoel Pereira, na Fazenda do Pindobal, me dizia sempre: "Rapaz, sossega com essas viagens noite e dia no mato por causa de rapariga, que uma vez currupira te pega... Toma tento contigo!" Moleque que era eu, desempenado e de topete, ria das palavras do velho. "Eh! meu tio! deixe de abusão para amedrontar gente pavorosa... Qual! currupira é fantasmagoria!" E tio Manoel Pereira passava a me contar rodelas e sempre arrematava: "Rapaz! toma tento!" Um dia, nós tínhamos acabado de recolher o gado ao curral. Meu cavalo estava esfalfado de cercar um garrote arisco, que, depois de muito pelejar, eu trouxe da restinga na ponta do laço... Chegados que fomos, peei o Ventania que, coitado, lá se foi para o campo, frouxo e meio descadeirado... Meu tio gritou para pôr a janta... O sol já estava esfriando, quando nos pusemos à mesa, meu tio, que era o vaqueiro da fazenda, e nós, seus quatro ajudantes... Os cabras traziam uma fome canina, que espantava minha tia. "Eh! gente", dizia a velha nos servindo, "parece uma fome de Satanás. Tesconjuro!" O que é certo é que as curimatás voaram para dentro, as bananas não ficaram atrás e nós rematamos a boia com um trago da branca. Depois nos assentamos na soleira da porta em frente ao curral. Àquela hora as vacas choravam de cortar coração, lambendo a bezerrada que do outro lado se roçava na cerca. Eu estava derreado como um bode lasso... Os outros estavam na mesma conformidade. Mas vai o Manoel Formoso e me diz: "Tu não sabes do baile da Maria Benedita?" Oh! cabeça que era minha, não me lembrava mais desse ajuntamento marcado para aquela noite... No sábado passado tinha tratado com a Chiquinha Rosa nos encontrarmos na ramada onde era a festa. Eu andava de namoro com a cabocla, moça espigada como palmeira, com sua cabeça delicada como de sururina. Uma vontade de ver a Chiquinha me assanhou o corpo e me fez espertar.

– Pois sim. Vamos daí, Manoelzinho.

"E o Formoso se desculpou disfarçando; só ouvir o cabra, se via logo que tinha algum negócio estipulado para outra banda... Os outros camaradas eram já maduros e casados, não formavam para a patuscada. Fiquei um tempinho meio desalentado, mas a ideia da rapariga me levantou o corpo cansado... Ah! meu sangue, fica quieto! 'Bem, então já que ninguém me acompanha, vou só, porque filho de meu pai não enjeita divertimento', disse, meio arrevesado aos cabras moles.

"Levantei-me em direção à fonte, e tio Pereira, que me circundava num tudo, entrou a ralhar: 'Rapaz, tu estás maluco. Larga de banho a esta hora que tu apanhas maleitas. Depois, é só trabalho para os outros.'

"Não me importei com a fala do velho e parti para a fonte. Ainda era bem de dia. Atirei-me à água, que me deu um frio nos ossos. Dei um mergulho e umas parapernadas, com intenção de espantar algum jacaré que andasse na vadiação. Passei depressa para meu rancho para mudar de roupa; preparei-me com camisa e calça alva, enrolei no pescoço o lenço encarnado que tinha comprado a um barqueiro no porto. Bati na porta de tia Benta, pedi um pouco da sua pomada de cheiro e com poucas estava na ordem. O meu lenço branco estava desde a semana passada com a Chiquinha, para guardar no seio e perfumar com o seu cheiro. Ela havia de me dar no baile. Tio Pereira, me vendo de viagem, disse: 'Volta cedo que de manhãzinha, logo ao entrar da lua, nós vamos fazer matalotagem na fazenda da Marambaia.' 'Sim, meu tio. Vosmecê pode ficar sossegado que estou de volta a tempo e bato no seu quarto às horas.'

"Não quis mais conversa com o velho. E me pus no olho do mundo com passo de ema escabreada. Do Pindobal à ramada da Maria Benedita eram bem umas duas horas de marcha. Atravessei todo o campo da nossa fazenda com vista a alcançar a ponta do Guariba, e, me lembro como se fosse hoje, tudo estava bem seco, o pouco gado magro que havia estava parado com os olhos tristes de peixe morto, virados para o lado do sol que se sumia; só se ouvia um barulho de porcos que focinhavam a terra à cata de minhoca. Quando cheguei para furar a ponta, esbarrei primeiro no negócio de seu Zé Marinheiro. 'Então, Joca, aonde se bota tão paramentado?' perguntou-me o português. 'Brincar um pouco, patrão, na ramada da Maria Benedita.' 'Olha que tem passado por aqui muita rapaziada. A brincadeira deve estar influída. Olha, pinga não falta, tudo lhe mandei eu... por ordem do Pedro Tupinambá... já se sabe.' "Não sei se foi a falação do Zé Marinheiro que me escaldou mais o sangue; eu senti como tudo a rodar, o coração a querer pular pela boca, e as pernas me fraqueando... Mas tomei sustância em mim e me aguentei valente, e ainda pude logo dizer ao patrão do negócio: 'Eu vou correndo para lá. Mas a gente não se deve aproveitar dos outros, deve estar prevenido do seu. E vosmecê me encha aí um quarto de restilo e me corte duas toras de fumo de mascar.'

"Dito e feito, atirei-me para o caminho. O sol já estava escondido e os vaga-lumes começavam a correr no ar parado, mas perdiam o seu serviço, porque a lua estava esclarecendo tudo. Principiei a cortar por uma picada, que encurtava a distância e saía no campinho, onde ficava do outro lado a casa da festa. A areia estava mais quente aí dentro que no meio do campo; um grande calor me tomava o corpo; andei, andei, os lagartos corriam estremecendo o mato, de vez em quando um pica-pau num tronco de madeira seca batia as horas da tarde. Não havia vivalma, e eu com a pressa de chegar comia poeira que era gosto. Só parecia que encontrava o terço acabado e a Chiquinha, me largando de esperar, com seu par fixo para toda a noite. Pernas para que te quero! A cabeça, porém, não estava muito boa; parecia me estalar dos lados, e do estômago me subia de vez em quando um enjoo.

"Lá no fundo da mata havia uma aberta e me parecia que um vulto caminhava para mim. Não dei importância ao sujeito e disse comigo: 'Há de ser o filho do Zé Marinheiro, que se recolhe, porque o pai não o deixa ir à festa.' De repente, ouço um assobio fino que vinha de detrás. Pensei: 'É algum camarada que se vai divertir e me chama. Voltei a cabeça e não vi ninguém. Assuntei de novo, nada. Continuei a andar... Outro assobio me passava, cortando os ouvidos, outro, outro; de toda a parte se apitava, do fundo do mato, da boca da estrada, por cima das árvores.' 'Que bandão de corujas por esta noite... Há de ser agouro.' Tive assim um arrepio de frio, e para me sossegar quis me valer do encontro com filho do Zé Marinheiro. Mas olhei firme para a frente e não vi ninguém. 'Onde se meteu o diabo do pequeno?' Os assobios iam me rodeando sempre, eu já estava com a cabeça tonta, o coração me batia a galope. Outra vez vi o pequeno na minha frente; reparei bem, porque ele estava perto e vi que não era o filho do português. 'A modo que não conheço este caboclinho.' Nós estávamos assim a umas cem braças um do outro quando o pequeno se sumiu de novo. Os assobios de coruja não largavam. Eu resmunguei: 'Que faz esse sujeitinho que desaparece de vez em quando? Isto não é coisa boa.' E ele torna a repontar. Então gritei com voz de susto, bem alto para intimar o cabra: 'Olá, amigo, que conversa é essa? Você anda me fazendo visagens?' Não digo nada; boca, para que falaste? A mataria toda passou a assobiar como demônio, e eu comecei a ficar apavorado com a matinada. O caboclinho estava agora a umas dez varas de mim. O sangue me fervia, a cabeça me queimava. Não digo nada; o certo é que avancei para o pequeno com raiva de cego. 'Ah! seu diabo, tu me pagas.' Armei o pau para cima... Mas quando eu me vi, estava seguro pelos pulsos. 'Larga!' berrei. O caboclinho com olhos de sangue me encarava. 'Larga!' e eu sempre seguro. Fiquei como um garrote ferroado. Avancei para o cabra com mais zanga do que quando me atraquei com o Antônio Pimenta, uma feita numa vaquejada. Lembrei-me de quanto boi valente deitei por terra, e agora ali zombado por um caturra! Nós lutamos para baixo, para cima; eu dava de cabeça na cara do bicho, metia-lhe os pés na canela, e ele sempre duro, o mal-encarado! Com cabo de poucos minutos, eu ouvi um berro de estrondo, um berro de onça; ah! pensei que o malvado me deixava. Mas foi pior, porque outros berros se repetiram, caititu vinha batendo queixo, gatos bravos miavam; ouvi cascavel tocar seu chocalho... Com poucas eu estava no chão com o caboclo em cima de mim. Toda a bicharia se agitava no mato e caminhava para nós; as árvores mesmo se curvavam me abafando, os gaviões desciam, os urubus cheiravam minha carniça... Eu senti um medo mole e abandonei as forças. Comecei a tremer de frio, o suor me alagava a roupa, e eu disse: 'Vou morrer, meu São João.' E os olhos se me fecharam como de morto... Levei um tempão desacordado, sentindo os bichos me rodeando, comandados pelo endiabrado... Depois tudo foi caindo no sossego; os meus pulsos estavam desembaraçados; um grande calor me fervia o corpo; abri os olhos devagarinho... tudo parado... tudo tinha desaparecido, a lua era clara como dia. Eu estava afadigado de tanta luta... a língua estava seca e dura que nem de papagaio. Abri bem os olhos, e não vi mais nada, nem o caboclo, nem os bichos brabos. Mas tive então um grande medo e tratei de abalar dali. Passei a mão em roda de mim, caçando minha garrafinha de restilo e as toras de fumo. Para espertar não há melhor que um gole de cana e uma masca... Mas não encontrei nada; cacei, cacei. Nada. Pus a excogitar que toda a pendenga que o caboclo me fez foi para me bater a garrafa. Velho tio Pereira me veio à cabeça com suas palavras: 'Currupira te assombra. Para tu te veres livre, dá, logo que o avistes, cachaça e fumo.' E eu vi que naquela noite tive trabalho com currupira. Levantei-me de um pulo. Quis correr para a ramada da Maria Benedita, o samba devia estar aceso àquela hora. Olhei para a frente e a estrada ia acabar longe, muito longe. Tive medo de novo encontro. Voltei para trás; vinha como preto bêbado, cai aqui, cai acolá; saí no campo esbarrando com o gado; os olhos me ardiam, todo o meu sangue batia para saltar de dentro, a boca estava grossa, eu trazia uma sede de jabuti... mas lá vim assim mesmo navegando até à porta do rancho. Não tive conversa, atirei-me vestido na rede que com meu corpo sacudia como uma canoa no Boqueirão.

"Dei por mim quando ouvi falar alto na porta. Era a voz de meu tio com o Formoso. Eles abriram a tramela e um clarão da madrugada alumiou o quarto.

"– São horas, Joca. Levanta daí.

"Quis me erguer, mas as forças não acudiam. O velho segurou no punho da rede que estava balançando, meu corpo tremia dentro como se houvesse uma dança de todos os meus ossos. Meu tio mandou o Formoso abrir a porta e a janela. Ficou como dia. Ele pôs a mão em cima de mim e eu abri os olhos cheios de fogo. E meu tio Pereira, sem mais aquela, resmungou zangado:

"– Eu não te disse? Apanhaste a maldita. Quem te mandou tomar banho cansado àquela hora?

"Não respondi. Tive vergonha de relatar ao velho que era assombração de currupira."

Depois da narração os colonos ficaram cismando vagamente. Cada qual remontou por instantes aos princípios da sua vida, e as recordações do passado encheram-lhes a alma de sombras e saudades.

Felicíssimo achou que era tarde e os convidou a se recolherem, sendo o primeiro a erguer-se do chão. Os outros levantaram-se bocejando – um princípio de sono chegava como uma carícia –, espreguiçaram-se satisfeitos, seduzidos pela ideia de um suave repouso. Do Rio Doce e da floresta vinham murmúrios brandos, e os colonos em silêncio interpretavam esses sons da noite, ou como vozes das mães-d'água, cobiçosas do amor humano, ou como ruídos das vagabundagens tenebrosas dos currupiras errantes.

Já no dormitório, os trabalhadores ressonavam sobre os colchões estendidos no chão, e Joca ainda se remexia inquieto, sem poder dormir. Era uma noite em claro que ele passava; tinha a garganta seca, sentia por vezes a pele a arder, e não achava agasalho na cama fofa e tranquila. A evocação da terra natal ali no meio da floresta do Rio Doce, estranha a seus olhos e sentimentos, fazia-o remontar aos quadros da sua vida passada no lugar do nascimento, nesses campos de Cajapió, vários e inconstantes, cuja mobilidade se transmitia à alma plástica dos homens aí formados. No Espírito Santo sentia-se Joca em terra alheia; os montes o apertavam, os desfiladeiros o sufocavam de terror, e então uma saudade o transportava para a longa planície onde vivera. Via no verão o pasto todo morto; o amor violento do sol trazia o vasto campo fendido e cortado em pedaços, sem um fio verde; por toda a parte a secura e com ela a morte. Nem uma gota d'água: o deserto árido e triste, e sobre ele, passava, arrastando-se longo, esguio, sinuoso, o caminho feito pelo pé do homem e pelo rasto do animal... Nos dias claros, sem nuvens, quando todos suplicam chuva, o horizonte se confunde com o céu. Outras vezes, nuvens descem quase a tocar a terra, o sol rubro as tinge, as miragens se formam estreitando o círculo visual, tudo se encerra num espaço limitado, e o viajante caminha para elas, que se afastam inatingíveis, fazendo evoluções como um exército em campo aberto. E assim a mobilidade do céu ameniza a esterilidade fixa da terra... Nem uma gota d'água para refrescar ao menos a vista. De espaço a espaço passa um boi faminto, esquelético, movendo os ossos num ruído desencontrado e surdo... Varas de porcos vão fossando a terra, comendo as cobras que se estendem lúbricas e felizes ao sol... Manadas de gado se apresentam no horizonte, como que surgindo súbitas do chão, galopando loucamente, farejando o ar, doidas, sedentas, passando num turbilhão como um ciclone, levantando o pó tranquilo que, perturbado no seu repouso, as segue, envolvendo-as, sufocando-as, implacável, veloz e rubro como uma coluna de fogo...

Ao recordar-se dessas emigrações de animais, Joca teve um arrepio e um ímpeto para se erguer do colchão, onde se revolvia agitadamente. E sempre a terra, a visão da planície o perseguia. Agora, era depois das primeiras chuvas sobre o campo. Uma manhã lá no Cajapió (Joca lembrava-se como se fora na véspera) acordara depois de uma grande tormenta no fim do verão. A madrugada estava orvalhada, mas serena, e ele se erguera de sua rede para ver o tempo. Um grande tapete de verdura fresca e úmida parecia ter descido do céu e coberto como um manto misterioso o campo ontem mirado... Os olhos perdiam-se na campina alegre; o gado festejava o rebentar da vida na terra e comia a erva tenra; um bando de marrecas passava grasnando, pousava aqui, levantava o voo acolá, buscava ainda mais longe a região dos eternos lagos... Dias inteiros de chuvas; o pasto agora era farto, a água porfiava em vencê-lo, e quando mais tarde o dilúvio se interrompia viam-se na vasta savana verde pontos claros que eram o refrigério dos olhos. Eram os primeiros lagos. Em volta deles uma multidão de aves aquáticas brincava descuidosa e ostentava as penas de cores vivas e quentes. Vinham pássaros de toda a parte: pernaltas com o seu bico de colher, marrecas em algazarra, jaçanãs leves e tímidas; e à tarde, quando o céu se vestia de nuvens cinzentas, notava-se desfilar, ora o bando marcial e rubro dos guarás, ora a ala virgínea e branca das garças... No fundo dos lagos multidões de peixes borbulhavam por encanto. E em tudo o mesmo milagre de ressurreição, de rejuvenescimento, de expansão e de vida. Mas as chuvas continuam, a água sempre crescente vai engolindo o campo, o gado mostra-se inquieto e começa a outra emigração, a do inverno, para os tesos, ligeiras elevações da planície. Vão lentos e vagarosos, ou aproveitando a terra firme, ou metidos n'água, ou nadando, mas sem recuar, caminhando para os refúgios. Já no meio do inverno a água quase apagou o campo, um ou outro ponto aparece como ilha e nelas o gado se amontoa. Em um grande lago manso transformou-se aquilo que fora meses antes o deserto ardente e fero. Sobre ele repousam os grandes nenúfares, as múltiplas plantas aquáticas verdes, largas, vogando como pássaros. A vida mudara: descansava na cocheira o cavalo e Joca sonhava-se a empurrar a canoa, refletindo-se o seu vulto espigado à flor silenciosa das águas...

Milkau nesse tempo cismava, enquanto o sono o não arrebatava para o esquecimento. Tinha saboreado as lendas ouvidas aos tropeiros e parecia--lhe ter arregaçado o véu que cobria a alma daqueles homens, e desfrutado deliciosamente as paisagens distintas de cada espírito e os panoramas longínquos que foram os quadros da infância de cada povo gerador. Nas lendas alemãs Milkau via passar o Reno, como um grande rio sagrado, que foi o centro e o nervo do mundo germânico, todo cheio de encantamento, e cujas louras ninfas eram as espumas das próprias águas. Ele via os quadros recuados no tempo e os quadros novos da época medieval, bruxas, cavaleiros andantes e castelos. Todo o idealismo da raça estava ali, e o que nascera nas águas do rio, criando fantasias e mitos, mantinha-se inalterável; os novos deuses latinos, penetrando no seu espírito, transmudaram-se em divindades bárbaras, as suas santas eram aquelas mesmas fadas do Reno, e os santos, os velhos deuses sombrios e batalhadores... Na lenda do currupira outro mundo se descortinava, que era toda a alma do tropeiro maranhense. Ali estavam a mata tenebrosa, as forças eternas da natureza que assombram e cujo símbolo era essa divindade errante que anima as árvores, que sacode do torpor tropical as feras ou que protege a natureza, intimidando o homem, seu perpétuo inimigo. Ela espanta, vinga-se e beneficia, transveste-se em mil figuras, em criança maligna, que é a sua encarnação preferida, em animal ou vegetal, conforme a astúcia ou a força o exigem... Milkau sentia naquelas legendas o encontro dos vários aspectos dos feitiços e cada um traduzia os instintos, os desejos, os hábitos diferentes dos homens. Mundo encantado e misterioso, esse das almas dos povos! O verdadeiro filósofo, pensava Milkau, será aquele que conhecer as origens, não só da História ou da sociedade, mas de uma alma isolada, aquele que tiver o segredo de ponderar os espíritos, de desvendar nas células cerebrais as remotas sensações vitais dos povos e que possuir a intuição para distinguir na inteligência de um homem a dosagem perfeita do estranho precipitado da treva com a pureza, do ódio ingênito de uma raça com o amor orgânico de outra. E Milkau ia lentamente adormecendo, feliz e sossegado naquela benfazeja noite tropical, no meio de homens primitivos, no seio de uma nova terra suave e forte; e o que era cisma da vigília se ia pouco a pouco transformando no puro sonho em que ele entrevia num horizonte iluminado, surgindo docemente, uma nova raça, que seria a incógnita feliz do amor de todas as outras, que repovoaria o mundo e sobre a qual se fundaria a cidade aberta e universal, onde a luz se não apague, a escravidão se não conheça, onde a vida fácil, risonha, perfumada, seja um perpétuo deslumbramento de liberdade e de amor.

Lentz se esforçava por dormir e se debatia inutilmente para afastar os tumultuosos pensamentos que lhe galopavam na cabeça. As visões acumuladas nos últimos dias de travessia da mata persistiam em toda a sua força. Ora sentia-se esbraseado com o sol que inflamava as coisas e lhe queimava o sangue; ora sentia-se passar pela sombra úmida da floresta cuja exuberância e vida se filtravam deliciosamente até à sua alma; ora era o rio imenso, pujante que corria para ele, impelido por uma força desse poder misterioso que animava as moléculas mais íntimas de todo aquele mundo novo. E Lentz via por toda parte o homem branco apossando-se resolutamente da terra e expulsando definitivamente o homem moreno que ali se gerara. E Lentz sorria com orgulho na perspectiva da vitória e do domínio de sua raça. Um desdém pelo mulato, em que ele exprimia o seu desprezo pela languidez, pela fatuidade e fragilidade deste, turvou-lhe a visão radiosa que a natureza do país lhe imprimira no espírito. Tudo nele era agora um sonho de grandeza e triunfo... Aquelas terras seriam o lar dos batalhadores eternos, aquelas florestas seriam consagradas aos cultos temerosos das virgens ferozes e louras... Era tudo um recapitular da antiga Germânia. Ele percebia no seu cérebro exaltado que os alemães chegariam, não em pequenas invasões humildes de escravos e traficantes, não para lavrar a terra para recreio do mulato, não para mendigar a propriedade defendida pelos soldados negros. Eles viriam agora em grandes massas; galeras imensas e numerosas os desembarcariam em todo o país. Eles viriam numa ânsia de posse e de domínio, com sua áspera virgindade de bárbaros, em coortes infinitas, matando os homens lascivos e loucos que ali se formaram e macularam com suas torpezas a terra formosa; eles os eliminariam com o ferro e com o fogo; eles se espalhariam pelo continente; fundariam um novo império, se revigorariam eternamente na força da natureza que dominariam como uma vassala, e senhores, e ricos, e poderosos, e eternos repousariam para sempre na alegria da luz... Mas no sonho de Lentz, sobre as naus que velejavam, sobre os exércitos que caminhavam, uma massa imensa e preta marchava no céu qual uma nuvem condutora, e depois se transformava numa figura estranha e agigantada, cujos olhos penetrantes desciam do alto, envolvendo as terras e os homens com uma força invencível e magnética. Então Lentz viu pairar sobre a Terra do Brasil a águia negra da Germânia.

4

Na manhã seguinte, Milkau e Lentz muito cedo estavam admirando o lugar. No seu passeio aproximaram-se do Rio Doce, que, depois de se fatigar em curvas de réptil por entre os brandos contornos da terra maravilhosa do Espírito Santo, ali se desdobrava a perder de vista. As grandes chuvas dos dias anteriores tinham enchido fartamente o rio, sobre cujo dorso luzidio e dormente a brisa perpassava volátil, estremecendo num leve arrepio a úmida superfície. Era a única quebra da imobilidade. A onipotente amplidão das águas engolira as margens, devorara a vegetação das praias e o tronco das árvores cujos galhos outrora pendidos como chorões simulavam sorver a água, e agora quase submersos tingiam numa orla verde o cinzento-pérola do rio. A cheia domina toda a paisagem, avassalando com singular grandeza o perfil da mata, crivada de clareiras, e a tímida linha de montanhas ao longe.

Emanadas das águas, suspensas sob o céu, névoas densas apagam por instantes o sol, a sombra cobre a terra e faz a cor. Abre-se uma trégua para o eterno conflito da luz e dos tons, e o panorama que se apresenta não é o constante dia de sol pleno, inundando de um só colorido, fulvo-amarelo, o espaço e as coisas; não é a larga e quente paisagem monótona, indistinta, onde o crepúsculo é um sonho fugaz e a noite cai como uma cortina negra que fecha bruscamente o dia... Milkau e Lentz sentiram naquela cerração o delicioso momento da ressurreição das cores esplêndidas e nestas voluptuosamente repastavam o faminto apetite da vista.

– Não há nada – dizia Milkau enquanto andavam – como esta tranquilidade, para formar o quadro da vida... E hoje me sinto feliz como jamais pensei que o seria. É que a felicidade é o esquecimento e a esperança. Parece-me que atingimos uma região aonde não chegam os gemidos humanos; aqui não há um sinal de sofrimento, tudo é vida fácil, risonha e amável... No fundo a natureza humana é feita para o gozo, por isso mesmo o prazer lhe é mais inerente e imperceptível, e a dor, sensação estranha e rude, o espalha como um tufão... Quantos elementos, porém, não estão em nós para afastar a dor; com que facilidade não a esquecemos, e como um só minuto de descanso não nos dá a ilusão da eterna calma!

– É que nós somos vítimas dos divertimentos da natureza, que por esses pérfidos e doces venenos cujos segredos ela possui nos acorrenta à vida, para martirizar-nos ao seu sabor.

– Mas a vida é mais natural do que a morte, o prazer mais do que o sofrimento... E tu emprestas à natureza uma consciência que ela não tem. Ela não existe como entidade, distinguindo-se pela vontade. A nossa superioridade sobre ela, tu sabes, está exatamente nessa consciência que é nossa, que percebe as suas leis, as suas fatalidades e nos obriga a tomar o caminho mais seguro para a harmonia geral. E hoje, aqui situados neste mundo, que começa ainda virgem de sacrifícios, temos de tirar o verdadeiro sentido da nossa excepcional situação. Adormeçamos as tristezas do nosso passado, já que não podemos apagá-las de todo, e a vida nova se abra para nós como um sonho realizado.

– E eu também vejo aqui a terra imaculada com as suas grandes energias de felicidade, e nela viverei para ver reconstruída a cidade antiga, forte, dominadora, que, saltando pelos séculos de humilhação, venha renascer neste grande cenário...

– A esperança disse Milkau a sorrir apodera-se de nós e arrebata-nos para o futuro... Não é verdade que somos felizes?

Pela linha da praia que a enchente, comendo o mato, tornava apenas uma vereda continuavam eles o passeio. Muitas vezes tinham de abandonar o caminho e cortar pelas picadas dentro da vegetação; outras passavam aos pulos, de pedra em pedra. E riam com essa ginástica, abandonados à sensação agradável da fresca manhã e à volúpia das ilusões. Por longo espaço o panorama era imutável; mas o que havia de monótono não fatigava, porque a vastidão das águas, a sua opulência, eliminava o enfado, como que alargando o espírito num conforto amplo e benfazejo.

– Hoje – disse Milkau quando chegaram a um trecho desembaraçado da praia – devemos escolher o local para a nossa casa.

– Oh! Não haverá dificuldade, neste deserto, de talhar o nosso pequeno lote... – desdenhou Lentz.

– Quanto a mim – replicou Milkau –, uma ligeira inquietação de vago terror se mistura ao prazer extraordinário de recomeçar a vida pela fundação do domicílio, e pelas minhas próprias mãos... O que é lamentável nesta solenidade primitiva é a intervenção inútil do Estado...

– O Estado, que no nosso caso é o agrimensor Felicíssimo...

– Não seria muito mais perfeito que a terra e as suas coisas fossem propriedade de todos, sem venda, sem posse?

– O que eu vejo é o contrário disso. É antes a venalidade de tudo, a ambição, que chama a ambição e espraia o instinto da posse. O que está hoje fora do domínio amanhã será a presa do homem. Não acreditas que o próprio ar que escapa à nossa posse será vendido, mais tarde, nas cidades suspensas, como é hoje a terra? Não será uma nova forma da expansão da conquista e da propriedade?

– Ou melhor, não vês a propriedade tornar-se cada dia mais coletiva, numa grande ânsia de aquisição popular, que se vai alastrando e que um dia, depois de se apossar dos jardins, dos palácios, dos museus, das estradas, se estenderá a tudo?... O sentimento da posse morrerá com a desnecessidade, com a supressão da ideia da defesa pessoal, que nele tinha o seu repouso...

– Pois eu – ponderou Lentz –, se me fixar na ideia de converter-me em colono, desejarei ir alargando o meu terreno, chamar a mim outros trabalhadores e fundar um novo núcleo, que signifique fortuna e domínio... Porque só pela riqueza ou pela força nos emanciparemos da servidão.

– O meu quinhão de terra – explicou Milkau – será o mesmo que hoje receber; não o ampliarei, não me abandonarei à ambição, ficarei sempre alegremente reduzido à situação de um homem humilde entre gente simples. Desde que chegamos, sinto um perfeito encantamento: não é só a natureza que me seduz aqui, que me festeja, é também a suave contemplação do homem. Todos mostram a sua doçura íntima estampada na calma das linhas do rosto; há como um longínquo afastamento da cólera e do ódio. Há em todos uma resignação amorosa... Os naturais da terra são expansivos e alvissareiros da felicidade de que nos parecem os portadores... Os que vieram de longe esqueceram as suas amarguras, estão tranquilos e amáveis; não há grandes separações, o próprio chefe troca no lar o seu prestígio pela espontaneidade niveladora, que é o feliz gênio da sua raça. Vendo-os, eu adivinho o que é todo este País – um recanto de bondade, de olvido e de paz. Há de haver uma grande união entre todos, não haverá conflitos de orgulho e ambição, a justiça será perfeita; não se imolarão vítimas aos rancores abandonados na estrada do exílio. Todos se purificarão e nós também nos devemos esquecer de nós mesmos e dos nossos preconceitos, para só pensarmos nos outros e não perturbarmos a serenidade desta vida...

No encalço deles uma voz clamava, tirando-os da divagação:

– Mas então que fugida foi essa? Para onde se botam?

Voltaram-se, como se despertassem, e viram a cara triangular e interrogativa do agrimensor, que vinha quase a corre

– Bom dia – disse Milkau, agarrando com entusiasmo as duas mãos de Felicíssimo, que se atirava a ele num gesto festivo e bondoso.

– Pregaram-me uma peça... Acordo, visto-me num pulo, vou procurá-los para um dedo de prosa, e os meus amigos já tinham azulado...

– Tivemos pena de acordá-lo, pois havia um grande silêncio na casa quando saímos. E, distraídos, viemos até aqui.

– Pois eu – insistiu o agrimensor – pus-me à caça de vocês, farejei aqui e acolá, e fui bem feliz em ter virado para esta banda... E nem tomaram café, nem nada...

– Não acha – disse Lentz – melhor desistirmos disso e aproveitarmos o tempo para um passeio mais longo?

– Seja. Voltaremos ao barracão à hora do almoço... Por que não aproveitamos para ver o lote de que ontem lhes falei?

– De que lado fica? – perguntou Milkau.

– Aqui mesmo nesta direção.

E Felicíssimo, olhando rapidamente para os lados, concluía orientado:

– Aqui devemos estar no lote vinte, mais ou menos; andemos um pouco, um quilômetro, e eu lhes mostrarei o número dez.

Felicíssimo tomou a frente, seguido pelos outros, caminhando um a um na estreita beirada. A conversa ia-se fazendo em vozes altas, seguia imprevista, sem sequência, aos saltos e trambolhões. E o sol que se desprendia das nuvens, transformava com violência o repousado quadro da manhã nevoenta. Inundado subitamente de amarelo, o rio chamejava em ouro, como se fosse toda a grande e incandescente massa do sol derretida, correndo sobre a Terra.

— Estão cansados? — gritou Felicíssimo.

— Que juízo faz de nós? — perguntou Lentz.

— É por causa do caminho, porque realmente tomamos pelo pior, se tivéssemos vindo por cima, tudo ia bem... Oh!, diabo!

O agrimensor num falso movimento meteu o pé n'água, saltando ligeiro para diante. Lentz, que o seguia, recomendou-lhe cautela. Algumas vezes tinham de se abaixar para se desviarem dos galhos e dos arbustos, outras era preciso aguentá-los com a mão. O agrimensor divertia-se em gritar para trás, de instante em instante: Galho à direita! Aguenta! Com a mão segurava o ramo, e quando via este sustido pelo companheiro largava-o. Às vezes era precipitado, e uma lambada forte e farfalhante batia no rosto ou no corpo do vizinho. Cuidado!, implorava o outro a sorrir. E assim foram até que, em frente a um atalho, Felicíssimo enveredou por este, à direita, e virou-se para os imigrantes, tomando um largo fôlego.

— Arre! Que brincadeira! Nunca pensei que o rio estivesse tão cheio. Agora cortemos por aqui, que vamos cair mesmo dentro do lote.

Passando para a ligeira sombra do mato e caminhando pela picada, que não era muito batida nem destocada, iam vagarosamente, evitando os tropeços e as poças d'água.

Lentz, calado, suspirava bocejando. "Tudo aqui será uma grande dificuldade", pensava ele; "não há estradas, não há a menor sombra de conforto, tudo é agreste e selvagem. Não é melhor que eu desista de fazer esta vida de colono, e me enterre aí num armazém de comércio, onde o caminho já esteja aberto e tudo aparelhado pelos outros? Realmente, que loucura atirar-me nesta campanha contra a natureza inculta! Não é preferível toda e qualquer outra vida a esta?..." E os seus olhos descansaram em Milkau, que lhe sorria como um bem-aventurado.

– Que delicioso deserto! – dizia-lhe este, ao penetrarem mais e mais no mato espesso.

– É pena que a estrada não seja melhor para gozarmos desembaraçados este passeio – respondeu o outro quase tímido, receoso de deixar transparecer o seu desalento.

– Oh!, descansa, que havemos de abrir caminhos por tudo isto; limparemos as estradas, prepararemos o terreno, e matando a solidão levantaremos uma habitação risonha, que nos recompense... Não é verdade?

– Aqui não falta em que trabalhar – cortou o agrimensor. – Em geral, os colonos não querem fazer nada, limitam-se à sua casa, ao seu terreno, e esperam que o Governo se mexa, que lhes dê estradas, pontes e tudo mais... E que não se faça! Lá vai uma queixa por intermédio do Roberto ou de qualquer outro figurão ao Governador, e, sabe?, a política se mete no meio, e nós estamos a levar carões todos os dias.

– Imagino que o senhor deve ter muitos aborrecimentos – disse complacente Milkau.

– Não faltam amofinações. Agora mesmo tenho um ofício do inspetor, mandando o engenheiro informar a respeito de uma representação dos colonos sobre uma ponte que está com o madeiramento estragado. Creio mesmo que já caíram uns paus; nós pedimos verba, e, como de costume, o inspetor não se importou com o que disse o pessoal; os colonos, porém, que são matreiros, foram à fonte limpa, e Roberto arranjou com eles um "abaixo-assinado", que mandou para a Vitória; o Governador se assanhou logo, com medo das eleições, mandou o papel ao inspetor, que por sua vez o mandou para cá, ao engenheiro, a fim de fazer o orçamento das obras... Isso leva ainda um ror de tempo... E a minha vingança é que, quando vier o dinheiro, será muito pouco, porque o tempo não descansa, o pau vai apodrecendo dia a dia, e é preciso fazer a ponte de novo. Lá vem outra vez segundo barulho...

— E neste tempo que recurso têm os moradores, se a ponte cair? — perguntou inquieto Milkau.

— Ora, muito simples. Botam uma pinguela de lado a lado e vão vivendo. Sou um seu criado, e estou me ninando para o Governo, inspetor e toda essa récua...

A zanga do agrimensor era dessas que passam à medida que é espraiada num desabafo de linguagem. Imediatamente depois, ele tinha esquecido tudo e voltava à sua jovialidade. Andaram mais um pouco pela picada e saíram, perpendicularmente, em um caminho mais largo e mais limpo.

— Está aqui o lote que lhes recomendo — disse Felicíssimo, andando mais uns passos pela nova estrada.

Os outros olharam um matagal cinzento, com as árvores crescidas e todo tapado pela vegetação, que era forte e traduzia a fertilidade do solo. Não viam nada de lado a lado: a vereda fora aberta em plena mata e tudo era encerrado numa sombra infinita e cálida.

Ficaram mudos e como ligeiramente apavorados pelo recolhimento das coisas e como se uma sensação de isolamento, de separação do mundo os mortificasse por instantes. Felicíssimo, em cujo espírito trêfego e intempestivo o silêncio não tinha abrigo, impacientou-se por uma resposta, acrescentando:

— Este lote é muito bom; vejam que terra... cada pau de respeito... É preciso um pouco de trabalho, não nego. Depois do roçado, o que não é nada, a dificuldade está na limpa... Vocês, porém, fazem um arranjo com a turma, e eles acabam isto num abrir e fechar de olhos... Oh! Há de ser um gosto!

— Aqui estamos bem — concordou Milkau, a quem uma onda de ilusão sacudia o torpor da instantânea cobardia.

— Estou por tudo — disse Lentz arrastado, e dissimulando a divagação de outros pensamentos. E apoiou-se negligentemente a uma sucupira.

O agrimensor olhou a árvore.

– Faz pena – disse compassivo – botar tudo isso abaixo.

– Eu, por mim – acudiu Milkau, levado pelo mesmo sentimento –, preferiria um lote onde não fosse preciso esse sacrifício.

– Não há nenhum – respondeu Felicíssimo.

– O homem – notou Lentz a sorrir com ar de triunfo – há de sempre destruir a vida para criar a vida. E depois, que alma tem esta árvore? E que tivesse... Nós a eliminaríamos para nos expandirmos.

E Milkau disse com a calma da resignação:

– Compreendo bem que é ainda a nossa contingência essa necessidade de ferir a terra, de arrancar do seu seio pela força e pela violência a nossa alimentação; mas virá o dia em que o homem, adaptando-se ao meio cósmico por uma extraordinária longevidade da espécie, receberá a força orgânica da sua própria e pacífica harmonia com o ambiente, como sucede com os vegetais; e então dispensará para subsistir o sacrifício dos animais e das plantas. Por ora nos conformaremos com este momento de transição... Sinto dolorosamente que, atacando a terra, ofendo a fonte da nossa própria vida, e firo menos o que há de material nela do que o seu prestígio religioso e imortal na alma humana...

Enquanto os outros assim discursavam, Felicíssimo, no seu amor ingênuo à natureza, mirava as velhas árvores, e com a mão meiga festejava-lhe os troncos, como os últimos afagos dados às vítimas no momento do sacrifício. Dentro da mata penetrava o vento da manhã e nas folhas passava brandamente, levantando um murmúrio baixo, humilde, que se escapava de todas as árvores, como as queixas surdas dos moribundos.

– Então, que decidem? – perguntou aos outros o agrimensor.

Os imigrantes concordaram de bom grado em se estabelecer no terreno indicado.

– Fazem muito bem, porque esta situação é admirável para o café, e, além disso, é muita cômoda aqui, à beira da estrada.

– E vê-se bem o rio? – indagou Lentz.

– Sem dúvida: é só desbastar o mato, aí está à vista o estirão d'água.

– Será uma delícia uma casinha neste belo ponto – comentou Milkau numa irradiação de íntimo bem-estar.

– Hão de ver... E agora toquemos para o barracão; são horas do almoço. E hoje mesmo voltaremos com os homens para a medição.

Puseram-se a caminho, alvoroçados com os vários sentimentos que os trabalhavam. Na estrada falavam alto, espantando os pássaros dormentes e sacudindo do voluptuoso letargo os calangos, que se escapuliam pelas folhas secas, numa música de chocalho.

Chegados ao barracão, foram logo para o escritório, e aí, em frente ao grande mapa dos terrenos, o agrimensor mostrou-lhes a posição do prazo escolhido, continuando nos calorosos elogios, e, ao mesmo tempo, molhando uma pena em tinta encarnada, marcou o lote com uma cruz, à semelhança dos outros que já tinham sido concedidos. As folhas dos requerimentos eram fórmulas impressas, e em uma delas Milkau teve de encher com as indicações especiais de identidade os pontos em claro. Isso feito, os dois companheiros entregaram a petição assinada, pagaram as custas da medição e da planta, e foi essa a única formalidade para a entrega do prazo, pois, graças à condescendência do chefe, Felicíssimo punha e dispunha das terras a distribuir. E eis como, pensava Milkau, toda a complicada engrenagem do Estado, com as suas repartições custosas, os seus inúmeros funcionários, afinal se concentra nas mãos reduzidas de um humilde agrimensor, que de fato é o senhor absoluto desses bens públicos.

– Vamos à boia, que já vai ficando tarde e vocês devem estar dando horas, pois ainda não puseram nada no alforje – disse Felicíssimo passando a mão espreguiçada no ombro de Lentz.

Este furtou instintivamente o corpo como para não ser esmagado pelo gesto da intimidade.

Canaã

Os trabalhadores já rodeavam a mesa preparada pobremente para o almoço quando os outros entraram na sala. A refeição a princípio correu ruidosa: todos estavam expansivos pela fome e pelo começo da familiaridade.

Para o fim, Felicíssimo passou a entristecer; uma súbita preocupação se apossou dele, e, por mais que lutasse para disfarçar, não pôde resistir e caiu numa cisma profunda. Isso espalhava na mesa uma leve melancolia, que refreava a expansão. Mal acabou o almoço, os homens da turma, habituados a essa aflição íntima do agrimensor, e que era o prenúncio das medições dos lotes, retiraram-se do barracão, donde o semblante do chefe carregado de sombras os expelia mais depressa. No terreiro cercaram um barril d'água, em que mergulharam as mãos, esfregando depois as caras com estrépito, bufando. O bocal do barril era pequeno para tanta gente, e os homens rindo disputavam entre si a precedência. Uma alegre algazarra se formou; cada qual esmurrava o companheiro, arrastava-o no meio de amáveis insultos, rindo sem saber de quê, mas alvar e gostosamente.

– Vamos! aviem-se – gritou Felicíssimo. E à voz de comando a alma obediente dos homens serenou e todos em ordem terminaram a ablução. Depois armaram-se com os instrumentos e ferramentas e puseram-se em marcha na frente. Felicíssimo com os novos colonos ia atrás. Por vezes, no caminho, Milkau cortesmente procurou conversar com o agrimensor, que, soturno, se metia consigo, mal respondendo às perguntas. Então seguiam em silêncio, ruminando os seus pensamentos, abrasados pelo calor do sol, que mesmo no mato coberto era abafadiço. Houve um momento, depois de andarem bastante, em que Felicíssimo deu voz de alto.

Todos pararam mecanicamente.

– É aqui que temos de abrir o rumo.

Os trabalhadores começaram a desatrelar os instrumentos e os seus apetrechos acessórios. O agrimensor acompanhava-os com uma compenetração religiosa, e foi com certa sofreguidão que viu abrir-se uma caixa e dela se retirar um instrumento, que recebeu em suas mãos com febril ansiedade. Pediu a tripeça, que um homem lhe apresentou rápido, e sobre aquela passou o agrimensor a atarraxar o instrumento. Havia uma calma grave em todos, e o moço cearense entregava-se à sua tarefa com extrema atenção. Depois de algum tempo, tomou posição com o seu aparelho, e ordenou a três trabalhadores que seguissem pela frente da estrada com as balizas pintadas em zonas brancas e encarnadas. E virando-se para Milkau e Lentz, disse com solenidade:

– Não sei se os senhores conhecem. Isto é o teodolito. Estupenda invenção! Dispensa grande trabalho para levantar as plantas. Hoje fazemos medições enquanto o diabo esfrega um olho, porque, como sabem, é a combinação do nível e da altura: toma-se um ângulo horizontal e um ângulo vertical ao mesmo tempo... Grande invento! Sem ele não sei como me arranjaria!

Os novos colonos conheceram pasmos um novo Felicíssimo, e não sorriram. O agrimensor calou-se ainda mais solene e entregou-se todo ao instrumento; mirava na objetiva, abaixava-se, erguia-se para espiar por cima, voltava a retificar as lentes, torcendo-as ora de mais, ora de menos, sempre com insucesso. Já o tomava a angústia de não acertar, mas ora teimava em seus movimentos, ora abandonava o aparelho e ia mirá-lo de longe. Voltava ao instrumento, tornava a ajeitá-lo, espiava outra vez e sempre o mesmo resultado negativo. Em roda faziam um tímido silêncio os trabalhadores, que conheciam esse momento terrível do teodolito. E só neles Felicíssimo se transformava, a ponto de insultar e espancar os seus homens. Cada um o temia e instintivamente se ia afastando do aparelho perturbador, com medo de algum desabafo. E a aflição do agrimensor naquele dia redobrava à vista de Milkau e Lentz, para quem ele preparava a cena da sabedoria. O sol esquentava; no chão os pés queimavam; um suor frio e extenuante

Mas quando miraram o serviço feito, os homens como que despertaram da sua instintiva preguiça e estimulados à vista dos estranhos atiraram-se duramente à derrubada. O machado cantava com energia no âmago dos troncos, e derrubadores em grupo combatiam ao mesmo tempo uma pobre árvore. Havia uma raiva, uma fúria histérica de destruição, e em pouco tempo estavam completamente alheios a tudo e entregues à sua vertigem malvada. O ferro não descansava nos braços sempre em movimento, num compasso vagaroso. Ouvia-se cair o machado deslocando o ar e arrancando um ronco forte dos robustos peitos dos devastadores. Quando estes encontravam um pau mais duro, redobravam de ardor, o suor lhes escorria, o golpe era tirado bem do chão, e no impulso furibundo o ferro penetrava tanto que, para desprendê-lo, o homem tinha de fazer um esforço desesperado. Iam para adiante, agora harmônicos e regulares. A pequena fadiga fazia bem aos seus membros hercúleos, e a alegria se lhes espraiava nos rostos congestos. Não mais roncavam com a ânsia dos primeiros movimentos; agora, habituados ao exercício, serenavam, distraíam-se, e das suas bocas rudes deixavam sair os velhos cantos amados. Joca fora o primeiro a soltar a voz. Os alemães instintivamente o imitaram, e cada um em sua própria língua cantava versos bebidos na fonte natal. O mulato maranhense dizia as saudades do seu coração, tudo o que mais amava com as íntimas energias do seu ser humano. E cantava num tom que era um longo soluço:

Adeus, campo, e adeus, mato, Adeus, casa onde morei!
Já que é forçoso partir, Algum dia te verei.

Era o grande acontecimento, o drama da sua vida esse abandono da terra natal. E ele o cantava sem atender a ninguém, cravando mecanicamente o machado nas árvores. Em outros momentos abandonava esse queixume, e dos seus lábios inconscientes saíam versos de outro caráter.

Vi o teu rasto na areia E pus-me a considerar:
Que encantos não tem teu corpo, Se o teu rasto faz chorar!

Nesta imagem tão fina e tão superior de um sentimento animal, Joca expandia-se em gritos voluptuosos. Perpassava na cadência e no pensamento da estrofe o frêmito da luxúria meiga e doce de toda a sua raça.

A essa solitária voz brasileira juntavam-se os acentos fortes e musicais das vozes alemãs. Elas cantavam em coro, e os versos que diziam eram ecos das tabernas do país germânico; e por um momento ali mesmo, em plena selva tropical, os imigrantes sonhavam pela sugestão das cantigas, que se reuniam a beber, joviais e ruidosos: "*Die alten Deutschen trinken noch ein, noch ein...*" (os velhos alemães bebem mais um, mais um). A derrubada do rumo prosseguia mais ativa e mais alegre. Os ecos recolhiam as rimas singulares das duas raças, que se casavam no ar numa união estranha...

Teu rasto faz chorar... *Noch, noch ein...*

Milkau, havia uns dias, no alojamento dos imigrantes, deixava embebido na contemplação correr o tempo e não se decidia a começar essa vida, arquitetada pelo seu coração em longo sonho. Uma piedade indefinida diante do sacrifício da mata o entorpecera. Sentia que um pouco da beleza e do esplendor da terra ia morrer. E Milkau vibrava com a recordação de todo o sofrimento que o homem tem causado no mundo, passando indiferente sem ouvir o gemido do mar rasgado, a queixa da floresta ardente, o estremecimento do ar cortado, por toda a parte destruindo como um fatal portador da morte a integridade da forma. E em roda dele a vida em tudo: na terra geradora, na mulher que ele ama, no pó que pisa. Tudo vive, tudo tem uma voz, uma alma na harmonia eterna do Universo... Mas, ainda assim, Milkau perdoava ao homem. Compreendia a fatalidade do seu destino e resignava-se, numa subordinação indiscutível e indefinida, à necessidade.

Amanhecia, quando se chegou a Lentz, e disse resolutamente:

– Temos de queimar o mato.

A ideia do fogo chamejou no espírito do companheiro. Pouco depois, os homens foram reunidos, e todos penetraram na floresta com um recolhimento sacerdotal, de quem vai cumprir os ritos de cultos infernais. Num dos ângulos da mata lançaram fogo à primeira moita, que lhes pareceu mais ressequida. Antes que a labareda apontasse para o alto as línguas ardentes, rubras, rápidas, uma fumaça grossa se desprendia do fundo da toiça, suspendia-se no ar leve da floresta, vagando na direção dos caminhos como pastosas nuvens. Começara a queima. O fogo erguera-se e lambia num anseio satânico os troncos das árvores. Estas estremeciam num delicioso espasmo de dor. Toda a ramagem da base foi ardendo, e as parasitas como rastilho de pólvora levavam as chamas à copa, e a fumaça aumentando entupia as veredas e arremessava para a frente o bafo quente do fogo, que lhe seguia no encalço. Muitas árvores estavam contaminadas, ardiam como tochas monstruosas, e estendendo os braços umas às outras espalhavam por toda a parte a voragem do incêndio. O vento penetrava pelos claros abertos e esfuziava, atiçando as chamas. Pesados galhos de árvores que caíam, troncos verdes que estalavam, resinas que se derretiam estrepitosas, faziam a música desesperada de uma imensa e aterradora fuzilaria. Os homens olhavam-se atônitos diante do clamor geral das vítimas. Línguas de fogo viperinas procuravam atingi-los. Recuavam, fugindo à perseguição das colunas que marchavam. Pelos cimos da mata se escapavam aves espantadas, remontando às alturas num voo desesperado, pairando sobre o fumo. Uma araponga feria o ar com um grito metálico e cruciante. Os ninhos dependurados arderam, e um piar choroso entrou no coro como nota suave e triste. Pelas abertas do mato corriam os animais destocados pelo furor das chamas. Alguns libertavam-se do perigo, outros caíam inertes na fornalha.

Num alvoroço de alegria, os homens viam amarelecer a folhagem verde que era a carne, e fender-se os troncos firmes, eretos, que eram a ossatura do monstro. Mas o fogo avançava sobre eles, interrompendo-lhes o prazer. Surpresos, atônitos, repararam que a devastação tétrica lhes ameaçava a vida e era invencível pelo mato adentro, quase pelas terras alheias. E feros e duros atiravam-se à enxada para cavar o aceiro. Do lado da praia o trabalho foi fácil; o terreno estava desbastado e limpo. Aí abriram rápido o sulco protetor. Do outro lado, no meio da floresta, nos limites da área do lote, a luta foi tremenda. A nevrose do pavor centuplicou-lhes as forças. Os pigmeus que se não mediam com as árvores, e que, não podendo vencê-las, tinham recorrido ao fogo, agora, sob o aguilhão da defesa própria, se arrojavam contra os paus com o denodo de gigantes. E afogueados, enegrecidos, cavaram a trincheira pelo rumo, e, se encontravam o embaraço de algum tronco, atacavam-no a machado, com raiva, com ânsia, com febre. O aceiro foi sendo aberto até que o fogo se aproximou; a coluna, como um ser animado, avançava solene, sôfrega por saciar o apetite. Sobre a terra queimada na superfície, aquecida até ao seio, continuava a queda dos galhos. O fogo não tardou a penetrar num pequeno taquaral. Ouviram-se sucessivas e medonhas descargas de um tiroteio, quando a taboca estalava nas chamas. O fumo crescia e subia ao ar rubro, incendiado; os estampidos redobravam, as labaredas esguichavam, enquanto a fogueira circundava num abraço a moita de bambus. A cem metros de separação, os colonos cavavam sempre. Farto de devorar a carne dura do bambual, o fogo desafogou-se, e célere, e lépido, foi veredeando, por um atalho, sorvendo os arbustos, que se erguiam à margem, até chegar ao aceiro. Já os homens num esforço imenso se tinham adiantado. As chamas abeiraram-se da vala e, diante do espaço aberto e intransitável, detiveram-se e espalharam-se para a direita e para a esquerda, continuando a sua obra.

Os colonos e trabalhadores semimortos voltavam à casa, logo que se reconheceram senhores do perigo, invencíveis sacrificadores da terra.

À noite, da varanda do barracão, quando as estrelas em ritmo moroso, parecia caminharem no céu, Milkau chamava na sua imaginação a vinda dos tempos sem violência, e os outros miravam numa diabólica satisfação a mata esbraseada se estorcer nas agonias do incêndio.

5

A felicidade de Milkau era perfeita. Tinha limitado o inquieto desejo, apagado do espírito as manchas da ambição, do domínio e do orgulho, e deixado que a simplicidade do coração o retomasse e inspirasse. Trabalhava mansamente no quinhão de terra que ocupava. A sua pequena habitação, erguida no silêncio da mata, era humilde como as outras dos colonos; nada existia ali que fosse a traição de um gosto refinado, ou uma pequena consolação da volúpia. Apenas, quebrando a uniforme monotonia rústica, o quarto de dormir de Milkau impressionava como uma capela ardente de amor, de veneração e de saudade. Estava povoado de retratos, como veladores Penates que o homem transporta nas suas migrações sobre a terra. Aí se viam pessoas da família, essa mãe, quase filha, com grandes olhos de dor e súplica perene, o pai iluminado por um sorriso de mártir, e a mulher criança que amara quando ela passou diante dos seus olhos, transfigurando-se para morrer. Os mais eram retratos das grandes figuras humanas, poetas, amorosos, sofredores. Era com essas imagens que Milkau vivia na comunhão funda e religiosa, que dá a alegria perpétua e que enche o vazio do isolamento. Sentia-se amparado por um fluido de esperança, de resignação, que, emanado do amor e das lembranças, o envolvia, dando-lhe uma armadura invencível. E a vida, dentro desse quadro, sorria-lhe como uma deslumbrante ressurreição. O trabalho pelas próprias mãos dava-lhe a sensação positiva da sua dignidade humana. Os seus olhos procuravam em torno o mundo para onde ele se queria dirigir num forte desejo de afeição, feliz e engrandecido, não pelo que tinha feito, mas pelo que aspirava fazer.

Sem demora, Milkau espraiava-se em relações com o grupo colonial do Rio Doce. Achava um encanto em conviver com essa gente primitiva, que o recebia sem desconfiança, e que se ia deixando infiltrar sua cordura e meiguice. Milkau, sem orgulho de inteligência, conformava-se com todas as lições que lhe davam os antigos e experientes colonos sobre as coisas da lavoura. Vendo-o assim atento, mais lhe queriam os camponeses, que ele não atemorizava com a sua educação, e em sua presença tinham instintivamente uma atitude cheia de simpatia e respeito. Milkau estava destinado a ser pouco a pouco a figura central daquela região; e, sem reparo, os colonos iam absorvendo o seu imortal prestígio, como a terra bebe imperceptivelmente as finas gotas do orvalho até ficar saciada.

Ao contrário do seu companheiro, Lentz vivia triste, num íntimo e reservado desespero. A vida que tomara era para ele uma grande humilhação, torturando-o essa pungente agonia de praticar a existência condenada pela ideia. Ficara ali ao lado de Milkau, incapaz de abandoná-lo, preso às seduções do camarada, que eram o estímulo para a agitação do seu pensamento. O caráter fraco traía a audácia do sonhador, e a bondade do sentimento entorpecia-lhe as maldades grandiosas do seu idealismo. E assim inativo, paralisado, caminhando na doce sombra de Milkau, ele, o criador da força, o apóstolo da energia, completava-se na contradição, como um verdadeiro homem.

Para se distrair e dar um pouco de fadiga aos nervos, Lentz encarregava-se das viagens, das compras da casa, e sentia uma expansão de alegria quando atravessava solitário as montanhas em silêncio e sobre elas dava grandeza aos seus sonhos de vida.

Outras vezes caçava, extenuando-se e acalmando-se, num esforço tenaz e porfiado. Era então que lhe sucedia encontrar no mato o vizinho taciturno que passara, na tarde da sua chegada, defronte do barracão. Sempre calado, desdenhando qualquer conversa, o velho alemão, ágil, enérgico, primitivo, seguia cercado da sua árdega matilha, cujos cães o festejavam aos saltos ou iam à sua frente, de orelhas caídas, farejando o chão.

Uma tarde, Lentz voltava de Santa Teresa, trazendo a notícia de que no dia imediato haveria uma festa em Jequitibá. O novo pastor celebrava o seu primeiro serviço religioso com o concurso dos pastores de Altona e Luxemburgo. Em Santa Teresa e nas casas de colonos por onde Lentz passara, todos se preparavam para essa diversão. Milkau, que se queria identificar com os hábitos da nova sociedade a que se consagrava, resolveu ir ao Jequitibá. E na madrugada seguinte os dois amigos partiram, marchando sempre por um caminho de montanhas.

Raras vezes a paisagem transmitira a Milkau uma emoção maior do que naqueles terrenos altos. Estava ele todo possuído pelo espírito da ascensão e sua alma escalara também as regiões silenciosas, plácidas e vastas do infinito. Sob a transparência cristalina do firmamento, a terra intumescida parecia, à hora do amanhecer, sair de si mesma, e querer se alevantar para o céu, para o espaço, num soberbo movimento de força e desespero. E também as essências místicas, que ainda viviam em Milkau, naquele instante de exaltação e vertigem, levavam-no a desejar atingir a eternidade e dissolver-se no infinito.

Quando já se avizinhavam do Jequitibá, iam pelo caminho encontrando colonos a pé ou montados, formando caravanas. Famílias e grupos ininterruptos enchiam as estradas. Todos vinham radiantes, excitados pela fresca da manhã e pela esperança do prazer em sociedade, pois havia muitos meses que não se abria a capela, e os colonos não se reuniam desde essa época; era como uma alegria de recém-chegados que se saudavam mutuamente. Alguns passavam a galope, e esse ardor, comunicando-se aos outros, então era de ver a carreira folgazã de toda a gente pelos caminhos. Quanto mais perto da igreja, mais a multidão se engrossava. Em certos pontos havia necessidade de demorar o passo para não se atropelarem, e tomavam uma rítmica marcha de procissão. Os dois amigos, depois de algumas horas de viagem, ao saírem de um atalho coberto, descortinaram a capela do Jequitibá.

Esta ficava-lhes à frente, e os olhos deles abrangiam todo o panorama claro, feito de uma dourada luz e de pequenas elevações, como ondas regulares, brandas e fixas de um oceano manso. Pela encosta do morro que vai ter à capela, via-se a subida dos pigmeus. A multidão, desembocando ali de toda a parte, parecia borbulhar de dentro da terra. Ao longe, a capela branca, rodeada pela multidão que fervilhava, que ondeava, parecia mover-se como uma presa arrastada vagarosamente por um formigueiro.

Acharam-se depois à base da colina e, seguindo outros, subiam por uns degraus de madeira fincados na terra e que muito espaçados chegavam até ao alto, à casa do pastor, que era no fim da igrejinha. À medida que galgavam, iam vendo viajantes que chegavam em bestas apear-se e amarrar os animais nas estacas, passando-lhes o embornal. O cimo, onde se erguia a capela, formava uma esplanada, e nela a massa de gente remexia, acotovelando-se. Um vozear confuso enchia os ares e turbava Milkau e Lentz, já tão descansados e entorpecidos na solidão bonançosa. Mas logo se habituaram e entretiveram-se, enquanto a capela se não abria, em mirar o povo.

Era um grande ajuntamento de colonos da região. Alguns estavam ali havia trinta anos, e a sua pele era amarela, encolhida como pergaminho; outros ainda eram louros e jovens. Trajavam as suas melhores roupas, o que fazia também uma mistura de modas de muitas épocas, conservadas religiosamente em trajes que se não acabavam mais. Cada uma das mulheres ainda tinha o seu vestido segundo o uso do momento em que deixara o país. O vestido largo, de cintura curta e babados, o corpinho fino, esguio, as crinolinas, as rendas, o casaco severo, as toucas de seda, os simples panos brancos envolvendo a cabeça, o chapéu de veludo, trajes aldeãos, trajes de cidade, reviviam nas serras do Espírito Santo, como se fosse uma revista retrospectiva de modas, ou a combinação fantasista de um baile de máscaras.

– Só isto paga a viagem – disse Lentz gracejando–; um perito poderia fixar pelos vestuários a época de cada migração.

– É verdade – concordou Milkau, acompanhando as observações que o amigo fazia sobre os detalhes das vestes. – Mas também admiremos a felicidade deste povo.

– Até os velhos...

– A alegria dos velhos é um mandamento para a vida. Misturado com o aroma da terra, o cheiro das flores que as raparigas traziam ao cabelo e das roupas domingueiras, guardadas longo tempo nos baús, amenizava o odor forte das multidões. O povo continuava no seu burburinho tumultuoso e alegre. Milkau mirava para todos os lados, e ao longe descobriu Felicíssimo, Joca e o grupo de trabalhadores da comissão de terras, que desde algum tempo tinha deixado o Rio Doce continuando as medições para outras bandas. O agrimensor estava com um cravo ao peito, e do bolso do paletó pontas de lenço saíam espalmadas. Cumprimentou de longe, com uma barretada e um riso desdentado.

– Ora – disse Lentz, em voz baixa, depois de algum tempo –, afinal de contas, já vimos o melhor. E está ficando quente. Que nos importa a missa do pastor? Vamos esperar o fim da festa, para assistirmos à saída do povo, dando um passeio por essas montanhas, ou deitados à sombra de alguma árvore?

– Não; fiquemos aqui e acompanhemos esta boa gente. Nós nos divertiremos vendo divertir-se os outros.

– Mas, francamente, eles podiam se divertir de outra forma. Essa religião...

– Ela é venerável como toda e qualquer outra.

– Haverá um tempo em que o homem há de enterrar com os antepassados o culto que eles nos legaram. Tudo será esquecido. E o homem viverá sem terror.

Milkau fitou muito calmo o amigo. Esteve um instante calado, hesitando se devia responder. Afinal disse:

– O espírito religioso é irredutível. Para destruí-lo é preciso que o homem explique o Universo e a vida; e o conhecimento por mais que se alargue e avance não esgota o mundo dos fenômenos. A marcha da ciência no nosso espírito é como a nossa na planície do deserto: o horizonte foge sempre, é inatingível à medida que caminhamos. Além, além, há sempre o desconhecido. E o culto que o idealiza, e o culto, seja do que for, de um deus ou de uma abstração, como a que diviniza a sociedade humana, é inseparável do homem. Ele é a expressão da nossa emoção imorredoura, do nosso eterno pasmo no Universo ou a exaltação do nosso amor, e é sempre uma força salutar, divina.

Defronte deles, no começo da ladeira do morro, três homens chegavam, esporeando com força os animais, que subiam arquejantes. Quando se apearam, Milkau reparou que eram os mais bem-vestidos de todos. O mais velho era um sujeito de cabeça grande, meio barrigudo, de monóculo escuro e costeletas; o outro, muito jovem, moreno e imberbe, enquanto o terceiro tinha no seu rosto claro, com uma moldura de barba castanha, um ar de fadiga e preguiça. Lentz teve curiosidade de saber quem eram. Um dos vizinhos disse-lhe serem as autoridades do Cachoeiro.

Com efeito era o triunvirato judiciário da comarca. Fitando-os, percebia-se que sentiam a consciência de uma posição superior. Olhavam os colonos como uma massa amorfa e subordinada, e o velho de monóculo, empertigado, esperava solene, silencioso, os cumprimentos. Dois ou três homens da cidade, rompendo a aglomeração, acercaram-se deles muito prazenteiros; outros, mais afastados, cumprimentaram, muito reverentes e pressurosos de se recomendar. Por contágio e por instintivo sinal de respeito dos humildes colonos, as saudações propagavam-se e daí só se viam as cabeças abaixando-se na direção dos magistrados, que correspondiam desdenhosos.

O sol já esquentava muito, e sob os seus ardores a impaciência crescia. Todos olhavam as portas cerradas da capela, praguejando contra o hábito de os deixarem de fora. Os homens tiravam o chapéu, limpavam o suor, e muitos cobriam a cabeça com o lenço. As moças atavam também o seu ao pescoço, enquanto mulheres velhas agitavam as saias, refrescando-se com estrépito. Abafava-se e murmurava-se. Alguns se esgueiravam para as escassas sombras das paredes; um grupo para se proteger do sol apertava-se debaixo de um mísero arbusto, os animais bufavam, espanavam-se com os rabos, triturando surdamente o milho.

A multidão impelia-se lentamente para as portas, num movimento inconsciente de quem ia forçá-las. Mas estacava, empurrando para trás, para adiante, zumbindo, e espalhando o calor de corpo a corpo. A porta afinal abriu-se, e foi uma invasão alvoroçada na capela sombria e fresca!

Milkau e Lentz conseguiram lugar num dos bancos de madeira, e aí repousados observaram a singeleza do interior, que bem se casava com a simplicidade externa. Não havia a menor pretensão de enfeite; na brancura das paredes estavam inscritos versículos da Bíblia; no centro, o púlpito baixo, de madeira não envernizada, e ornado de listas alvas cheias de palavras santas em negro, ao fundo uma cruz preta com um sudário branco pendente.

– Muito triste, muito nu, como sempre – dizia em surdina Lentz ao camarada. – O tom protestante é plebeu, inestético; mil vezes uma igreja católica, com a sua pompa, as suas cerimônias de finas expressões simbólicas.

Milkau concordou, com um aceno de cabeça. Em volta deles outras conversas prosseguiam em voz baixa.

– Ainda o não viu? – perguntava uma velha, aludindo ao novo pastor.

– Não – respondia outra. – Há muito tempo que não ando por estes lados. E onde você o viu?

– No armazém de Jacob Müller, outro dia. Parece uma pessoa muito de bem.

– Também se não fosse, para que lhe darmos o nosso dinheiro?

– Ah! isso você sabe, não há remédio senão darmos. Não fomos nós que encomendamos um pastor a Roberto? Seja como for, temos de o aguentar.

Depois do descanso do primeiro momento à sombra, recomeçava a impaciência, que se esforçavam por conter, mas que se percebia nos bocejos, nos movimentos de pernas e de braços. Não tardou, porém, que um acorde de harmônio soasse, chamando todos à respeitosa continência. A multidão apaziguou-se e o instrumento continuou a cantar os solos, como murmúrios de piano e de flauta, seguidos de um acompanhamento misterioso de vozes múltiplas, infinitas. A música infiltrava-se nos nervos dos ouvintes e os amansava molemente. Milkau vibrava. A música enchia a sua alma capaz de sentir os mais intangíveis e deliciosos segredos do som e de se transportar além de si mesma, perdendo a própria essência na mais copiosa e alucinadora emoção. Música!... Que conjunto de sensações não se acumularam desde as remotas almas progenitoras, que rios de sangue não correram de pais a filhos, longamente, carregando as vibrações recolhidas

em cada célula, dolorosas, lentas, trabalhando o mundo dos nervos até enfim se formar no homem a derradeira das suas almas, a alma musical!...
E enquanto o órgão no alto da capela cantava, lá ia Milkau, tomado pela saudade, carregado nas harmonias, à sua vida primeira. Era numa igreja de Heidelberg, na terra antiga, no passado... E Milkau, agora de olhos cerrados, não percebia mais as fronteiras do sonho e da realidade. Tudo se confundia estranhamente... Ele vê uma figura de mulher, que entra na sombra silenciosa e brandamente vai sentar-se. Os olhos dela embebem-se na Bíblia e sobre esta os seus cabelos caem numa chuva de ouro, como uma bênção e uma luz do céu iluminando o livro santo. Música também lá em Heidelberg: uma melodia fantástica, angélica, enche a igreja. Música! Canta a mulher que Milkau amou. Um sonho dentro de um sonho; na volúpia infinita de um templo, enquanto ela, recolhida, mística e crente, entoava hinos, ele, debaixo das harmonias, escrevia poemas sagrados, porque escrever é cantar com a pena... Música!

Cessou o órgão na capela do Jequitibá. Milkau teve um ligeiro sobressalto e despertou. Os seus olhos meio atônitos descansaram em uma jovem, que parecia entretida em vê-lo dormitar. Milkau ficou indeciso um instante... Continuava o sonho, ou era aquela mulher a sua visão realizada? Parecia-lhe já ter visto em outra vida aquela mesma cabeça de macios e crespos cabelos de infante, com a mesma suave e meiga expressão. E ela o olhava vagamente distraída. E quando reparou que era examinada, moveu-se, curvando o pescoço devagarinho sobre o peito, num gesto de recolhimento de ave mansa.

Subia ao púlpito o novo pastor, cercado pela curiosidade do povo. Era um homem alto, com uma barba fulva, que lhe caía sobre o casaco preto, em rico contraste. Pelas mãos calejadas, pela cor vermelha do áspero rosto, pelo acento da voz, pelas frases, Milkau reconheceu nele um camponês; e voltaram-lhe à memória as observações de Lentz sobre o protestantismo, que sempre entendeu como uma religião seca e simples, aquela que mais se liga ao judaísmo pela austeridade, pelo rigor excessivo de seu monoteísmo, uma religião rústica, cujos melhores intérpretes eram homens rudes, violentos e radicais. Na cisão da Igreja cada parte ficara com a porção dos espíritos que lhe era própria e peculiar; a gente do Norte inculta, bárbara, independente revoltara-se naturalmente contra os civilizados, nos quais o catolicismo se desenrola como um sucessor natural do paganismo, astuto, elegante e pomposo.

Numa toada humilde e tímida, o pastor ia desenvolvendo o seu alemão religioso. Este primeiro contato com os colonos era para ele uma crise, e, em vez de continuar desembaraçado o sermão, detinha-se a examinar o povo, a refletir sobre si e os seus embaraços, e muitas vezes parava distraído, outras ia tropeçando para adiante. Os ouvintes desinteressavam-se da atrapalhada e vagarosa prédica e preocupavam-se com o pregador e sua família.

Ao lado de Milkau um homem explicava a uma mulher que bisbilhotava a respeito de duas outras que se viam no coro da capela:

– Aquela mais magra e morena...

– Tem cara de judia...

– Sim... mas me parece muito boa pessoa... É a mulher do novo pastor.

– Ah! E a outra é que é a irmã dele?

– Quem vê um vê outro. A cara não engana.

– E de onde as conhece?

– Daqui mesmo. Outro dia vim preparar a horta, que estava toda abandonada... Agora se pode ver; creio que o pastor tem gosto pelas plantas. A irmã mete-se em tudo.

– E Frau Pastor?

– Não sei, pareceu-me uma alma penada em casa.

– Pobre! Então, que lhe fazem?

O colono não respondeu, porque, vendo que as suas palavras eram recolhidas por outros ouvidos da vizinhança, volveu concentrado e hipócrita à sua Bíblia.

Na tribuna o pastor ia rolando o sermão, procurando com vão esforço esquentar-se, tentando vociferar e clamar a religião. A sua voz logo esmorecia e caía na morna toada.

Do outro lado, em frente a Milkau, estava Felicíssimo, muito nervoso, a fazer sinais de impaciência. O cearense arregalava os olhos para os seus amigos do Rio Doce, sacudia a cabeça num gesto de contrafeita resignação, e em caretas sucessivas transformava a sua móvel fisionomia. Lentz não pôde deixar de murmurar com certo desdém a Milkau, que seguia complacente o agrimensor.

– Que macaco! – O grupo dos magistrados também não estava resignado ao enfado da cerimônia. Sentaram-se os três juntos num banco, ao lado do púlpito, e enfrentavam solenes a multidão; o mais velho, que era o juiz de direito, não se cansava de gesticular; ora tirava o lenço, enxugando a testa que se franzia em grandes rugas, ora limpava o monóculo que, mal assestado ao olho direito, caía logo, obrigando-o a repetir indefinidamente os movimentos; ao seu lado o promotor crispava as mãos, aborrecido, e, de lábios cerrados, agitava a perna, suando muito, fitando com desprezo e rancor o pastor e os colonos; o terceiro, o juiz municipal, coçando a barba por desfastio num grande abandono, espreguiçava-se no banco, estirando as pernas, e bocejando; às vezes, murmurava alguma coisa ao juiz de direito; e este, pondo maquinal o monóculo para melhor entender, sorria benévola e cavalheirosamente.

Os alemães, cheios de respeito, não se moviam; concentravam-se recolhidos ao livro de orações, ou de olhos fechados voltavam-se para o abismo vazio do seu espírito, que miravam absortos e suspensos, sem a menor vibração íntima, sem um pensamento.

E o tédio envolvia a capela, até que o novo pastor terminou a prédica, e a música do órgão, as vozes das cantoras vieram numa desabafada desforra levantar os ânimos. Os três pastores reuniram-se no fundo da igreja e leram sucessivamente os salmos; a música foi suspensa um instante, para recomeçar um coroa que o povo respondia. O velho pastor de Luxemburgo, com a cara toda raspada e de óculos, tinha uma voz rouca, que se ia apagando, enquanto o pastor de Altona, com uma barba muito curta e dura, espraiava o seu ar desabusado e insolente. No meio dos dois o novo pastor de Jequitibá, muito grande e de olhos meigos, tinha uma atitude de gigante tímido. Em breve acabou o serviço religioso; os pastores sentaram-se, vendo o povo retirar-se em ordem, lentamente, tangido pela música, levando cada um o eco longínquo dos cantos. Fora, todos ficaram deslumbrados com o sol e apressaram-se a partir. Os burros foram desamarrados, os embornais vazios embrulhados e escondidos debaixo da sela, e daí a pouco homens e mulheres montavam, descendo toda a massa de gente pelo morro abaixo, como uma represa de água escura que se tivesse aberto sobre a verdura da paisagem. Escorregando vagarosamente, ninguém se apressava, com receio de um perigoso atropelo. E a grande vozeria de comentários, de galhofas, as grandes gargalhadas e gritos festivos rebentavam das mil bocas da multidão, matando a tranquilidade da região silenciosa. Milkau e o companheiro vinham-se também arrastando, partilhando da alegria e esquecidos de si para se misturarem na comunhão ali formada pelo acaso e pelo impulso comunicativo. Embaixo, na cruz das estradas, o povo começou a debandar; alguns tomavam a dianteira, galopando na estrada e envoltos na poeira, outros corriam mesmo a pé; as mulheres arregaçavam as saias de cima por economia, e cobriam com elas as cabeças, enquanto os homens se descalçavam, levando nas mãos as botinas ou os chinelos. E a gente ia-se escoando pelos caminhos, procurando as suas casas, ou as tabernas próximas, onde costumava passar o domingo. Milkau voltou-se, sentindo um toque no ombro. Era Felicíssimo, que lhe falava de cima de um burro.

– Bons olhos os vejam... Há quanto tempo não nos avistamos! E para onde se botam agora?

– Para casa, naturalmente – respondeu Milkau.

– Pois eu lhes proporia...

– O quê? – perguntou Lentz, interrompendo.

– Irem à casa de Jacob Müller, onde há um grande baile à noite, e já agora de dia começa o pagode.

– Mas não tivemos convite...

– Oh!, isto é uma conversa... Aqui na colônia não há convites. Em se sabendo que há uma festa, a gente não tem mais que se apresentar, porque isto também faz parte do negócio...

– Que negócio? – interrogou Milkau.

– Que negócio? – repetiu o agrimensor, respondendo. – Então não sabe? O sujeito arranja a festa com olho de fornecer a comida, vender muita cerveja e tudo mais... Ora, vamos daí. É verdade que estou montado, e não podemos ir juntos... Mas não há dificuldade; o caminho é este da esquerda, vai descendo, depois torna a subir e, quando chega no alto, vocês têm um pequeno pouso com uma venda; passem pela frente, tomem à direita, e vão seguindo sem se desviar. Quando toparem um sobrado branco com um terreiro, é aí. Não há confusão: a casa está em festa e vocês a reconhecem logo.

Os dois amigos consultaram-se com o olhar, meio indecisos; mas Lentz não demorou em responder:

– Pois sim, iremos.

– Assim é que eu gosto da rapaziada – disse radiante o agrimensor –, que não tem história nem maçadas. Falou-se em patuscada, não enjeita.

Bem, eu vou indo... vou na frente, mando guardar três lugares na mesa para nós... Temos muito que desenferrujar...

E apontava com a mão livre a língua. Depois, tomado de uma repentina excitação, passou a fazer trejeitos inconsiderados com a cabeça, a rir muito. "Até logo!" Picou o burro com veemência, deu-lhe chicotadas, gritou para a frente, e se foi num galope, espantando os colonos com os berros e a correria. Os outros executaram as indicações do cearense e foram andando apressados pela estrada.

No alto estava realmente a venda, onde já se aglomeravam muitas pessoas, formando grupos diferentes, todos alegres. A taberna era limpa, bem-arrumada e com duas portas largas. Dentro, encostados ao balcão, os alemães bebiam em geral cerveja fabricada no Cachoeiro e alguns tomavam cachaça; algumas mulheres de várias idades agruparam-se aos homens, e entre todos trocavam-se saudações e oferecimentos amáveis de bebidas. A dona da casa e uma filha, moça e loura, de um louro lavado em que uma rosa traduzia a eterna faceirice da mulher, serviam lestas os fregueses. Fora, uma grande latada corria pelo oitão da casa, e na sombra larga debaixo do caramanchão, sentadas às mesas toscas, famílias almoçavam e eram atendidas pelo dono da casa.

– Como esta sombra convida a descansar! – disse Lentz, fatigado do sol.

– Podemo-nos demorar aqui um pouco, e fazer a caminhada mais à vontade – concordou Milkau.

– Não... Se não estás morto, continuemos, porque receio, uma vez em casa, não tornar a sair por este sol!

E lá se foram, deitando um olhar de cobiça ao caramanchão ruidoso, onde o verde das folhas entrançadas nas grades formava quadro para as cores simples, álacres dos vestidos das mulheres.

No caminho, viram muita gente que tomava o rumo da casa da festa. E quando chegaram à lombada de um morro, avistaram embaixo um fio d'água veloz, e à beira o sobrado onde se percebia, mesmo de cima, o movimento de uma reunião.

– Apertemos o passo – propôs Lentz –, que não vale a pena mais nos pouparmos, quando lá está o nosso refúgio.

– Sim, isto agora vai depressa; é só descer.

E ao lado deles passavam rapazes e raparigas a correr pelo morro abaixo, gritando de júbilo e levados pela excitação de chegar sem demora. Isso transmitiu-lhes também o desejo de correr, de se perder na alegria do ar, na vertigem da descida. E correram também; mas daí a pouco pararam e sorriram vexados da inconsciência que os tomara.

– Ora esta – disse Lentz –, estávamos a imitar.

– Não foi isso o que me fez parar, mas é que nós nos estávamos esgotando – ponderou Milkau, desconhecendo-se naquele arranco de expansão jovial, e contente com este rejuvenescimento do seu espírito. "Afinal, a natureza readquiriu os seus direitos", pensava ele...

Desamordaçavam-se-lhe os nervos, e uma invasão de luz punha-o em misteriosa e infrangível harmonia com o mundo jovem, verde e glorioso.

Ergueu a cabeça num gesto de desafogo, sacudindo a barba de ouro. Os seus olhos azuis estavam radiantes de paz e calma, e foi com o passo cheio de majestade e de graça simples que baixou da montanha.

Nas cercanias da casa de Jacob Müller a paisagem tinha o realce e a vida comunicada pelo movimento da gente, que se ia reunindo. Muitos a pé ou montados vinham da capela do Jequitibá, outros de Santa Teresa, e outros do Cachoeiro. A casa tinha uma bela situação no centro de várias estradas, e era um dos maiores pontos do comércio do interior da colônia, e aos domingos um dos mais procurados pelos habitantes do lugar, por moradores de longe, e até pelos caixeiros da cidade. Era um sobrado branco, no fundo de um vale e à margem de um endiabrado ribeiro, que descia em tropel infindo do morro para o Santa Maria. À roda dele o terreno estava limpo de plantação, e havia um pequeno campo de relva tenra e fresca que brilhava ao sol. O sobrado ficava destacado das grandes massas de árvores e de folhagem que vestiam as pedras dos morros.

Ao chegaram ao terreiro da casa já as vozes da festa vinham ao encontro dos dois novos colonos, e eles foram entrando no meio do ruído, da agitação dos alemães à sombra da varanda, quando a tarde começava a refrescar e a luz a esmorecer.

– Venham, venham, meus amigos.

E Felicíssimo, gritando, corria para eles, arrastando-os. Os outros, espantados da efusão do agrimensor, perguntavam para onde os levava.

– Vamos a um copo de cerveja.

– Não, obrigado; arranjemos antes um lugar aqui à sombra – disse Milkau –, porque precisamos de descansar.

O agrimensor ficou meio amuado:

– Ora bolas! – E os deixou bruscamente.

Milkau acompanhou-o, para lhe dar uma explicação da recusa, mas o outro, levado pelo rompante, lá se foi, metendo-se pelos grupos e entrando no armazém. Milkau desistiu de segui-lo e voltou a Lentz, procurando ambos um lugar para descansar. Acharam-no enfim em um banco, debaixo de uma laranjeira, em frente à casa. A gente movia-se muito. Bandos de moças de branco passavam de mãos dadas, rapazes corriam pelo campo em mangas de camisa, em apostas brincalhonas, uma pequenada vadia espalhava-se guinchando pelo terreiro, como um bando desesperado de maitacas.

Outros entravam e saíam do armazém cantarolando com a voz rouca e a gesticulação de embriagados. O estrondo dos pés que dançavam no sobrado, ecoando no vasto armazém, e o som langoroso de um realejo incessante desciam do alto, atordoando a gente. E nas janelas muitas pessoas com ar indiferente debruçavam-se para o terreiro, olhando a agitação em volta, e fitando pasmadamente a paisagem, que parecia também mover-se toda, arrebatada pela celeridade do regato.

Milkau, que se tinha conservado mudo, a contemplar satisfeito o prazer alheio, viu um rosto amigo que se aproximava. Era Joca que, em mangas de camisa, de lenço ao pescoço, e um cinturão de couro segurando a calça, vinha saudá-lo, abrindo a boca em que se apertavam os dentes felinos.

– Então vieram divertir-se um pouco? Sim, senhores, já é coragem, que do Rio Doce aqui é um estirão!

– Saímos de madrugada e fizemos a viagem sem grande fadiga – respondeu Milkau.

– Lá isso não – interrompeu Lentz –, porque eu estou que não me posso mexer... Começo a ter fome também.

– O que não falta é comida. Olhem só lá para dentro do armazém, por cima das cabeças desta gente: vejam que povo está ali agarrado ao balcão, parece urubu cercando carniça. E atrás, nas salas, as mesas já estão apinhadas para a hora do jantar. O que é preciso é marcar os lugares desde já.

– Seu chefe se encarregou disso – referiu Lentz –, sumiu-se de nós e esqueceu-se de nos dizer o que arranjou.

– Mas ele há de voltar – concluiu confiante Milkau –, e estou certo de que temos tudo arranjado; e você, Joca, que fim levou?

– Rolando, amigo... De um lado para outro, a fazer medição agora lá para o Guandu... Isso é, estes dias nós descemos ao Cachoeiro para folgar um pouco. E como vão lá no prazo? Já sei que a casa está bonitinha. E o cafezal?

– Plantado.

– No roçado que fizemos?

– Sim, ao lado da casa.

– E quando beberemos desse café?

A resposta foi um gesto largo de mão, indicando o tempo remoto. Por um instante uma ligeira sobre-excitação coloriu as faces de Lentz, que tremia em pensar no vago da distância ainda à sua frente, e naquela vida estranha que levava.

– Ah!, agora a coisa vai ser mais animada – disse em sobressalto o mulato, olhando alvoroçado para o fundo–; lá vem a banda.

Os músicos da filarmônica do Cachoeiro vinham chegando ao arraial, e todas as vistas se voltavam para eles. Um grande rebuliço fez-se no povo, e repentinamente todos se foram aproximando da banda, que, caminhando lentamente e como por um velho hábito, se dirigia para um pátio ladrilhado de cimento, que era o lugar destinado para secar o café comprado por Jacob Müller. Nos dias de semana uma grade de arame protegia esse pátio da invasão dos animais e da criançada. Aos domingos, quando havia festa, a grade era retirada, e todos tinham a liberdade de penetrar na área. Joca deixou Milkau e foi se postar ao lado dos músicos, alguns dos quais eram seus conhecidos e camaradas.

– Então, minha gente, vocês hoje estavam com preguiça de desunhar! A rapaziada aqui já andava impaciente... O velho Martinho já está com o braço morto de tocar realejo, para entreter o povo lá em cima. Vamos à gaita!

E, contente, o mulato começou a dar vivas à banda do Cachoeiro. Um alarido de gargalhadas e aclamações acompanhou os vivas. Os homens da música sorriam, rubros de vexame, e todos automaticamente tiraram o chapéu, agradecendo.

Foi um delírio para o maranhense, que começou a dar outros vivas ao "povo do Cachoeiro", a "Jacob Müller", "à união da rapaziada". Todos se divertiam, gesticulavam, dançavam descompassados, acompanhando a banda. Os músicos instalaram-se num dos ângulos do pátio largo, liso, lavado, que recebia em seu lajedo, para irradiá-la, a força do sol. Num momento ficou coalhado da gente simples e fácil de contentar, desses que são amados da alegria e em quem ela não encontra atropelo para reinar livremente. Colocadas as estantes, os músicos sentaram-se e começaram a tocar uma marcha de que cada qual, entusiasmado, ia repetindo os compassos. Joca, cantando marcialmente, com os olhos acesos e as narinas arregaçadas, perseguia um bando de raparigas louras, coradas, que fugiam rindo, num fingido susto. Alguns velhos já ébrios, de cachimbo ao queixo, arrastavam as vozes, fazendo mesuras às mulheres, que riam destemperadamente. As crianças invadiam o terreiro, vindo em grupo, abrindo espaço aos empurrões. O dono da casa, todo de branco, em mangas de camisa, e com um grande chapéu de palha na cabeça, apareceu no pátio, e depois de se entender com o mestre da banda principiou a falar, dando ordens. Algumas velhas aplicavam-lhe palmadas nas costas, outras puxavam-lhe levemente a barba; ele respondia aos socos, berrando:

– A festa é das crianças. Limpa o terreiro! Arreda! Vocês têm baile à noite. – E depois, persuasivamente, virava-se para os mais teimosos: – Anda, meu velho, ajuda-me, que tenho de atender à freguesia. Olha, vai tomar um copo lá dentro.

Era o argumento irresistível e proveitoso, porque a miragem desse copo afastava o homem daí, e dava algum lucro ao armazém. O lugar ficou limpo da gente grande, que se enfileirou aos lados, formando o quadro do pátio. A criançada agora sobre ele girava doidamente, a rodar, a rodar, como se fosse movida por um pé de vento.

A música acabou a marcha, e deu o sinal de uma quadrilha. Um velho alto, com uma longa sobrecasaca preta e surrada, de óculos azuis e uma cara de jenipapo murcho, entrou no terreiro para dirigir o baile infantil. Foi um instante de sossego. O homem mandou que os pequenos se ordenassem pelos sexos, e começou depois a distribuir os pares, chamando cada criança pelo seu nome. "Alberto e Ema", "Herman e Sofia", "Guilherme e Ida...". Às vezes, um dos pequenos recalcitrava contra o arranjo.

– Mas eu estou comprometido, professor.

– Como? Com quem?

– Com Augusta Feltz...

– Mas não é possível: você tão miúdo e ela tão crescida – replicava o velho, tremendo-lhe as mandíbulas moles.

No círculo as mães intervinham, acompanhadas por outras vozes de mulheres.

– Deixe, senhor professor. Que é que tem? Cada um escolhe a que deseja.

O mestre resignava-se, e Augusta Feltz, com os seus doze anos, de canelas compridas e olhos mansos de veada, lá ia para a forma, inclinando o pescoço para o cavalheiro, que a levava de braço, fitando-a muito ancho.

Afinal o professor conseguia arranjar as quadrilhas, e a música rompia a dança. Os pequenos estavam exercitados, de modo que tudo corria em ordem, sem confusão. Das pessoas grandes, muitas ficavam entretidas, acompanhando a festa das crianças; outras, porém, fatigavam-se da atenção, e punham-se a passear pelo arraial, indo à beira do rio, deitando-se na relva para verem passar a água; alguns, de braço como noivos, iam se perdendo pelo mato adentro, e outros se reuniam ao balcão a beber e a cantar as velhas estrofes do prazer e do convívio humano, que na ilusão instantânea os transportavam à terra abandonada. Em tudo, no menor movimento, no mais pequeno gesto, a reunião ali na estação do Cajá dava a sensação do esquecimento e da alegria.

– Era isto o que eu procurava – dizia Milkau a Lentz, quando passeavam pelo terreiro ao ritmo da música, e olhando a cena.

– Era isto que eu procurava, e que enfim achei... Viver no meio de gente simples, partilhar com ela o seu doce esquecimento da dor, matar o ódio... Compara este povo com os homens de outras terras, onde cada um parece possuído do espírito do demônio, solto sobre a face do mundo, devastando-a nos seus impulsos de loucura, e estrebuchando para morrer num espasmo de maldade. Aqui ao menos é a serenidade, é a calma, é a alegria.

— Mas — observava Lentz, traçando no rosto um gesto de desdém — no fundo isto é a estagnação, é uma existência vazia e inútil.

— E não é o amor a ação por excelência? E não é ele a força que aqui na colônia, no canto do Universo, move os homens? Que queremos mais?

Aproximaram-se do baile das crianças, que prosseguia vivo e animado. Agora havia uma grande roda dos dançantes, que, ora célere, ora vagarosa, se ia movendo aos cantos infantis, estridentes e desafinados. E, quando a meninada estava muito entretida, um sujeito mascarado saltou no pátio, disfarçado em palhaço maltrapilho, besuntada de alvaiade a cara, e beiços e faces pintados de vermelhão. Uma imensa risada dos grandes o recebeu, e os meninos pararam a dança meio espantados, abrindo o círculo. O palhaço começou a cabriolar, a gritar, imitando animais, e daí a pouco, no meio da algazarra geral, metia-se na roda das crianças, de olhos tapados, a diverti-las.

— E Felicíssimo que não nos procurou mais? — lembrou Milkau, afastando-se do círculo, com o amigo pelo braço.

— É verdade. Creio que desconfiou conosco.

— Vamos procurá-lo — propôs Milkau.

— É tempo, mesmo porque já podíamos ir jantando — acedeu Lentz.

Já àquela hora o sol esfriando transformava magicamente o panorama, graduando a cor, que parecia surgir pouco a pouco do seio secreto das coisas e se expandir mais livre à superfície luminosa. A aragem refrescava o tempo, passando volátil pelas cabeças louras das mulheres, brincando-lhes nos cabelos num leve arrepio que lhes descia da nuca. A paz da tarde avançando sutil reinava sobre as gentes, entorpecendo-as com a sua doce perfídia.

— Mas onde se meteu o agrimensor?... Onde se meteu ele? — ia dizendo Lentz, passando de grupo em grupo, e mirando por toda a parte.

— Hoje ele está misterioso conosco... Também por que não lhe aceitamos o copo de cerveja?... Não custava nada uma amabilidade.

– E não se perdia um camarada... tão idiota – concluiu Lentz.

– Oh! Também vais logo aos extremos...

Procuraram o agrimensor pelo terreiro, dando volta por trás da casa. Uma caminhada inútil. Foram até à margem do regato, chegaram até à beira das estradas, e precipitaram-se para onde avistavam grupos de gente, na esperança de achar o cearense. Tudo em vão. E entraram no mato. Debaixo de uma carregada sombra, um par amoroso, cochichando, descansava. Com a presença dos estranhos, o jovem abaixou a cabeça enleado, disfarçando a remexer nos gravetos esparsos no chão; a rapariga, porém, numa tranquilidade altiva, com seus olhos serenos e francos, expulsou os perturbadores.

Quando tornaram à clareira, desistiram de procurar Felicíssimo no arraial e se encaminharam para a casa.

O balcão continuava sempre cercado, bebia-se largamente, e numa língua arrastada, enfadonha, cantava-se. Os dois amigos lançaram uma vista d'olhos pelo armazém e não viram o agrimensor. A mulher de Jacob, percebendo-os indecisos, fez-lhes um gesto, perguntando-lhes o que bebiam. Milkau, desviando delicadamente alguns colonos pesados e oscilantes, chegou-se a ela, indagando de Felicíssimo. A mulher aconselhou-os a subir à sala do fundo onde se servia o jantar, pois talvez aí o encontrassem, e falou-lhe dos lugares encomendados para três. De fato, no sobrado, enquanto a sala da frente se achava quase deserta, e apenas com algumas pessoas à janela vendo o baile das crianças, a sala do fundo estava num grande burburinho. À mesa muita gente sentada comia avidamente. Em pé, uns com pratos na mão tomavam caldos, e outros, agarrando linguiças, fatias de pão, mastigavam com uma fome voraz e com os olhos injetados, fixos, num espasmo de satisfação bestial. Um cheiro de alho, de vinagre e pimenta excitava a multidão e entretinha a sua voracidade.

Felicíssimo estava numa cabeceira da mesa com dois lugares vazios de cada lado, e quando avistou os companheiros chamou-os num sobressalto.

– Aqui! Aqui!

Os outros foram rompendo caminho e tomaram os seus lugares.

– Até que afinal vocês resolveram vir... Pensei que não quisessem saber de mim hoje, pois tão entretidos andavam... Viram passarinho verde?

– Ora – respondeu Lentz –, não mude os papéis. Foi você exatamente que nos deixou, e meio amuado não se importou mais conosco, que sem nenhum conhecimento temos andado vagando à matroca...

– Não me conte histórias, patife. Imagino quantas amizades não tem por aí, com quanta rapariga não tem falado!... Vamos lá, nada de segredos.

O alemão enrubesceu, e não sabia como replicar, Milkau veio em socorro.

– Lentz não se preocupa com isso.

– Vá pregar noutra freguesia, seu maganão.

– O nosso interesse é misturarmo-nos à alegria deste povo, compreender a sua vida e felicidade...

Felicíssimo olhou-o com os olhos miúdos, caídos e vagos. Depois, com uma cara feita de um riso complacente e velhaco, arrastando a voz:

– Qual, camarada, não me conte rodelas, então você mesmo, você, que lá na sua língua procura misturar-se à alegria desta gente, que quer mais se não...

– O pior, meu amigo, é que com esta discussão nós vamos ficando sem jantar – cortou Lentz.

– Oh!, é verdade – gritou o agrimensor, erguendo-se apoiado nas mãos.

Em pé, berrava chamando os criados. Afinal, uma rapariga atendeu, postando-se em frente ao cearense, à espera de uma ordem. Felicíssimo mirou-a com malícia, piscando os olhos para o companheiro, e depois como a alemã, enleada, quisesse partir, ele resolveu-se a falar.

– Meu bem, meu amor, você traga jantar igual ao que me tem trazido, para estes dois amigos; comecemos por um caldo de ervas. A criada desapareceu rapidamente, com um movimento airoso como um passo de dança.

Felicíssimo estalou a língua, atirando-lhe os olhos, que a seguiram como servos amorosos.

– Ah! esta vida! esta vida – murmurava o agrimensor, melancolicamente, e sem saber o que dizia.

Puxou o copo de cerveja e bebeu. Olhou a garrafa que esvaziara, bateu na mesa, pedindo que lhe trouxessem outras seis.

– Nós não tomamos tanto – objetou Milkau.

– Se vocês fizeram voto, eu não fiz: beberei todas seis.

Milkau e Lentz começaram a jantar dos pratos rústicos, que serviam no meio de algazarra e de desordem. Muitos caixeiros da cidade, mais bem trajados que os camponeses, recusavam a comida ordinária, e pediam aves em conserva, de que se serviam bebendo o vinho do Reno. Alguns desses rapazes, que eram da casa de Roberto, reconheceram os antigos hóspedes nos novos colonos, e os cumprimentaram com gestos de cabeça, numa expressão amável. Dos seus lugares ofereciam-lhes vinho, acenando com a garrafa. Milkau agradecia com outro gesto, e o grupo continuava a beber indiferente e desdenhoso do resto da gente.

Felicíssimo bebia sempre com grande alarde, e tanto barulho fazia que não tardou muito a atrair sobre ele a curiosidade geral. Excitado por essa atenção, o agrimensor exibia-se por todas as formas, cantava, dançava, trepado na cadeira, de copo em punho, levantando brindes. Os camponeses o admiravam numa alegria infantil, os rapazes da cidade o deprimiam com aplausos irônicos, com frases insultuosas, ditas no meio de risadas. A estes o agrimensor respondia improvisando versos em português, versos dessa toada sertaneja que lhe falava tão intimamente. Muitos não o entendiam, mas a cadência dos versos os enternecia e era com amor que pediam ao cearense que não parasse. Este variava o seu repertório, cantando canções alemãs, que estropiava, mas que ao seu lado eram retomadas com brio, com entusiasmo, pelos colonos. Produzia-se um berreiro descomunal, feito de vozes de velhos, moços e mulheres, aumentado pelos repiques nos copos e nos pratos, e pelo som estridente de um realejo, tangido num impulso frenético para acompanhar as canções, cujas notas graves eram abafadas no barulho, destacando-se apenas os agudos, violentos e ferozes. O dono da casa, querendo conter a matinada, tomou Felicíssimo pelo braço, para forçá-lo a descer da cadeira. O agrimensor o repeliu, continuando a gritaria, e outros o cercaram, protegendo-o contra Jacob, que foi expulso da sala aos empurrões. O agrimensor ordenou por sua conta mais cerveja, que mandava distribuir em torno. Disputava-se cada garrafa das mãos das criadas, e na confusão, na desordem, na desatenção, o líquido espalhava-se pela mesa dos copos entornados na sofreguidão da conquista. Milkau, temendo pelo agrimensor, propôs-lhe saírem um pouco, a desfrutar o resto da tarde no terreiro.

– Daqui não arredo – gritava ele.

E os alemães embriagados o acompanhavam num berreiro.

– Não arreda, não arreda.

E de então em diante estas palavras serviam disparatadamente de estribilho a cada canção. Os que ainda tinham consciência riam gostosamente da ira dos outros e mais que tudo do efeito dos próprios cantos cheios de versos de amor, de idílios campesinos casados com aquele estribilho do cearense.

Milkau e Lentz julgaram-se no meio de doidos, que se fitavam com expressões várias de desdém e de divertimento. E os dois foram-se esgueirando da sala, sem cólera, perseguidos pela vaia dos que ficavam.

Fora, a lua vinha rompendo, e a claridade que dela descia apoderava-se furtivamente do domínio da várzea abandonada pelo sol. E nesse instante indeciso, intermediário, o vento extinguia-se, e todos se sentiam sob um encanto misterioso de saudade, de repouso, com os olhos pregados no espaço, abismados em melancolia. No terreiro as crianças fatigadas estavam serenas, intimidadas pelo silêncio que elas mesmas faziam, e as mais pequenas, cabeceando de sono, encostavam-se às mães sentadas no chão. Os músicos recolhiam os instrumentos e vinham vagarosos jantar. Os dois amigos caminharam até ao rio, e o foram margeando, descuidosos por algum tempo. Detiveram-se e sentaram-se nas pedras. E mais tarde, como esfriasse, e ouvissem de novo a música, volveram à casa da festa. Quando a descobriram, ela estava iluminada, e a luz rubra e quente que saía das janelas e das portas abria um círculo de fogo e fosforescência, dentro da claridade mansa e leitosa do luar. No terreiro já não havia quase ninguém: as crianças tinham debandado, os grandes haviam partido para as colônias, ou se tinham recolhido ao salão do baile. Subiram ao sobrado, onde na sala da frente se começava a dançar. Ali, a música tocava uma valsa arrastada e langorosa, e pouca gente dançava, pois muitos ainda permaneciam à mesa ou se postavam encostados às portas e às janelas, tímidos e negligentes. Em geral, os pares compunham-se de raparigas que, enlaçadas umas às outras, rolavam provocadoras, sacudindo com os seus movimentos o torpor dos rapazes, até que estes, estimulados, viessem separá-las, tomando uma delas para seu par fixo.

Não se passou muito tempo sem que o baile entrasse em plena animação. A sala, depois que a noite avançara, fora mais iluminada, a música não cessava de tocar, e todos se divertiam alegremente. Agora é que se podia ver a variedade de gente aglomerada na casa de Jacob. Ali estavam negociantes do Cachoeiro, com as mulheres, caixeiros da cidade, tropeiros, lavradores, criadas e todos reunidos numa grande promiscuidade, sem separação de classes. Diante de Milkau, que, sentado a uma janela aberta, acompanhava a festa, passou, na série de pares de uma marcha polaca, uma jovem de flexível graça, de movimentos ondulantes, voluptuosos, distinguindo-se do resto das outras raparigas, desengonçadas ou morosas, arrastadas com estrépito pelos seus pares. Um homem de tosca figura, que estava ao lado de Milkau, referiu-se a ela.

– Não há nenhuma que seja capaz de chegar a Luíza Wolf.

– Realmente é muito graciosa.

– Ah! É preciso conhecê-la para saber que não é só no baile; é em tudo assim. Parece que não cansa de levantar aquela cabecinha. Amanhã estará trabalhando com o mesmo ar...

– Naturalmente é uma colona...

– Não: é criada no Cachoeiro, e o patrão dela é aquele mesmo que é o seu par... Martin Fidel. Não conhece?

– Não.

– Pois admira, é um dos negociantes mais ricos da cidade; a família está toda aqui. A mulher já é velha como ele... Ah! lá vai ela ao braço daquele mocinho alto, de nariz grande, não vê? É um colono e filho de colono no Jequitibá. O pai dele também está dançando; é aquele baixo, gorducho, barbado e de chapéu na cabeça; o par é a criada, uma desenxabida... como vê.

Os dançantes continuavam no compasso marcial da polaca, executando variadas figuras, ora desenhando meias-luas, ora separando-se em alas, marchando frente a frente, ora fazendo evoluções de homens e mulheres, separados, para se reunirem depois de diferentes voltas. Os movimentos eram tardos e pesados; dentro de sapatos grossos ferrados, batendo fortemente os pés no assoalho, arrastando-se com esforço, faziam um barulho seco, enorme, que dominava as vozes dos instrumentos. Quando a contradança parava, os pares voltavam-se num mesmo instante como por uma combinação mágica, e todos livres se moviam vagarosamente, procurando os bancos encostados às paredes das salas ou aos cantos das janelas. Muitos saíam até ao terreiro para se refrescar; namorados passeavam ali no escuro, abraçados; velhos fumavam o seu cachimbo, resmungando conversas preguiçosas, até que de novo a música dava o sinal e todos voltavam à sala, em ordem, sem o menor embaraço, passando a dançar automaticamente, de charuto ou cachimbo ao queixo, e chapéu na cabeça, enquanto as mulheres amarravam lenços ao pescoço, por causa do suor que lhes escorria da fronte.

Milkau estava só; o seu informante tinha-o abandonado, farto de lhe relatar coisas da colônia. Lentz desde muito tempo não aparecia na sala, e o amigo pensou que, fatigado daquelas simples e monótonas danças, estivesse no terreiro passeando solitário. Felicíssimo não saía da sala de jantar, onde com amigos alemães continuava a cantar e a beber. De vez em quando, ao menor silêncio da música, as vozes deles, alegres, entoadas, entravam num grande alvoroço.

Junto de Milkau, no mesmo banco, sentaram-se duas mulheres. Numa delas reconheceu ele a mesma que na capela o fitara durante o seu sono. Estavam ali, a descansar bem perto dele, aqueles mesmos olhos meigos e infinitos sobre os quais via boiar imagens doloridas que seriam a vida e o amor da rapariga. Esta respirava ofegante, tinha um ar fatigado e sentava-se num pesado abandono. Também da sua parte ela não deixou de acompanhar a furto o vizinho e, às vezes, mesmo com certa ousadia, o mirava nos olhos, plácida e inocente. Havia nela certa beleza, uma distinção maior do que era comum nos colonos; o porte era gracioso, o busto erguido, porém de um contorno farto, e as mãos brancas, talvez longas demais, saíam dos braços como cabeças de galgo. Mas o que ela tinha de superior era a fronte aberta, era o cabelo louro, fofo, volátil, era a expressão da boca, da sua boca descorada, mas úmida e bondosa. Alguns minutos depois, tocou de novo a música uma valsa, e quase todos foram dançar. Milkau então falou à vizinha:

– Não dança?

Ela não se intimidou ouvindo a voz dele, até então silencioso e tranquilo. Respondeu prontamente:

– Não; não posso, pois não me sinto bem; mas, se quer um par, aqui tem esta minha amiga, que é uma das melhores na valsa.

E com gesto de carinho quase maternal, pegou na mão da outra rapariga, que se deixou acariciar negligentemente, como habituada àquelas maneiras da amiga.

Milkau ficou meio confuso e desculpou-se, confessando que não sabia dançar. E a sua interlocutora:

– É o que me acontece pretextar, quando não me sinto bem...

Mas ninguém me acredita. Vejam só...

E sorriu levemente. A voz dela era um canto íntimo, sonoro, e como que rasgava um tênue véu para mostrar a deliciosa paisagem da sua alma. E como em toda voz humana, o acento da sua era uma revelação da personalidade íntima; pela voz, que traduz a música do cérebro, percebem-se as qualidades secretas de cada espírito, conhece-se a nobreza ou a grosseria da raça ou do grupo moral a que pertencemos.

Um rapaz se aproximou, e sem dizer uma palavra, à moda do lugar, tomou pelo pulso a outra moça, arrastando-a para a dança. A rapariga ergueu-se e, voltando-se para a amiga, disse radiante e rápido.

– Maria, onde me esperas?... Não quero me separar de ti. Tenho tanto que te dizer...

– Por aqui mesmo. Neste banco ou na janela.

Quando a jovem partiu arrebatada pelo par, Maria disse a Milkau:

– Não lhe parece tão boazinha? É filha de um colono do Luxemburgo; há muito tempo não nos víamos, e hoje tem sido um regalo...

– Oh!, desde manhã andamos nesta roda-viva. Lembro-me de tê-la visto na capela do Jequitibá – referiu Milkau.

– Sim. É verdade, recordo-me bem de que não estávamos muito longe um do outro.

– Por sinal que eu dormi...

Maria enrubesceu, mas imediatamente retomou o fio da conversa.

– Fazia um calor terrível... E o pastor não o divertia, não é verdade?

– Não sei... Ao contrário, sentia um bem-estar imenso, e o sono me veio como um arrebatamento feliz.

– Deixe lá – replicou meio confiada e íntima – que às vezes seria melhor passar a vida a dormir...

– Já vejo que converso com uma grande preguiçosa...

– Eu? Nunca – volveu com vivacidade a rapariga. – Não é por preguiça... seria para esquecer tantos aborrecimentos que desejaria um grande sono...

Acabou a frase com uma voz sumida e vagarosa.

– Aborrecimentos? Imagino a que coisas simples dá este triste nome – observou Milkau.

Ela não respondeu e ligeiramente abaixou os olhos; quando logo depois os ergueu, mudou de assunto.

– Como é belo dançar!

Com a sua mão fina fazia um aceno afável às amigas que passavam, alucinadas no movimento aéreo da valsa.

Milkau ia achando prazer em se entreter com a rapariga, que também ao seu lado não sentia o menor constrangimento e se exprimia sem embaraço, como a um velho conhecido.

Quando a música parou, os pares se desfizeram e cada um dos dançantes tomou direção diversa.

– Tu vês – disse Maria à amiga –, não me mexi daqui à tua espera.

– Eu sabia. E agora queres dar um passeio ou preferes ficar aqui? – perguntou a outra arquejando de cansaço e sentando-se instintivamente.

– Oh, meu Deus! Passear, quando estás que não podes? Não, amor, descansa um pouco.

– Talvez – observou Milkau – fosse preferível, para sua companheira, sentar-se à janela; as cadeiras ali estão desocupadas. Vamos para lá: o ar fresco lhe dará forças.

Levantou-se, e as moças correram sôfregas para as cadeiras indicadas, receosas de perdê-las. O primeiro olhar deles foi para o quadro de fora. Toda a terra estava inundada de um luar branco; nuvens, descendo no céu, desmanchavam-se no horizonte, e o grande campo vaporoso, livre, sem estrelas e desmaiado ia se transformando em um pavimento de cristal, puro, rijo, transparente. O verde das árvores adoçava-se à luz diamantina; a torrente rolava borbulhando, um vento manso balançava os ramos, e destes as sombras ainda longas dançavam inquietas.

– Que é isto? – interrogou Maria, meio assustada por um grande barulho de vozes, que vinha da sala de jantar para o lugar do baile.

Todos se precipitaram para indagar do que se passava. Havia grande discussão em vozes altas e agudas, mas tudo cortado por atroadoras e bruscas gargalhadas. Todavia, Maria e a companheira não estavam tranquilas, pensando que uma grande rixa se travava ali. Milkau saiu para ver o que se passava, e pouco tempo depois voltou.

– Não é nada. O agrimensor Felicíssimo entende que já basta destas danças estrangeiras e que agora se deve passar às danças brasileiras... Os músicos não sabem como executá-las, os rapazes protestam contra a inovação, que eles ignoram, o agrimensor insiste, ensaia alguns passos, assobia, quer forçar os músicos a tocarem...

– E afinal? – perguntou Maria.

– Afinal parece que Felicíssimo vencerá, e veremos alguma dança da terra.

De fato, o agrimensor conseguira impor os seus desejos, e arranjara que os músicos de experiência em experiência lhe dessem uma peça, cujos compassos seriam mais ou menos os da dança que premeditara. Depois desse acordo, os músicos vieram para os seus lugares, e a gente ansiosa correu para a sala, num burburinho de risadas, para conseguir um bom lugar. Depois sucedeu um silêncio de espera, ninguém se movia mais na sala, livre para a dança; quase todos estavam sentados, e muitos amontoados às portas e janelas. Junto aos músicos, Felicíssimo cantarolava o andamento. Não tardou, porém, que a orquestra, agora afinada, começasse a tocar uma peça arrastada e voluptuosa. Alguém perguntou ao agrimensor o que ia ele dançar. Felicíssimo, cambaleando, com os olhos tortos e compridos, saiu para o meio da sala, gritando com voz difícil:

– É o chorado, meu povo!

E, erguendo e abaixando os braços, ensaiava estalar os dedos como castanholas. Mas nenhum som produziam as suas mãos dormentes. A música suspirava gemidos lânguidos, e o dançarino só, no meio da casa, fazia trejeitos desconexos, desengraçados, medonhos. Rodava sobre si mesmo, acocorava-se, arrastava a perna, e jamais um gesto se casava com o compasso da música. Riam em torno, achando aquilo estúpido e grotesco. A embriaguez do agrimensor era completa, e o inutilizava inteiramente. Felicíssimo deu mais algumas voltas, e afinal, como numa guinada de navio, o seu corpo se arrojou rápido, violento contra a parede. Foi uma barafunda; todos gritavam de susto, uns fugiam abandonando os lugares, outros riam do espetáculo. O agrimensor apoiou-se com a mão à parede, livrando a cabeça, e caiu brusco e pesado numa cadeira vazia. Por entusiasmo, por prazer, a música continuava. Felicíssimo ainda tentou erguer-se, mas os seus vizinhos o sustiveram na cadeira, com medo de alguma queda desastrada. Ele deixou-se prender, agradecendo-lhes com o enternecido olhar de bêbado manso.

Durante algum tempo ninguém se moveu e a música prosseguia solitária nos seus largos e chorosos compassos. Mas, de repente, como um fauno antigo, Joca pulou na sala e principiou a dançar. A sua alma nativa esquecia por um momento essa dolorosa expatriação na própria terra, entre gente de outros mundos.

Arrebatado pela música que lhe falava às mais remotas e imorredouras essências da vida, o mulato transportava-se para longe de si mesmo e transfigurava-se numa altiva e extraordinária alegria. Todo o seu corpo se agitava num só ritmo; a cabeça erguida tomava uma expressão de prazer ilimitado, a boca entreaberta, com os dentes em serra, sorria; os cabelos animavam-se livremente, ou empinados e eriçados, ou moles caindo sobre a fronte; os pés voavam no assoalho e, às vezes, paravam, sacudindo-se os membros numa dança desenfreada; as mãos, ora baixas, estalando castanholas, ora unidas, saindo dos braços retesados, ora espalmadas no ar, e nesse gesto, ébrio de música, perfilado nas pontas dos pés, ele parecia, com os braços abertos, querer voar. Umas vezes, corria pela sala saracoteando o corpo, com os pés juntos num passo miúdo e repinicado; outras, obedecendo ao compasso da música, vinha lânguido, requebrado, de cabeça inclinada e olhos compridos, e achegava-se a alguma mulher, quase de rastos, suspenso, querendo arrebatá-la numa volúpia contida, mas que se adivinhava febril, vertiginosa. Depois, erguia-se num salto de tigre, retomava a sua doidice, como num grande ataque satânico, agitava-se todo, convulso, trêmulo, quase pairando no ar, numa vibração de todos os nervos, rápido, imperceptível, que dava a ilusão de um instantâneo repouso em pleno espaço, como a dança de um beija-flor. Nesse momento a orquestra podia parar, fazer um silêncio que desequilibrasse tudo, Joca não perceberia a falta dos instrumentos, pois todo ele, no seu corpo triunfal, na sua alegria rara, no impulso da sua alma, vivendo, espraiando-se na velha dança da raça, todo ele era movimento, era vibração, era música.

    A cena continuou algum tempo com esse único personagem. Joca procurou um par, uma mulher que acudisse aos seus apelos, que correspondesse aos seus movimentos. Ninguém veio, ninguém sentiu o ímpeto de sacudir-se, de remexer-se ao ritmo daquela dança. Todos tinham curiosidade e nada mais. Desolado, tomado de uma repentina tristeza, de uma saudade das suas companheiras de mocidade, das mulheres negras, que sentiam como ele, pouco a pouco foi cansando... O peito ofegava, as pernas morenas não se retesavam com a mesma energia de pouco antes, com a flexibilidade vigorosa do pau-d'arco...

Exausto, ele derreou o corpo combalido, e o último intérprete das danças nacionais foi cedendo o terreno aos vencedores, enquanto outra música, outra dança, invadia o cenário. Era a valsa alemã, clara, larga, fluente como um rio.

Na sala os pares voavam num frenesi. E entre estes se foi a amiga de Maria. Fora havia mais luar, as sombras minguando se resumiam mais fixas. Numa das janelas um par cochichava, esquecido de dançar. Era uma longa, infindável e sussurrante palestra. Um momento a rapariga alteou voz, e, toda entregue à paixão, declamou como na velha bailada: *Ob ich dich liebe? Frage den Stern*... Maria estremeceu ouvindo o canto de amor, e sem saber o que fazia, fitando com os olhos ardentes o céu, apontou a lua, dizendo com a voz sumida e trêmula:

– Que tristeza!

O pensamento de Milkau, como obedecendo a um chamado estranho, subiu ao astro morto. Ela imaginou a solidão de um mundo sem vida, essa terra deserta, marchando como um cadáver fantástico na estrada do infinito... Ele pensou que algum dia também, aqui nesta terra radiante, viçosa e feliz, toda a vida se acabaria, e uma imensa tristeza, um grande silêncio reinaria nestes mesmos cantos cheios de movimento e de alegria. E para quantos não começara o isolamento, princípio da morte... Pensou na sua própria vida, no seu destino, nesta solidão em que ia passando a existência, envolto como num véu intangível que o não deixava sair para o mundo nem permitia que o mundo viesse a ele. Sua vida triste, sem uma companheira, sua vida casta e mística, pior que o eterno frio...

Acabara a dança e era a hora da separação. Um velho chegou à janela onde estava Maria e chamou-a. A moça despediu-se de Milkau, como de um antigo conhecido, que no dia seguinte se tornaria a ver. Por sua vez,

Milkau, já recomposto daquele instantâneo desfalecimento, foi procurar Lentz, encontrando-o, entre vários colonos, no terreiro, ao ar livre.

– Oh! Pensei que fosses o último a deixar esta casa – gritou Lentz, recebendo jovial o companheiro. – Não sabia que eras tão grande apaixonado de festas.

– Distraí-me, vendo os outros alegres, e quis te dar a liberdade de te divertires ao teu modo.

– Aqui estive, a conversar sobre a Alemanha com estes amigos. E falamos também de outra Alemanha que há de vir, no futuro... Não é verdade, camaradas?

Os outros aplaudiram a profecia.

– Bem – disse Milkau –, mas agora cuidemos de ir para casa.

– A caminho! Adeus, amigos. Até um dia!

Bateram durante horas e horas a mesma estrada de manhã percorrida. Um momento, depois de passarem por um grande cafezal belo em sua viçosa negrura, na encosta de uma montanha majestosa, começaram a ver cruzes pretas e pedras brancas por entre os pés de café.

– Que é isto? – perguntou Lentz.

– Um cemitério! – respondeu Milkau. E acrescentou:

– Vê tu. Não há em Canaã lugar para a morte. A terra dá o menos possível aos túmulos; eles, escassos e raros da fralda da montanha, não apagam a luz nem dão sombra sobre a vida, que os enlaça e domina na força do seu triunfo.

6

    Maria não podia esquecer os fugitivos momentos do seu encontro com Milkau. Muito das palavras do desconhecido se impregnara no seu espírito, e ela guardava recordação desse dia do baile como de uma festa tranquila para a sua alma, de um pequeno clarão dentro da amargura da sua vida.

    A história de Maria Perutz era simples como a miséria. Nascera na colônia, na mesma casa onde ainda vivia. Filha de imigrantes, não conhecera o pai, morto ao chegar ao Brasil, no barracão da Vitória; a mãe viúva e quase mendiga empregara-se como criada na casa do velho Augusto Kraus, antigo colono estabelecido no Jequitibá, longe do Porto do Cachoeiro. A colônia era próspera, e os outros habitantes eram o filho casado e um neto que nascera um ano antes de Maria. Vivia-se tranquilamente, as crianças cresciam como irmãos, e o velho Augusto, tendo quase chegado ao extremo da curva desse círculo em que as idades se tocam, entretinha-se em encher a alma dos meninos de recordações da sua vida, de coisas longínquas da pátria germânica. Esquecera Maria a morte da mãe; o fato devia ter acontecido na sua remota infância, não lhe deixando traço na memória. A sua família, o seu lar era aquele em que fora recolhida. Ignorando a própria história, por muitos anos viveu como inconsciente, passando a existência sem perceber o mundo, de que se não distinguia, e com o qual mesmo se confundia numa grande inocência. Viver puramente, viver por viver, na completa felicidade, é adaptar-se definitivamente ao Universo, como vive a árvore. Sentir a vida é sofrer; a consciência só é despertada pela Dor.

O grande amigo de Maria era o velho, de quem ela, crescida, e já moça, cuidava como de uma criança. Com ele conversava longo tempo, para ele cantava coisas cujo sentido não entendia bem, amores fabulosos, lendários, paisagens estranhas, mas que falavam, como o sol, à alma cansada e saudosa do colono. Só se separavam à noite, depois da ceia, quando o ancião vinha para o meio do terreiro e aí, sentado num tronco seco de árvore, se punha a fumar, cismando. O sonho era sempre o mesmo, um anseio de tornar à sua terra, de rever essas montanhas da Silésia, onde dormira quando pequeno, vigiando o gado. Nesse tempo conhecia pelos nomes as solitárias estrelas. Ele as viu sempre nessa marcha de forçados no campo azul, até que na época da sua migração, ao balanço do mar, desceram do céu, baixaram às águas para desaparecerem uma noite e serem trocadas por outras... Mas ainda, de vez em quando, neste outro mundo, lá vinham algumas das antigas conhecidas, como perdidas das companheiras, e ele as saudava pelos nomes, num rejuvenescimento infantil. E assim, para ver as velhas estrelas, Augusto Kraus se sentava ao ar livre, até que adormecia tranquilo como um pássaro. As mulheres, Ema, que assim se chamava a nora, e Maria se ocupavam em arranjar os leitos, e quando a tarefa se concluía e as duas voltavam ao silêncio, Maria saía a buscar o velho, despertando-o de mansinho. Enfiava-lhe o braço, arrastava-o brandamente até ao quarto e deitava-o na cama fofa, farta como um paiol de algodão. Uma noite, e foi a última, a rapariga achou-o derrubado, de bruços no chão e gelado.

Depois da morte do velho a situação de Maria na família foi se modificando. Já a tristeza entrando no seu espírito lhe revelava o desencanto da existência; já a ambição dos colonos, donos da casa, temerosos que da convivência do filho com a rapariga resultasse alguma ligação de amor, lhe traçava a separação entre ambos. Mas, apesar de todas as preocupações tomadas, Maria foi amante do jovem Moritz Kraus. Esses amores eram, como em geral, os amores da colônia e deviam acabar por um casamento. Assim esperava Maria. Mas a cúpida ambição dos já então velhos Kraus não permitiu que as coisas seguissem o curso habitual. Queriam que o filho se casasse com Emília Schenker, uma das mais ricas moças do lugar. Não era a distinção de classes, que não existe entre os colonos, quase todos da mesma origem, que os levava a afastar Maria de Moritz; era apenas o interesse, a avidez de incorporar o filho à família Schenker. Assim, os pais, sem suspeitarem do ponto a que tinham chegado as relações entre Moritz e a criada, e no desejo de cortar uma simples inclinação, que a convivência tornara inevitável, ligando-os inexoravelmente, deliberaram mandar o filho para outra colônia, longe do Jequitibá, onde o alugaram como trabalhador, esperando esquecesse o amor, enquanto preparavam o espírito dos Schenker para anuir ao desejado casamento. Maria viu com grande pasmo a docilidade do amante, que lhe parecia entrar gostoso nos planos dos pais. O seu abandono foi completo; não teve meio de comunicar com Moritz nem ânimo de exigir o casamento. Que era ela senão uma miserável, uma pobre criada, que poderia ser lançada de um momento para outro na estrada? Como poderia embaraçar com a sua pessoa, com os seus desejos e ambições, os planos da família? Para o rapaz aquela ligação fora uma simples consequência da vida em companhia de uma rapariga; fora apenas uma conclusão animal, e desde que lhe acenavam com outra mulher rica ele prestava-se manso e satisfeito a esposá-la.

Pouco a pouco, Maria já não era a mesma galharda e resistente serva. Um grande desânimo a tomava, e de vez em quando fraqueza que não lhe vinha só do desalento moral mas também da misteriosa perturbação do organismo, tinha tonteiras e tudo se lhe turvava nos olhos, um grande suor frio inundava-lhe a fronte e à garganta subiam-lhe náuseas. Quando no cafezal lhe vinham subitamente esses momentos de cansaço, esquecia-se da tarefa, deitava-se ao sol num completo abandono, os cabelos amarelos misturavam-se com a relva verde, os seios arfavam intumescidos, e ela desapertava-os num gesto de desafogo; a boca umedecia-se, os olhos semicerrados perdiam-se no azul do infinito, e tudo, céus, terra, parecia balançar como em alto-mar... Indo às festas da colônia, alvoroçou-se, pensando encontrar-se com Moritz. Este, porém, não foi à capela nem ao baile de Jacob Müller, e Maria, cada hora mais abandonada, mais inquieta com a fatalidade da sua sorte, teve a dolorosa provação de se confundir com a alegria dos outros, e, reprimindo os sobressaltos, retendo uma imensa vontade de chorar, ouvia frases e juramentos de amores alheios, que lhe enchiam os ouvidos, redobrando-lhe a agonia. E por isso não esquecia a sua conversa com Milkau. As palavras dele, sem significação, sem alcance, vazias mesmo, eram ainda assim repassadas de uma infinita brandura, que caía sobre ela como um refrigério para sua ânsia... E no desespero, no abatimento, vivendo em si mesma como hipnotizada, em funda agonia, ela se apegava a essa lembrança como a um trecho de verdura no deserto imenso, desolador, que era a sua nova existência. Quem era ele? Quando o veria mais?... E sabia que tudo tinha passado como o rasto do pássaro no ar; mas teimava em reproduzir de memória aqueles momentos, a que pouco a pouco a turvada imaginação e a frágil lembrança, tudo pervertendo, numa doce conspiração, iam dando outro relevo, outra sensação, mais forte, mais expressiva.

Uma manhã, o dono da casa ia partir para o cafezal próximo da habitação quando um mulato, montado numa besta, se aproximou dele vagarosamente.

– Você se chama Franz Kraus? – perguntou o mulato de cima da montaria, desdobrando uma folha de papel, que tirara do bolso.

O colono disse que sim.

– Pois, então, tome conhecimento disto. – E desdenhoso entregou o papel ao outro.

Kraus olhou o escrito, e como, apesar de estar no Brasil havia trinta anos, não sabia ler o português, ficou embaraçado.

– Não posso ler... Que é?

– Também vocês vivem aqui na terra a vida inteira e estão sempre na mesma – bradou o mulato. – Venho por aqui furando este mundo, e de casa em casa sempre a mesma coisa: ninguém sabe a nossa língua... Que raça!

O colono ficou aturdido com aquele tom insolente. Ia replicar meio encolerizado, quando o mulato continuou:

– Pois fique sabendo que isto é um mandado da Justiça. É um mandado do senhor juiz municipal para que vosmecê dê a inventário os bens de seu pai Augusto Kraus. Não era assim o nome dele? A audiência é amanhã, aqui, ao meio-dia... A Justiça pernoita em sua casa. Prepare do que comer... e do melhor. E os quartos... São três juízes, o escrivão e eu, que sou o oficial do juízo, que também se conta.

O colono, ouvindo falar em Justiça, tirou o chapéu submisso, e ficou como fulminado.

– Ah! Prepare tudo para se arrolar. Não esconda nada, senão cadeia. Ouviu? Bom, adeus; não tenho mais conversa. Não lhe deixo contrafé, porque de nada lhe serve... Era só o que faltava... mais essa maçada.

Picou o burro, e solene lá se foi num chouto pelo caminho. Antes de passar a cancela, voltou-se para a casa. Kraus estava pregado no mesmo lugar, com o chapéu a rolar nas duas mãos. O meirinho gritou:

– Comida e dormida para cinco. Veja lá!

Desapareceu; e o colono ficou por algum tempo na mesma postura. O nome mágico da Justiça aterrava-o. Na colônia, quando se falava em tribunais e processos, todos se confrangiam. A Lei e o Direito tinham ali um prestígio inquietador.

Franz Kraus não teve mais ânimo de ir para o trabalho. Entrou em casa. A mulher, que o viu em tão estranho abatimento, arrancou-lhe palavra por palavra a narrativa da intimação. Depois, ambos ficaram mudos o dia inteiro. Maria tentou confortá-los, mas o terror dos outros, um terror como se tivesse havido ali uma visita da morte, fazia ainda aumentar a própria tristeza dela, tirando-lhe as energias para distrair os patrões. Apenas quando foi a tarde Maria lembrou os hóspedes do dia seguinte e o interesse que deviam empregar para recebê-los do melhor modo. Compreendendo isso, Franz animou-se, e auxiliado por Ema e a criada começou a arranjar a hospedagem. As mulheres matavam galinhas, preparavam o pão negro dos colonos, arrumavam a casa, remexendo velhos baús esquecidos nos quartos. Tudo se fazia debaixo de conselho, cada qual, como sucede nos dias de desgraça, querendo apoiar-se no outro, todos conchegando-se numa desfalecida cobardia.

Na manhã seguinte, a "colônia" estava ordenada. Kraus, vestido como nos domingos, pôs-se inquieto a andar no terreiro, espreitando a chegada dos magistrados. As mulheres, também vestidas com os seus melhores fatos, não se arredavam do trabalho na cozinha.

Era mais de meio-dia quando a Justiça entrou senhorilmente na colônia. Os magistrados montavam excelentes bestas, que, segundo o costume, eram emprestadas pelos negociantes ricos do Cachoeiro. O colono correu a recebê-los, de chapéu na mão, solícito em ajudá-los a apearem-se das montarias. Um dos juízes largou-lhe o animal; os outros da comitiva amarraram os seus nas árvores e todos espanaram com o chicote a poeira das botas, batendo no chão ruidosamente com os pés.

– Estou morto! – disse o juiz municipal, espreguiçando-se.

– Uma estafa! Quatro horas de viagem... Ainda o senhor veio por obrigação, mas nós dois, eu e o colega, que nada temos com isto, e só pelo passeio! Enfim, sempre a gente se diverte... – disse o juiz de direito, procurando fitar com o monóculo o promotor.

— Perdão, então não terei ocasião de funcionar? – perguntou vivamente o promotor, adaptando a luneta azul aos olhos.

— Ah, é verdade, senhor Curador de órfãos...

— Mas aqui não há disto... Todos, meu doutor, são maiores – atalhou com um riso de escárnio um mulato velho, cor de azeitona, recordando, nas linhas e na expressão inquieta, a cara de gato maracajá, como era a sua alcunha. Era o escrivão.

— Mas, senhores, entremos... A casa é nossa em nome da Lei – disse o juiz de direito, encaminhando-se para dentro.

— Mas onde está esse inventariante imbecil? – perguntou com arrogância o promotor.

— O sandeu fica todo este tempo a arranjar os animais e nos deixa aqui ao deus-dará – explicou o escrivão.

E todos passeavam pela sala com estrépito, batendo com chicote nos móveis, ou praguejando, ou rindo das pobres estampas nas paredes, ou farejando para dentro, de onde vinha um capitoso cheiro de comida.

— Delicioso esse tempero! Promete! – exclamou o juiz de direito.

— Moça bonita que saia! – gritou rindo o promotor.

— Não haverá alguma por aí?

Ouvindo tanto rumor, Kraus correu à sala atarantado, como se já tivesse cometido o primeiro delito, e pôs-se como um criado à espera das ordens.

— Traga parati! – ordenou o escrivão. – Mas que seja do bom.

O colono sumiu-se, para logo voltar com uma garrafa e um cálice.

— Não há mais copos nesta casa? – perguntou com desprezo o escrivão.

O colono tornou ao interior e depois reapareceu, balbuciando desculpas, e pôs em cima da mesa quatro copos.

— Vamos a isto, meus senhores! – propôs o promotor. Segurou a garrafa, serviu no cálice ao juiz de direito.

— Doutor Itapecuru, como mais graduado... E foi distribuindo a cachaça nos copos.

– Você quer?

– Muito pouco, um nada.

– Tome lá, seu fracalhão.

– Senhor escrivão – continuou o promotor distribuindo.

– Mas, doutor Brederodes, o senhor me afronta com este copo quase cheio.

Rindo, contente, o "maracajá" começou a beber, estalando os beiços:

– É bom... Esses diabos de colonos a primeira coisa que aprendem aqui na terra é a conhecer parati.

– Meus senhores, uma consulta – disse Brederodes –, uma consulta de direito. O oficial de justiça pode beber antes da audiência?

Na porta, em pé, o meirinho esperava a sua vez. Os outros riram sem responder à pergunta.

– Senhor doutor, para clarear as ideias... – E, meio desconfiado, o mulato chegou-se à mesa com o braço estendido. – Vá lá! depois se esqueça de tocar a campainha, e temos processo nulo.

– Não há risco!

De um trago engoliu a aguardente, com medo que esta lhe escapasse. Uma onda de sangue enegreceu-lhe o rosto, os olhos cheios d'água tingiram-se-lhe de vermelho.

– Este sujeito não nos dá almoço? Olhe que já é tarde... Faça favor de ver isto, Senhor escrivão. O senhor é o nosso mordomo – disse o Doutor Itapecuru, olhando pelo monóculo o subalterno.

O escrivão entrou pela habitação adentro, procurando o colono.

Quando voltou, disse:

– Vamos almoçar, o homem tinha tudo preparado. O melhor é deixarmos essas nossas cerimônias, tomarmos conta da casa, porque, se formos esperar que esta gente se mova, estamos convidados. Não sairemos daqui. Olhem, se querem lavar as mãos, o quarto é este.

Indicou os aposentos; todos o seguiram e se viram em um quarto com duas camas altas, de grandes colchões de palha farfalhantes e cômodos.

O juiz municipal apalpou com volúpia um dos leitos:

– Ah! que sono divino aqui!

– Mas, como é isto? Só duas camas e somos quatro! – observou inquieto o promotor.

– Aqui ao lado há outro quarto. – E, empurrando a porta de comunicação, o escrivão mostrou-o.

– Nós hoje não sairemos daqui, não é exato? – inquiriu o juiz de direito.
– Pois bem, vou me pôr à vontade. Manoel, veja as chinelas.

O oficial de justiça obedeceu. Os colegas do juiz de direito o imitaram, e logo depois todos três, mudados de roupa, lavados e refrescados, como se estivessem em suas fazendas, entraram radiantes na sala, onde o almoço os esperava.

Comeram com apetite as comidas da colônia, beberam cerveja em quantidade. O dono da casa e o oficial de justiça serviam a refeição, e só no fim do almoço, Maria, que estivera todo o tempo na cozinha, entrou com o café. Única mulher no meio desses homens, ela ficou vexadíssima e rubra, sentindo por instinto a crueza e a lubricidade dos olhares excitados e cobiçosos.

– Oh! Lá!... Caça estranha... Não é nenhuma asneira – disse afoitamente o promotor.

– Sossega, Brederodes – observou sorrindo o juiz municipal, dando-lhe de manso uma palmada nas costas.

Maria, meio perturbada, foi depondo as xícaras de café defronte de cada hóspede. Eles agradeciam, a sorrir intencionalmente, enfiando os olhos nos olhos da rapariga.

– Até o Senhor doutor Sousa Itapecuru... – notou o escrivão, dirigindo--se ao juiz de direito, que de monóculo na mão ficou atrapalhado, com um sorriso parvo enchendo-lhe a cara.

– Oh! É só para ver...

E a pobre moça, finda a tarefa, desapareceu num andar incerto e balanceado. E enquanto os outros comentavam, divertindo-se com a cena, Brederodes ficou pensativo. Nos seus olhos turvos passavam miragens de volúpia, e ele sentiu ímpetos de se apossar da mulher.

Depois do almoço, puseram-se a fumar descansados; e quando um grande torpor ia dominando a companhia, entendeu o escrivão espertá-la, dizendo ao juiz municipal:

– Senhor doutor, Vossa Senhoria não manda abrir a audiência?

O doutor Paulo Maciel espreguiçou-se bocejando, como se o convidassem à mais enfadonha das tarefas.

– Pois sim. Vamos lá, seu Pantoja.

O "maracajá" pôs os óculos e armou-os na testa, enquanto arranjava a mesa para o serviço. O oficial de justiça apresentou-lhe um bauzinho, de onde ele tirou utensílios para escrever e um formulário, que abriu em página marcada. Procurou a melhor luz, sentou-se e principiou, debruçado sobre o papel de margem dobrada, a lançar os termos do processo. Paulo Maciel tomou um lugar à cabeceira da mesa, e com ar fatigado e distante começou a acompanhar o serviço do escrivão.

– Bem; está pronto o termo...

– Sim senhor, então abra a audiência – ordenou o Juiz Municipal ao meirinho.

Este, de campainha em punho, foi até à porta e começou a badalar, passeando na frente da casa, clamando com voz fanhosa:

– Audiência do Senhor Doutor Juiz Municipal... Audiência do Senhor Doutor Juiz Municipal...

Sob a força do sol de fogo, na grande calmaria do mundo, esses gritos estridentes, avolumando-se no silêncio total, aterravam os moradores da "colônia".

Depois foi apregoado o dono da casa, que entrou na sala, confuso e medroso. O seu olhar não retinha da cena senão uma vaga impressão; começara por desconhecer sua própria casa transformada em tribunal, governada por aqueles homens que se tinham apoderado dela, e onde ele parecia estranho e prisioneiro. Ordenaram que se aproximasse, e fizeram-lhe perguntas a que respondia com voz apagada e trêmula. Quando declarou que o pai era morto havia quatro anos, o escrivão resmungou:

– Vejam só... Este herói aqui na posse dos bens, desfrutando-os como se já fossem dele... sem dar contas à Justiça, nem à Fazenda Nacional.

Paulo Maciel, desinteressado, levantou-se e disse ao escrivão:

– Seu Pantoja, vá tomando as declarações.

E passou para o quarto, onde os colegas fumavam tranquilos e preguiçosos, estirados na cama. Tirou o paletó e deitou-se como eles.

Na sala, Pantoja atormentava o colono com perguntas e de vez em quando se interrompia para ameaçá-lo:

– Se você me ocultar qualquer coisa aqui da casa ou das terras, ou do cafezal, tem de se haver com a Justiça... Vocês são finos, mas eu sou macaco velho... São as penas da sonegação... Penas terríveis! Assim envolvia as suas ameaças nas dobras de termos técnicos, com que ainda mais amedrontava o alemão. O processo foi-se fazendo com esses dois únicos personagens; sentado numa cadeira, junto à janela, cochilava o meirinho, abrindo de tempos a tempos os olhos rubros de sono, que se fechavam logo; do quarto não vinha mais o som da conversa: apenas um roncar monótono e regular de alguém a dormir enchia a casa, onde tudo se entorpecera num grande sossego.

Duas horas levou o escrivão a trabalhar no inventário, prosseguindo à sua discrição, deixando apenas em claro as assinaturas do juiz e dos avaliadores que ele dava como presentes, e que eram seus homens de palha, numa costumada fraude que lhe rendia mais custas.

Acabado o serviço, despediu o dono da casa, que assinou tudo quanto ele mandou, sem receber a menor explicação. Depois Pantoja tirou os óculos, e manso, sorrateiro, veio ao quarto em que estava o juiz municipal.

– Pronto, senhor doutor!

Maciel espantou-se com a voz do subalterno, que curvado sobre ele sorria, fitando-o com os olhos endiabrados e sinistros.

– Ah! O senhor? Já acabou?

– Tudo. Havendo milho, meu doutor, vai depressa que é um gosto. E aqui há bastante... Tenho prontos alguns mandados para intimar uns colonos desta vizinhança que não fazem inventário há muito tempo, comendo os espólios à tripa forra, sem nos dar satisfação. Venha Vossa Senhoria assinar os mandados para se fazerem amanhã esses inventários aqui mesmo. É coisa pouca, mas...

– Ora, seu Pantoja, é melhor deixar essa pobre gente em paz.

Não sendo coisa grande, não nos adianta.

– Não, meu doutor, tudo o que cai na rede é peixe, e quando se sabe espremer a mandioca, pode-se ver o que rende no fim da festa.

– Seu Pantoja, seu Pantoja... – disse o juiz municipal, como se quisesse suster aqueles apetites do escrivão. Afinal, condescendente e resignado, levantou-se, e em mangas de camisa e chinelos veio à mesa da audiência assinar os mandados.

– Neves, ponha-se em campo – ordenou escrivão ao oficial. E lendo os papéis, repetia alto os nomes das pessoas a intimar.

– Viúva Schultz... Viúva Koelner... Otto Bergweg... tudo é perto. Para amanhã às nove horas, aqui.

– Às ordens, seu capitão. Com poucas estou de volta.

O meirinho meteu os mandados no bolso e foi selar o burro.

– Mas que malandrice – disse o juiz municipal, voltando ao quarto onde descansavam os colegas. – Com este belo dia, deitados! Ora, meus senhores, vamos passear!

E abrindo as janelas, deixou que entrasse no aposento uma luz branda, amortecida no verde da folhagem das árvores que envolviam a casa.

Os dois outros abriram os olhos.

– Que boa soneca, doutor! – disse Maciel ao juiz de direito. E voltando-se para o promotor: – Você tem-se fartado de dormir!

– Para que serve o colono senão para isso? Para sustentar e regalar a Justiça. Olhe, Maciel, no seu caso, se fosse eu o juiz dos inventários, não sairia das "colônias".

– Muito bem, doutor Brederodes, devemos sempre fazer as nossas desobrigas, como os vigários. Esta é a nossa religião... Mas não é com o Doutor Maciel que se consegue isso. O senhor bem sabe o trabalho que tivemos para arranjar esta pequena excursão.

– Tenho pena... – ia dizendo o juiz municipal.

– De quê, senhor doutor? – interrogou vivamente o escrivão.

– Desta pobre gente, destes miseráveis.

– Na miséria anda a Justiça. O senhor deve ter pena é de si, da sua família e dos seus patrícios. Não é, Senhor Doutor Juiz de Direito?

Itapecuru, que de pé se penteava, dividindo o cabelo ralo, voltou-se gravemente, acudindo à interpelação, e, assestando o monóculo, meteu-se entre os discutidores.

– A quem pergunta! Fui juiz municipal doze anos na Bahia. Vão lá saber a minha fama. Fui o terror dos inventários. Não deixei um só por fazer, ia de porta em porta em nome da Lei, quando me constava que havia um falecimento tomava nota, e trinta dias depois o mandado fazia mexer os recalcitrantes. Ah! todos prosperamos no foro... eu movia a máquina. Estes moços de hoje se dão outros ares... Capitão Pantoja, é por essa falta de espírito prático que o país vai mal. Nós somos de outra escola, nós, os velhos.

Havia nessas palavras um prazer refinado de meter-se de camaradagem com o subalterno, que era o chefe político do lugar.

– Perdão, doutor Itapecuru, não me envolva na classe dos românticos – protestou Brederodes com interesse. – Comigo, aqui o capitão sabe, colono anda fino.

Paulo Maciel viu-se assim excluído daquela comunhão e ficou meio desdenhoso, mirando os colegas dominados pelo olhar felino do escrivão. Todos triunfantes escarneciam do juiz municipal, e nos seus risos entravam suas almas, compondo um conjunto extravagante; um era o riso tumultuoso, alvar, de Itapecuru, outro era o riso canino, rápido, cortante de Brederodes, o do escrivão era o riso silencioso, sem energia para o ruído, perdendo a força em se estampar demorado na fisionomia.

Vieram todos para o terreiro, e se puseram a passear vagarosos. O sol já ia fraco, e a tarde era amena. Os colonos, encurralados na cozinha, não apareciam. A Justiça reinava livremente na casa e no pomar. De chinelos e em mangas de camisa os jovens magistrados fartavam-se do belo ar da tarde, o juiz de direito, que não os acompanhava em tamanho desalinho, ia com um paletó de palha de seda, muito penteado, engravatado, com um gorro de veludo na cabeça. O escrivão conservava a sobrecasaca de alpaca preta, já muito ruça. Cobria a cabeça com uma espécie de solidéu de lã, que lhe tapava a calva.

Deram algumas voltas, examinando cada detalhe do sítio; e quando estavam debaixo do laranjal carregado de frutos, amarelos e vermelhos, frutos novos ou sazonados, notou Paulo Maciel:

– É admirável a ordem e o asseio desta colônia. Nada falta aqui, tudo prospera, tudo nos encanta... Que diferença em viajar nas terras cultivadas por brasileiros... só desleixo, abandono, e com a relaxação a tristeza e a miséria. E ainda se fala contra a imigração!

– Então, pela sua teoria – interrompeu o promotor –, devemos entregar tudo aos alemães?

– Apoiado – comentou o escrivão. – É a consequência do que diz o doutor Maciel.

– Sim – confirmou este –, para mim era indiferente que o país fosse entregue aos estrangeiros que soubessem apreciá-lo mais do que nós. Não pensa assim, doutor Itapecuru?

O juiz de direito tomou um ar solene:

– Sim e não, como se diz na velha escolástica. Não há dúvida de que falta ao brasileiro o espírito de análise. E quando digo brasileiro, refiro-me a todos nós. E que se pode fazer sem análise? É o destino da Espanha: caiu em nome da filosofia. Não podia entrar em concorrência com um povo analítico...

– Como, doutor? – gritou o juiz municipal. – Então os Estados Unidos...

– Terra de análise, meu amigo. Terra invencível. Olhe, eu sou um fanático da análise. Quando vejo um indivíduo, estudo-lhe todos os hábitos, não preciso saber das suas ideias, basta uma circunstância, por exemplo, o que esse homem come, e eu concluo sem medo de errar quais os sentimentos psicológicos do meu examinado. Ah! Porque uma vez apanhado, classifico-o. É meu.

– O doutor é terrível – disse Maciel trocando um olhar com o promotor.

– Ah! Tenho confiança nos novos povos formados nesta escola. Quando estive em França, não deixei de ir ao Parlamento e admirei os jovens espíritos, que ali estão dissecando o orçamento, analisando os impostos... Fala-se em Lamartine... Um sujeito, e até patrício nosso, me disse uma vez em Paris: veja os seus oradores de hoje... Anões! Lembre-se de Berryer, de Lamartine. Quando falavam aqui dentro (estávamos no Palais Bourbon) a voz deles era ouvida no mundo inteiro... E a destes de agora nem na praça da Concórdia.

– E que respondeu?

– Pensa que embatuquei? – disse com o seu riso volumoso o magistrado. – Vai ver. Não, respondi eu, não há inferioridade; antigamente esses homens falavam por falar. Só retórica, nada de sério. E a sua loucura era tão grande que pagavam pela língua... Idiotas! Veja hoje essa gente nova, rapazes quase imberbes, educados na ciência positiva, cheios do espírito de análise. Não reparemos na forma, olhemos a essência. Aí é que está tudo. Não olhe você como eles dizem, mas sim o que eles dizem.

– E depois?

– Matei-o, como vê. O Brasil (voltando à nossa questão) morre por esse mesmo espírito de retórica. É uma fatalidade. Até certo ponto convenho, com o Senhor Doutor Maciel, que devemos ceder o passo ao mais forte. Ao mais ditoso cedo o ingresso, como diz o poeta.

E Itapecuru arrependeu-se profundamente de ter dito isso, porque leu nos olhos de Pantoja a sua condenação. Teve um frio de medo e quis, gaguejando, remendar o pensamento. Mas o escrivão não lhe deu lugar e acudiu rancoroso:

– Admira-me ouvir de dois magistrados tal linguagem. Não há mais patriotismo, não há mais nada. Os senhores podem querer entregar a Pátria ao estrangeiro, podem vendê-la, mas, enquanto houver um mulato que ame este Brasil, que é seu, as coisas não vão tão simples, meus doutores.

E o pardo cerrou os punhos, rangeu os dentes, estampando-se-lhe na cara um sorriso tenebroso.

– Mas, capitão, escute – obtemperou o juiz de direito com uma voz de melíflua cobardia –, não duvide dos meus sentimentos patrióticos. Quem aplaudiu mais do que eu a resposta do marechal? À bala, sim, meu capitão, à bala quando eles vierem.

– E não há de tardar muito o momento – disse o promotor.

– Patriotismo vai-se ver em breve.

– Sim, é preciso desmascarar os patriotas de barriga – disse, soturno, Pantoja.

– E quando é esse famoso momento? – perguntou calmo e desdenhoso Maciel.

Canaã

— Quando esse imperador da Alemanha que você admira tanto — replicou Brederodes — mandar a sua esquadra bloquear os nossos portos.

— E que fazem vocês para se oporem? Pensa você, Brederodes, que com o nosso exército diminuto, com a nossa marinha insignificante, podemos arrostar a alguém?

Brederodes deu uma gargalhada e disse vitorioso:

— E os Estados Unidos, meu caro?

— É verdade — ajuntou também, rindo, Itapecuru. — E a grande América cruzaria os braços?

— Não sei até que ponto se meteriam nisso os Estados Unidos... Depois, que lucro teríamos nessa intervenção? Passaríamos de um senhor para outro. Nada mais.

— E a Doutrina de Monroe? A América para os americanos...

— ... do Norte. Como eles mesmos dizem — concluiu gracejando Maciel.

— De toda a parte. O nosso combate será com os europeus.

— Ninguém pode dominar um país quando o povo não quer — interveio o escrivão. — Meu doutor, com uma caixa de fósforos se liquida um exército e toda essa canalha europeia.

— Como, capitão? — perguntou, cortês e lisonjeiro, o juiz de direito, esperando com ar admirativo a resposta.

— Como? — respondeu o escrivão com uma satisfação sinistra.

— Tocando fogo nas casas, no mato, nas cidades. Um grande incêndio que há de espantar o mundo!

— Sei disso. A Polônia e o Transvaal também prometiam tanto... — observou irônico o juiz municipal.

— Os polacos eram aristocratas e por isso indignos; os bôeres são uns miseráveis que têm o que perder — disse fora de si Brederodes. — Ali há mais amor ao dinheiro, às minas, do que à honra. Os brasileiros, não. Não temos nada a perder, felizmente, e isso decide o povo.

– Bravo, doutor. O senhor é dos nossos.

– Capitão, não duvide dos meus sentimentos – disse interessado o juiz de direito.

O escrivão encolheu os ombros com desprezo.

– Os senhores falam em independência – observou, então, cáustico, o juiz municipal–; mas eu não a vejo. O Brasil é e tem sido sempre colônia. O nosso regímen não é livre: somos um povo protegido.

– Por quem? – interrompeu Brederodes, gesticulando com a luneta.

– Espere, homem. Ouça. Diga-me você: onde está a nossa independência financeira? Qual é a verdadeira moeda que nos domina? Onde o nosso ouro? Para que serve o nosso miserável papel senão para comprar a libra inglesa? Onde está a nossa fortuna pública? O pouco que temos, hipotecado. As rendas das alfândegas nas mãos dos ingleses; vapores não temos, estradas de ferro também não, tudo do estrangeiro. É ou não o regímen colonial com o nome disfarçado de nação livre?... Escute. Você não me acredita; eu desejaria poder salvar o nosso patrimônio moral, intelectual, a nossa língua, enfim, mas a continuar esta miséria, esta torpeza a que chegamos, é melhor que viesse de uma vez para cá um caixeiro de Rothschild para governar as fortunas, e um coronel alemão para endireitar isto.

– Você é um cínico – insultou-o Brederodes, pálido, com os lábios a tremer.

Houve um pequeno silêncio. O escrivão saboreou a disputa, Itapecuru temeu um conflito, mas Paulo Maciel sorriu logo com superioridade:

– Descomponha-me como quiser; o que você não pode negar é a evidência dos fatos. Colônia somos nós e seremos – repetiu frio e insistente.

O outro enrubesceu, e, obedecendo a uma excitação fula, prosseguiu atrevido:

– Colônia, enquanto houver miseráveis como você.

– Menino, menino, deixe de ser malcriado – disse secamente Maciel. E, retomando o seu jeito, continuou: – Se na verdade não entramos ainda na órbita de um grande povo, é porque aproveitamos da disputa entre as nações fortes. Temos sobre o continente projetada a sombra dos Estados Unidos. Isso reconheço; mas um dia, fatigados de impedir que outros se apossem de nós, eles nos comerão, como fizeram a Cuba.

– Dizem que a Alemanha tem planos. Dizem... O colega sabe que em questões dessa ordem não convém falar sem toda a segurança – comentou profundamente o Doutor Itapecuru. E a sua cobardia solene punha uma certa brandura na discussão.

– Pode afirmar sem medo – disse o escrivão – que estamos sendo cercados pela cobiça dos alemães. O próprio Imperador paga do seu bolsinho missionários e professores no Rio Grande e em Santa Catarina.

– E o Governo, que faz a tudo isto? – perguntou Brederodes. E ele mesmo respondeu: – Cruza os braços, cuida de eleições, de politicagem. Nós precisamos, capitão, varrer essa corja que se apossa do poder para enriquecer, esquecendo-se de que o povo sofre e o estrangeiro só tem a ganhar com a nossa miséria.

– As eleições vêm aí... Por que não fazem os senhores um manifesto? propôs o juiz municipal.

– O negócio não é para manifesto, nem para eleições. Isso é coisa à parte, coisa do interesse dos partidos, dos amigos – respondeu o escrivão, tomando a sério o que dizia Maciel.

– Eis o que nos prejudica – replicou Brederodes–; é essa mania eleitoral: por causa de partidos deixa-se naufragar o País.

– E até se aproveitam dos votos do estrangeiro – acrescentou Paulo Maciel. – Porque esses alemães não serão nunca brasileiros, e são os melhores eleitores aqui do Capitão Pantoja.

O escrivão ficou embaraçado no seu duplo sentimento de chefe de partido na localidade e de nativista.

– Mas esses alemães não fazem nada. São muito respeitadores e mansos... Um rebanho de carneiros... por esses respondo eu.

Brederodes deu uma risada, escarnecendo:

– Está aí o perigo. Os alemães são uns velhacos, metem-se em nossa casa muito quietinhos, obedientes, nós nos aproveitamos deles, do seu número, do seu dinheiro, e eles vão na sombra engrossando, até um dia se despejarem sobre nós e avassalarem o país. Capitão, deixe de conversa, fogo no estrangeiro, nativista sempre. À bala!

Paulo Maciel parecia desinteressar-se da discussão e, descuidado, foi-se afastando na direção da casa, tirando de passagem folhas das laranjeiras que ia aspirando, nervoso. Os companheiros o seguiam, empenhados no assunto. Maciel pensava:

"É o debate diário da vida brasileira... Ser ou não ser uma nação... Momento doloroso em que se joga o destino de um povo... Ai dos fracos!... Que podemos fazer para resistir aos lobos? Com a bondade ingênita da raça, a nativa fraqueza, a descuidada inércia, como nos oporemos a que eles venham?... Tudo vai acabar e se transformar. Pobre Brasil!... Foi uma tentativa falha de nacionalidade. Paciência... E que nos adiantam os Estados Unidos? Será sempre um senhor. Todo este continente está destinado ao pasto das feras... Sul América... Ridículo... Mas não haverá uma salvação, não haverá um deus ou uma força que paralise o raio armado contra nós?... Enfim, vá lá... Mea culpa, e está acabado... Temos o que merecemos... Daí, pode ser que seja melhor... A Terra prosperará... Melhor administração... mais polícia... e é só... Vale a pena? E o mundo é só isso? Vale a pena viver para ter mais polícia? E a língua? a raça... esta associação... degradada se quiserem... mesquinha... sim, fraca, quase a esfacelar-se... mas amorável, boa e amada, apesar de tudo, porque é nossa, nossa... Oh! muito nossa..."

Caminhando, assim chegaram à casa, onde eram esperados para jantar. Puseram-se à mesa, e o meirinho, já de volta das intimações, ajudava o serviço. Saindo do seu esconderijo, Maria rodava pela sala, sempre perseguida pelos homens. A pobre, porém, parecia fria e indiferente às frases atrevidas, imorais, com que a cobriam os sujeitos da Justiça. Acabado o jantar, estes puseram as cadeiras do lado da casa e entretiveram-se a conversar pela noite adentro, enquanto as estrelas se vinham abrindo numerosas e infinitas.

O juiz de direito não desanimava em desmanchar qualquer impressão sobre a sua falta de patriotismo que porventura ficasse no espírito de Pantoja, temido pela sua influência política, e voltava ao assunto.

– O meu nacionalismo, capitão, é antigo. Desde a Academia fui um exaltado em questões de patriotismo. Ah! nunca transigi.

– Mas isso foi noutro tempo, creio que hoje... – ia interrompendo Maciel por brincadeira.

– Hoje, com a idade – respondeu empenhado Itapecuru pondo o monóculo –, redobrou o meu nativismo. Não dou tréguas ao estrangeiro. Aqui para nós, sou até jacobino.

– Mas divertiu-se bem na Europa, e com certeza, se pudesse, não sairia de lá – objetou Maciel.

– Nunca abandonaria minha Pátria. Não nego que a Europa tenha alguma coisa de bom. Aqueles que, como o senhor, sentem desgosto de ser brasileiros devem dar uma vista d'olhos ao velho mundo. É salutar, creia. Os meus sentimentos nacionais, confesso, estavam enfraquecendo, mas, vendo a decadência da Europa, tive orgulho deste Brasil e voltei ao meu furor. Não é debalde que me chamo Itapecuru. É a marca nativista que trago da Academia...

– Como assim? – inquiriu Brederodes.

– Quando Gonçalves Dias e Alencar deram o grito de alarma pelo Brasil, pelo caboclo, nós, estudantes, respondemos ao nosso modo... Eu me chamava Manoel Antônio de Sousa. E só. Sousa cheirava a galego. Acrescentei Itapecuru. Manoel Antônio de Sousa Itapecuru... Foi um movimento geral. Cada um tomou um nome indígena, e daí os Tupinambás, os Itabaianas, os Gurupis.

Quando mais tarde a palestra esmoreceu, o juiz de direito disse aos companheiros:

– Meus senhores, que propõem para matar o tempo? Vamos a uma partida de manilha?

Paulo Maciel não temia o tempo e, ao contrário dos companheiros, era mais feliz quando o deixavam só com os seus pensamentos.

– Não conte comigo, doutor. Estou cansado e vou deitar-me. Boa noite; eu os espero no quarto.

Os outros, logo que Maciel partiu, entraram a detraí-lo.

– É uma pena – disse Itapecuru –, não dá para nada.

– Também pouco se perde – acrescentou Brederodes. – Presunção não lhe falta, mas, no fim de contas, que tem feito?

– Sim, desembuche para vermos o que tem tão escondido, escarneceu o escrivão. – Uma coisa afirmo: nada sabe do ofício. Eu podia contar impagáveis... Se um dia escrever para a Capital, para os jornais, havemos de rir muito. Será bonito e asseado.

– O que ele sabe é descompor o Brasil, maldizer de tudo o que é nosso – disse o doutor Itapecuru, acentuando a frase com vistas ao escrivão Pantoja, que ajuntou por sua vez:

– Mas o dinheirinho no fim do mês não se enjeita, esse, nem por ser brasileiro, fede.

– Pode ser que quando isto for da Alemanha receba o dobro dos seus patrões – disse o promotor.

– É verdade – insinuou Itapecuru – que não larga a gramática alemã?

– Sim, está se preparando para nos governar – respondeu Brederodes.

Riram e ergueram-se para jogar. O juiz de direito trazia sempre um baralho de cartas na mala para essas excursões judiciárias em que nada tinha a fazer, e que acompanhava por divertimento.

Os três jogaram algum tempo, até que o promotor, pretextando cansaço, abandonou o seu lugar.

– Neste caso, capitão, desafio-o para uma bisca – disse pressuroso o juiz de direito, não querendo desistir de jogar, com aquele vago receio do tédio, que tanto o perseguia.

– Pois sim, doutor, aguente-se para uma sova – aquiesceu Pantoja por entre baforadas da fumaça de cigarro.

Brederodes no terreiro chamava em voz baixa o meirinho:

– Neves, Neves!

– Pronto, seu doutor.

O oficial de justiça estava a cochilar, deitado na relva, e ergueu-se meio atordoado. O promotor deu-lhe uma ordem que ele partiu a cumprir. Brederodes, ficando só, passeava nervoso, agitado de desejos lúbricos. Não tardou o oficial de justiça.

– Então? – perguntou o promotor, quando o viu ainda de longe.

– Qual!, seu doutor. Não vejo jeito.

– Como assim?

– A bicha é arisca como quê. Só se Vossa Senhoria visse o nojo com que me olhou... Nem me respondeu, como se ainda tivesse o que perder... Vossa Senhoria não reparou como já vai bem adiantada?

Brederodes ficou colérico. Uma fluxão de sangue subiu-lhe à cabeça, rangeu os dentes, e os olhos na noite escura brilharam felinos e maus.

– Ela me paga. Deixe estar. Ainda que tudo isto aqui arrebente... Corja de alemães!

– Vossa Senhoria não se zangue... Vou ver se ainda dou uma volta no caso. – E desapareceu na direção da casa, fugindo ao desabafo do promotor.

Este ficou só, numa meia alucinação, ruminando vinganças. Na casa tudo se aquietara. Os dois parceiros, mortos de sono, tinham-se resignado a deixar o baralho e estavam deitados nos quartos; os colonos não davam sinal de vida; o meirinho não voltara. Farto de esperar, e um pouco acalmado no seu furor, Brederodes resolveu vir para o quarto. Aí o seu companheiro, que era o escrivão, ressonava. Ele deitou-se de manso e pôs-se à espera de que a noite avançasse. Tornava-se-lhe o sangue impetuoso de desejos, e na mente nevrótica passavam perturbadoras miragens sensuais. Levantou-se sorrateiro e, apenas alumiado pela frouxa luz de um candeeiro de azeite que estava na sala, seguiu pela casa adentro; e quando na volta do corredor o clarão se acabou, às apalpadelas foi tateando as paredes. Ao dar com alguma porta, punha-se à escuta, para ver se, por um movimento, um sinal qualquer, reconhecia o quarto de Maria. E um momento acreditou descobri-lo... Tentou abrir a porta. Mas esta estava fechada a chave. "Miserável" pensou, com raiva o promotor. Um impulso de arrombar a porta apoderou-se dele, mas um vago vislumbre da consciência da sua falsa posição tolheu-lhe o movimento.

– Pode ser que não seja aqui... Isto naturalmente é o quarto dos velhos.

E com esta esperança passou adiante nas trevas. Outra porta estava em frente. Escutou; nada... Pôs a mão no trinco, a tramela levantou-se e com a pressão a porta abriu-se, rangendo. Brederodes palpitou alvoroçado. De dentro ouviu um rumor de alguém que acordara, e uma voz assustada de velha perguntar:

– Quem é? És tu, Maria?

Brederodes recuou para o corredor e deixando a porta aberta deslizou nas pontas dos pés, num instinto salvador que lhe fazia adivinhar no escuro o caminho do quarto.

No dia seguinte, às nove da manhã, o meirinho anunciava ao toque de campainha a audiência dos inventários dos vizinhos de Kraus.

Na sala, o juiz municipal e o escrivão estavam no seu posto, à mesa; o promotor e o juiz de direito à janela conversavam, voltados para dentro; em pé, encostados à parede, duas mulheres e um homem, rodeados de crianças, seguiam atemorizados a cena, esperando ser chamados.

– Senhor doutor Brederodes, Vossa Senhoria tem de funcionar como curador de órfãos nos três inventários. Há uns desvalidos que precisam da proteção legal de Vossa Senhoria – disse o escrivão, motejando.

O promotor teve um risozinho de satisfação e veio sentar-se à mesa.

– Não é possível arranjar alguma fatia para mim nesta festa? – perguntou o doutor Itapecuru, num sorriso idiota.

– Vossa Senhoria sabe que é depois, no fim do negócio, que se precisa da sua bênção. Todos comerão do bolo...

– Bem, neste caso, como nada tenho a fazer, enquanto os senhores preparam o prato, vou dar um giro aí fora.

Pondo o chapéu, assestou o monóculo nos intimados e saiu majestoso, seguido pelo sorriso zombador dos que ficavam.

– Viúva Schultz! – chamou Pantoja.

Depois de alguma hesitação, uma camponesa alta, ainda moça, se aproximou.

– Há quanto tempo seu marido é morto? – perguntou o escrivão, iniciando o interrogatório diante da apatia do juiz municipal.

– Há dois anos.

– Sempre o mesmo... Ninguém cumpre a lei; aqui todos herdam sem a menor cerimônia... Isso vai acabar. Juro.

Em seguida, passou a tomar as primeiras declarações da viúva, que, triste e subjugada por aquele aparato judiciário, ia respondendo docilmente a tudo. O juiz municipal e o promotor, despreocupados da audiência, levantaram-se e foram entretidos para a janela. A mulher a cada passo sofria descomposturas insolentes de Pantoja, e um imenso pejo a assaltava.

– Quantos pés de café tem a sua colônia?

– Quinhentos...

– Só? Não minta... senão temos conversa no Cachoeiro.

– Mas, senhor, pode ser que tenha mais ou menos, não contei um por um, meu defunto marido avaliava em quatrocentos... eu plantei uns cem nestes dois anos.

– Bem, eu arredondo a cifra.

E calado, sem nada dizer à interessada, que, além de tudo, não sabia ler o português, escreveu: "Mil e quinhentos pés de café."

Continuava Pantoja a lançar os termos do inventário, segundo o seu velho processo de tudo fazer ele mesmo, aumentando descaradamente o valor dos bens para acrescer os seus lucros. Depois de algum tempo, disse à colona:

– Agora pode ir. Daqui a duas semanas apareça no Cachoeiro, no meu Cartório, para receber os seus papéis.

A mulher ia se retirando, radiante de alívio.

– Espere lá!... Que desembaraço! Ainda não lhe disse o principal – observou com acento escarninho o "maracajá".

Num papel escreveu várias parcelas, somou-as resmungando e disse consigo afinal:

– Cento e oitenta mil-réis. – Está direito; olhe leve consigo o dinheiro das custas. Trezentos mil-réis. Ouviu?

– Trezentos mil-réis!... Trezentos mil-réis!... Meu senhor!

– Não tem meu senhor nem nada; aqui não se faz esmola... e dê-se por muito feliz, porque não houve demanda. Se tivesse de meter um advogado, é que havia de ser bonito... Trezentos mil-réis. Nada de conversa e bico calado. Se eu souber que vosmecê andou batendo a boca pelo mundo, tem de se haver comigo.

A colona lançou olhos de súplica para os dois magistrados, que continuavam indiferentes a sua palestra. Sem um apoio, esmagada, saiu cabisbaixa da sala da audiência. Pantoja chamou o colono, que esperava a sua vez de ser apregoado. E depois de repetir com ele a mesma coisa, passou a se ocupar da última intimada.

A mulher, vestida de luto, muito baixa e ainda jovem, com um ar apatetado e longínquo, o ar da miséria, aproximou-se. Uma filha de cinco anos segurava-lhe o vestido, e ela carregava ao colo outra, cuja cabeça dourada se realçava radiante por entre a pretidão das roupas da mãe.

Paulo Maciel, cansado de estar em pé, veio sentar-se no seu lugar e interessou-se um pouco por esse grupo.

– É viúva há pouco tempo? – perguntou ele.

– Dois meses... – respondeu a moça.

– E desde quando está no Brasil?

– Há um ano apenas... Meu marido, que já vinha doente do peito, não durou muito...

– Estavam principiando a vida... Não é verdade?

– Apenas houve tempo de levantar a casa, fazer o roçado para a plantação... Não se plantou nada.

– É triste! E como vive você? – inquiriu compassivo. A mulher ficou pensativa sem responder.

– Naturalmente tem algum amigo que substitui o defunto – disse Pantoja, para se vingar do interesse do juiz, o que ele, habituado a fazer tudo, considerava como uma invasão dos seus privilégios.

Paulo Maciel, para evitar uma discussão com o subalterno, no fundo de todos eles temido, fingiu não ouvir.

A colona, afinal, disse:

– Estou em trato para vender a minha casa e vou me empregar como criada em outra colônia.

– No fim de contas, seu Pantoja – opinou Maciel –, não há inventário a fazer. É melhor mandá-la embora.

– Como é isto? – disse trêmulo o escrivão. – Vossa Senhoria tem competência para dispensar na Lei? Ora, essa é muito boa... Que diz a isso, doutor Brederodes, Vossa Senhoria é o principal interessado... Trata-se de órfãos.

– Não concordo na dispensa do inventário – acudiu vivamente o promotor... – E se o senhor não quer fazer *ex-officio*, doutor juiz municipal, eu requeiro.

Paulo Maciel ficou sem saber o que dizer diante de tais atitudes. O seu sentimento era suspender, prender este escrivão insolente, seu subordinado legal; era dispensar o inventário, era ainda por cima dar dinheiro do seu bolso à desgraçada e mandá-la embora, envolvendo-a num clarão de bondade. Mas para isso que soma de energia, de fluido nervoso, não precisava de consumir!... Valeria a pena? As suas poucas forças o traíram, e a inteligência fina, distinta descortinou-lhe, pérfida, o desenrolar de uma luta com os seus colegas, com esse escrivão chefe político, mandão da localidade, luta inglória em que ele não se queria estragar... Os juízes passam e os escrivães ficam.

— Está bom, cheguemos a um acordo. Faça-se apenas um arrolamento sumário dos bens, em vez de um inventário formal — propôs com uma voz fatigada. Pantoja mediu-o triunfante.

— Isto é uma novidade para iludir a Lei... aqui está o formulário oficial e Vossa Senhoria não me mostra esses arrolamentos. Inventário é inventário, senhor doutor — respondeu-lhe o escrivão, apossando-se da situação que o superior lhe abandonava.

— Homem, deixe de luxos, seu Maciel — disse o promotor. — Que mal há em fazer-se o inventário?

— Que mal?... obrigar esta pobre mulher a pagar mais custas... É pouco?

— As custas são o azeite da máquina do foro... — objetou alegremente Pantoja.

E o inventário foi feito como os outros, com as mesmas extorsões e violências. No fim, quando o escrivão intimou a colona a que lhe desse duzentos mil-réis, esta começou a chorar.

— Deixemos de cenas... Querem obrigar a Justiça a trabalhar de graça... Era só o que faltava.

— Mas não posso arranjar tanto dinheiro.

— Venda a casa.

— Sim, meu senhor, vou vender o que tenho para pagar as dívidas de meu marido, dívidas da moléstia, e depois trabalhar para outras novas.

– Primeiro a Justiça... Se não quiser nos pagar, não venderá a casa nem o roçado; eu prendo os papéis, e agora vamos ver.

– Capitão Pantoja... – ia dizendo o juiz municipal.

– Deixe o caso comigo – atalhou o escrivão, colérico e intratável. – Vossa Senhoria é rapaz, não entende disto, veio ontem ao mundo, mas a mim ninguém me embaça... Lágrimas!... Todas elas choram.

E voltando-se para a colona:

– Vá, a mulher moça não falta dinheiro...

Deu uma risada seca. Atordoada como uma sonâmbula, a colona saiu, arrastando os filhos.

Depois do almoço, os animais estavam selados para a partida. O dia era abafadiço e dominado pelo sol, que mantinha sempre com a luz poderosa um grande silêncio. Os juízes vieram para montar, ajudados pelo meirinho e pelo dono da casa. Pantoja chegou-se ao grupo e disse ao promotor, apontando o colono:

– Ainda não tive a minha conversa aqui com o amigo.

E batendo no ombro de Franz Kraus, que o fitou espantado da intimidade, acrescentou num gesto de irônica cortesia:

– Muito obrigado pela hospedagem, camarada... mas ainda falta alguma coisa.

– Que é? – interrogou inquieto o colono.

– Às nossas custas, meu amigo. Você pode... E por isso dê-nos logo. Está me cheirando mal o fiado... vá buscar... Quatrocentos mil-réis.

O homem vacilou, como para cair. Uma vertigem o ia tomando; na garganta a voz morreu-lhe num espasmo. O escrivão empurrou-o de manso, dizendo-lhe zombeteiro:

– Vá, amigo, não se espante. Olhe que o negócio podia ser pior...

Advogados, demandas, penhoras...

Sob aquela pressão, o colono foi caminhando automaticamente para a casa.

– Bravo, capitão, o senhor é de força – observou lisonjeiro o juiz de direito.

– Ainda não viram nada – respondeu o escrivão, estimulado.

Depois de alguma demora, que os ia impacientando, apareceu o velho Kraus. Tinha os olhos vermelhos, as faces inchadas e rubras. Chorara.

Pantoja recebeu o dinheiro e contou. O colono olhava-o, mudo e abatido.

– Muito bem. Agora tudo está em ordem. Fiquemos bons amigos. Procure os papéis no cartório, no fim do mês.

E montou. A cavalgada partiu.

– Parabéns – disse Itapecuru a Paulo Maciel –; está chovendo na sua roça.

O juiz municipal, sem dar-lhe resposta, olhou-o com um grande nojo.

Em pé, no meio do terreiro, de chapéu na mão, a cabeça ao sol, o colono via com os olhos desvairados a Justiça sumir-se na estrada... E quando ela desapareceu e tudo voltou ao sossego profundo, ficou ele longo tempo com a vista pregada na mesma direção... Subitamente, numa raiva imensa e cobarde, murmurou olhando medroso para os lados:

– Ladrões!

7

    Continuava Maria na colônia de Franz Kraus no seu mesquinho penar. Desesperada da volta de Moritz, vigiada pelos olhos cúpidos e inquisidores dos velhos, vivia como uma louca, volteando apatetada pela casa, nos serviços domésticos, e sem poder dormir noites e noites na aflitiva ânsia de querer salvar-se da desonra, que o tempo indiferente e implacável trazia cada vez mais à flor. Assaltava-a muitas vezes um desespero de fugir, de ir para longe, desconhecida e forte, sem preocupações alheias, esperar que das próprias entranhas lhe viessem a salvação e o consolo do futuro... Outras vezes definhava languidamente, presa de um grande temor, de uma imensa e mofina vergonha, e queria morrer. Mas fraca, cobarde, as forças não lhe acudiam para qualquer resolução, e ela se deixava ficar na colônia e na vida, no mesmo ruminar de desespero e de agonia...

    Os velhos não tinham mais ilusão sobre o estado da rapariga, e vendo-a mover-se pela casa, num passo trôpego, com o ar transfigurado que lhe punha a amargurada maternidade, sentiam um ódio surdo contra ela, erguida ali como um estorvo ao desafogo da ambição deles. Viam desfeito o casamento do filho com a herdeira dos Schenker; tudo fora tarde, diziam inconsoláveis. E agora passavam os dias muito unidos, em cochichos de vingança ou em planos para se verem livres de Maria. Mas as suas cabeças não eram inventivas, nem mesmo para a maldade; ficavam irresolutos, com medo de processos, subjugados pelo infinito e crescente terror que lhes deixara a visita da Justiça. E deste modo a vida naquela colônia era uma tortura para todos. Não se conversava mais, não havia mais o esquecimento do tempo, mais a indiferença pela existência, que é o único encanto desta. A todo o momento eram ralhos e insultos, eram exigências de serviço à pobre rapariga, na doentia obsessão de vê-la abandonar a casa. Já lhe não davam quase comida, dobravam-lhe os trabalhos, e era com desespero nevrótico que viam a mísera inabalável, sem um movimento de revolta, num constante gesto de sonâmbula.

Assim viveram algum tempo esses desgraçados. E, como uma manhã, Maria, já fatigada de trabalhar, com as mãos trêmulas, tomada de um suor frio, deixasse cair um prato, que se quebrou, a velha Ema enfureceu-se e começou a insultá-la num berreiro. Franz correu à cozinha, e transbordando-se-lhe o ódio avançou colérico para Maria, que, intimidada, ia recuando, fugindo atordoada do alarido. E foi então que Ema gritou:

– Miserável... Vai-te embora... Sai... Sai...

O marido, comunicado do mesmo furor, agarrou uma acha de lenha e brandiu-a, numa ameaça de morte:

– Fora, canalha... Fora, ordinária.

Maria correu ao quarto, querendo se refugiar; o velho alcançou-a e com violento empurrão impediu-a de fechar a porta; a rapariga, lívida, ofegante, colou-se à parede, protegendo o ventre com as mãos. Franz estacou diante dela, rangendo os dentes, uma baba viscosa a escorrer-lhe da boca contorcida. Ema segurou a moça pelo braço, que apertou com violência, e ordenou-lhe:

– Parte, peste... Carrega teus trapos, suja... Vai-te daqui...

A rapariga obedeceu automaticamente. A excitação dos velhos, de súbita que fora, não deixava de prolongar-se, e foi debaixo de maldições, de pragas rancorosas, que a mísera entrouxou algumas roupas.

– Fora e já... – berrava Ema, possessa.

Maria saiu para o terreiro e, levada pelo impulso das ordens violentas, caminhava firme, sem hesitação, para o desconhecido. Por entre a folhagem verde os seus cabelos descobertos iam espalhando o fogo do sol... Não dizia uma palavra, não murmurava uma queixa.

Era uma estátua marchando, e os olhos grandes e limpos tinham o lustre cristalino e seco dos frios espelhos...

Atrás, seguia-lhe no encalço, como um latido de cão, a voz de Ema:

– Vai, miserável... Vai, perdição de minha casa... Maldita!

Maria andou algum tempo, inconsciente e desvairada. Sob a grande e funda emoção as ideias tinham-se congelado, enquanto a sua visão dilatada ia notando e retendo os pequenos incidentes da paisagem. Uma árvore cortada, um cafezal verde, um fio d'água, um reflexo de sol, um animal que se movia no fundo negro da mata, tudo era apanhado pela sua aguçada retina. E foi caminhando, sem dar fé da sua direção, até que lhe chegou a fadiga da energia em que se mantinham os nervos, trazendo-lhe uma sensação de desânimo, que lhe entorpecia os passos e lhe despertava a consciência... Via-se expulsa da velha casa que lhe fora o lar, o jardim, o mundo!... E na memória os quadros da sua vida desde a infância... Tudo cortado... Tudo acabado, sem explicação, num ímpeto de cólera, cuja razão não percebia bem... Quis tornar a casa, entrar sem rancor, desmanchar com o sorriso o pesadelo monstruoso... Sim, voltar, voltar! Mas, quando se dispunha a retroceder, reconheceu, numa insondável desolação, que desvairava, imaginando poder tão simplesmente restabelecer o que estava extinto. Parada, com a cabeça pendida sobre o seio, os olhos embebidos no próprio corpo, chorava.

Uma vaga inquietação de não encontrar um pouso, um abrigo naquele deserto, começou a agitá-la, dando-lhe ânimo para prosseguir no silêncio da estrada. Encaminhou-se para os lugares mais ínvios, pois um grande pejo a afastava das casas conhecidas. Não tardou que o seu apelo de salvação fosse para o pastor de Jequitibá. Desde aquela manhã da missa, não o tornara a ver, mas da sua tímida e doce figura de campônio ficara-lhe uma agradável impressão. Na pequena alma de mulher rústica e simples de Maria houve um rebate de esperança, que ela seguiu confiadamente.

Quando, depois de duas horas de marcha, a rapariga avistou a igreja e a morada do pastor, um sobressalto de terror sacudiu-lhe o corpo. Mas foi instantânea a hesitação, porque a falta absoluta de outro apoio no mundo lhe impunha uma estranha intrepidez. Começou a subir. A paisagem era limpa, e os dois pequenos edifícios de atalaia davam maior tristeza à solidão. Lembravam habitações humanas perdidas no deserto, lembravam o isolamento, o sacrifício, o abandono... E à proporção que Maria subia, recordava-se da última festa da colônia, e com a saudade ia enchendo, povoando de gente, de vozes e gestos, de movimento, de vida, o vazio descampado das montanhas e dos vales calados. Ela recompunha também os instantes em que vira Milkau, e levada por essa corrente de evocações ia cismando com a música do harmônio que soava na capelinha, enquanto ele dormia...

Quando chegou ao alto viu a terra em roda da casa, talhada e preparada para jardim, o que era a paixão do novo pastor. De uma porta aberta vinham vozes de crianças soletrando, monótonas e cantantes. Era aí a escola regida pela irmã do padre. Maria passou cabisbaixa, e a voz infantil, mais forte e estridente, deu-lhe um tremor. Olhou de soslaio, e viu uma sala escura, uma mulher de preto no fundo, na parede uma cruz negra envolta no sudário, cabeças alvas de crianças movendo-se curiosas para ela. Passou adiante e em face da porta fechada da casa tremeu mais. De dentro nenhum outro rumor vinha para abafar a voz da criança na escola, que prosseguia desarticulada, sinistra, infatigável... Maria quis fugir, mas o medo da solidão, da montanha deserta, o terror do recolhimento daquela casa arrancou-lhe as forças... Alagada em suor frio, desfalecida um instante, atirou ao chão a trouxa de roupa e apoiou-se à parede. Depois veio-lhe um novo esforço de valor, e num impulso nervoso tocou a campainha, que retiniu alarmante naquele repouso universal.

A mulher do pastor acudiu à porta, assustada pelo barulho, com uma expressão de espanto que ainda mais atemorizou Maria. Afinal, depois de confusas explicações, entrou esta para falar ao pastor, que veio logo à sala, onde a rapariga o esperava.

Quando Maria o viu, ficou petrificada. O homem, ereto como um soldado e vestido como um jardineiro, tinha uma voz de uma doçura inesperada e que se não casava com o seu porte rústico.

– Que deseja, minha filha?

Maria não respondeu. Pôs os olhos no chão, muito vermelha e trêmula. Depois, grandes lágrimas rolaram-lhe pelas faces.

– Vamos, que lhe aconteceu? – interveio com meiguice Frau Pastor.

– Eu... eu... queria... um agasalho – respondeu soluçando a miserável...

O pastor ficou confuso, achando estranho o pedido.

– Você não tem uma casa, uma colônia?... Nós não precisamos de mais criadas... – disse ele, sempre com a sua voz macia, que lhe saía do peito de touro como um balido de ovelha.

Maria ficou calada. Frau Pastor aproximou-se, bateu-lhe no ombro:

– Que lhe aconteceu? Perdeu seu emprego?

Agora, a este mofino contato da piedade, Maria chorava sem pejo, abundantemente. As pessoas da casa, querendo arrancar-lhe alguma coisa sobre a sua situação e darem-lhe mais confiança, prosseguiam no interrogatório.

Pouco a pouco ela se foi acalmando, e pelo instinto da obediência respondia, por entre lágrimas.

Fora, uma grande algazarra se fez e gritos festivos de crianças soltas se foram perdendo pela encosta da montanha abaixo. Era o alegre rumor da liberdade...

A irmã do pastor, rústica e marcial como ele, entrou na sala. O irmão explicou-lhe o assunto, e essa mulher, severa e silenciosa, fiel aos seus hábitos de nunca perguntar, esperou que tudo se explicasse. O pastor a temia, e ela o tinha submisso, amedrontando-o com as regras religiosas. Na casa, onde Frau Pastor era uma sombra do marido, a autoridade da cunhada era decisiva.

– Vamos – dizia o sacerdote com o jeito astuto do campônio, trocando um olhar com a irmã. – Vamos; ainda não me disse por que deixou a casa de Kraus... Como posso tomá-la sem saber de tudo?

– Não me quiseram mais... fui expulsa.

– Oh! Oh! Então o negócio é grave! Que falta cometeu você, filha, para tamanha punição?

A professora, que mirava com olhos devassadores a rapariga, interrompeu o inquérito com uma risada seca. Frau Pastor, temendo a explosão da cunhada, ergueu-se por instinto, para deixar a sala. Mas a curiosidade reteve a sua alma de criança.

– Ora, deixemos de comédia – clamou zombeteira a professora.

– Eu sei bem por que os seus patrões, que devem ser gente honrada, a puseram na estrada... Divertiu-se? Por que chora? Temos nós culpa dos seus prazeres? Olhe, mulher, já que entrou nesse caminho, não era para aqui que se devia dirigir. Esta é uma casa de respeito, a morada de Deus. Vá para a sua vida... Vá... Fora...

Era o grande ódio, o maior de todos, o que vem do sentimento sexual, a incendiar a irmã do pastor. Não era ela a mulher incompleta, a inabalada, a torre fechada, enquanto a outra, a mesquinha Maria, era a perturbadora, a consoladora, a amiga do homem?

– Oh!, minha senhora, que mal lhe fiz?

Ergueu-se da cadeira o pastor e muito solene, com aquela maldita e doce voz, disse:

– Em nossa casa não se encontra o prazer; aqui é o lugar do amor de Deus. Vá, regenere-se. Lembre-se de que todo pecado tem uma punição. O seu é horrível. Desencadeou-se a ira do Senhor...

Maria cessou de chorar e pensou espantada que ali também todos estivessem loucos. Um olhar de piedade infantil escapava de Frau Pastor. Mas era uma compaixão sem agasalho, inane, medrosa. Maria lho retribuiu, e talvez o coração, que tudo faz compreender, lhe inspirasse maior piedade por aquela esvaída sombra de gente. O pastor empurrou-a de leve para a porta, acariciando-a paternalmente.

E ao passo que a rapariga ia deixando a casa, a voz do padre se revestia de um acento cada vez mais delicioso de ternura:

– Vá, filha... minha pobre filha, que pena! Como sofro em não poder conservá-la em minha casa... Se este lugar não fosse sagrado... Se não fosse terrível a morada de Deus! Vá, filha, vá!

E quando Maria se viu no alto da montanha e olhou deslumbrada, alucinada, a voz do pastor ainda lhe cantava ao ouvido:

– Vá, filha, cuidado na descida, cuidado com os caminhos... Isto aqui é muito solitário.

Depois, a porta fechou-se, e tudo o que era humano ali desapareceu num imenso silêncio. Ficando só, Maria, arrastada pelo medo e por um assomo de vergonha, começou a descer a montanha correndo e na sua febre sentia-se como que apertada, sufocada pelos morros e enterrando-se neles. Ao chegar abaixo, à cruz das estradas, pôs-se a caminhar pela que levava a Santa Teresa. No seu coração inocente, na sua inteligência confusa, todas as cenas violentas desse dia se misturavam estranhas como num pesadelo. Era o sofrimento animal numa alma rudimentar, e o que a impelia para a frente era um vago terror da noite, o desespero do desamparo na mata. Transmontava o sol, e as encostas dos morros, os vales apaziguados e, enfim, livres do grande incêndio do dia, embebiam-se na luz serena da tarde. Transformava-se a expressão das coisas; as primeiras sombras, deitando-se longas, preguiçosas tomadas de sono sobre a relva aveludada e voluptuosamente verde; os pequenos ventos acalmando a febre da terra inflamada; a viagem dos pássaros na limpidez do céu, dilatado pela claridade cristalina do ar...

No fundo do vale Maria viu um núcleo de colônias engastadas na vegetação. Das chaminés saía fumaça, e àquela hora, em cada uma das casinhas da mata brasileira, as famílias dos emigrados se reuniam num obvido feliz, e em torno da mesa esperavam a ceia... A miserável sentou-se desalentada sobre a borda do morro com vista perdida nas habitações. Aos seus ouvidos subiam vozes humanas, que ela escutava, como uma música sussurrante, deliciosa... Outra fraqueza a pungia, que não era só o cansaço da corrida, a fadiga angustiosa da maternidade, mas o vácuo da fome, ali, na opulenta terra Canaã... Maria teve o ímpeto de se precipitar do alto sobre as casas que estavam a seus pés, sentindo-se atraída pelo feixe de forças humanas, reunidas naquelas vivendas. E, então, impelida pelo imperioso desejo de partilhar o conchego, o calor, a simpatia dos semelhantes, Maria, esquecida da sua triste situação, sem o menor pejo, arrebatada pela fome, ergueu-se e desceu rápida para o grupo de casas.

Quando aí chegou, não havia ninguém fora. Os cães a receberam num atroador alarido, mas ela prosseguia pelo terreiro adentro e com sua calma de louca tornava inofensivos os animais. Da primeira morada saíram para ver a razão do alarma. Homens e mulheres chegaram à porta, ainda mastigando e aborrecidos de ser interrompidos. Ao enfrentar a gente, a fugitiva como que despertou e ficou intimidada, sem saber o que dizer. Assaltaram-na de perguntas. E como no seu enleio a miserável respondesse por disparates, alguém disse:

– É com certeza uma maluca.

Foi um pânico, que se comunicou subitamente, e todos se julgaram em presença de alguma perigosa doida vagabunda. Correram as mulheres para o interior da casa, os homens pegaram em paus e avançaram para ela, amedrontando-a.

– Fora, maluca, fora!

Maria recuou escorraçada, sem perceber bem o que se passava. Os cães excitados ladravam furiosamente, e das outras casas a gente saía para o pátio, fazendo coro com os vizinhos, num grande berreiro.

– Fora, maluca, maluca!

A moça fugiu numa desabalada corrida. Homens e cães a perseguiram alguns momentos, raivosos e ululantes:

– Maluca, maluca...

Já Maria voltara à estrada, e ainda continuava mesmo ofegante a correr, fugindo espavorida para longe daquele ponto. Na sua carreira chegou até uma pequena mata que o caminho cortava. A claridade da tarde aí dentro esmorecia ainda mais. Maria parou, com medo de penetrar na sombra, e, postada na abertura da floresta, tomada de um calafrio, espiou para dentro, até perder os olhos na outra longínqua porta de luz. Pela estrada interior iam e vinham borboletas enormes, azuis e pardas, num voo cativo e arquejante... Maria ficou pregada à beira da mata, sem ânimo para entrar, sem ânimo para fugir, e uma inexplicável e funda atração por aquele sombrio e tenebroso mundo a retinha extática... Das mãos trêmulas e despercebidas caiu-lhe a trouxa de roupa. Esgotada de forças, aterrada, vendo-se colhida em pleno deserto pela noite, desamparada, batida, a mesquinha derreou-se aos pés seculares de uma árvore, e de olhos dilatados, ouvidos apurados, ela espreitava o rumor e o curso das coisas... E o poder de visão redobrava à medida que a sombra surgia misteriosa nos meandros da floresta, como o bafo vaporoso, impalpável da Terra... Na sua imaginação perturbada sentia a natureza toda agitando-se para sufocá-la. Aumentavam as sombras. No céu, nuvens colossais e túmidas rolavam para o abismo do horizonte... Na várzea, ao clarão indeciso do crepúsculo, os seres tomavam ares de monstros... As montanhas, subindo ameaçadoras da terra, perfilavam-se tenebrosas... Os caminhos, espreguiçando-se sobre os campos, animavam-se quais serpentes infinitas... As árvores soltas choravam ao vento, como carpideiras fantásticas da natureza morta... Os aflitivos pássaros noturnos gemiam agouros com pios fúnebres. Maria quis fugir, mas os membros cansados não acudiam aos ímpetos do medo e deixavam-na prostrada em uma angústia desesperada.

Os primeiros vaga-lumes começavam no bojo da mata a correr as suas lâmpadas divinas... No alto, as estrelas miúdas e sucessivas principiavam também a iluminar... Os pirilampos iam-se multiplicando dentro da floresta, e insensivelmente brotavam silenciosos e inumeráveis nos troncos das árvores, como se as raízes se abrissem em pontos luminosos... A desgraçada, abatida por um grande torpor, pouco a pouco foi vencida pelo sono; e deitada às plantas da árvore, começou a dormir... Serenavam aquelas primeiras ânsias da Natureza, ao penetrar no mistério da noite. O que havia de vago, de indistinto, no desenho das coisas transformava-se em límpida nitidez. As montanhas acalmavam-se na imobilidade perpétua; as árvores esparsas na várzea perdiam o aspecto de fantasmas desvairados... No ar luminoso tudo retomava a fisionomia impassível. Os pirilampos já não voavam, e miríades e miríades deles cobriam os troncos das árvores, que faiscavam cravados de diamantes e topázios. Era uma iluminação deslumbrante e gloriosa dentro da mata tropical, e os fogos dos vaga-lumes espalhavam aí uma claridade verde, sobre a qual passavam camadas de ondas amarelas, alaranjadas e brandamente azuis. As figuras das árvores desenhavam-se envoltas numa fosforescência zodiacal. E os pirilampos se incrustavam nas folhas, e aqui, ali e além, mesclados com os pontos escuros, cintilavam esmeraldas, safiras, rubis, ametistas e as mais pedras que guardam parcelas das cores divinas e eternas. Ao poder dessa luz o mundo era de um silêncio religioso, não se ouvia mais o agouro dos pássaros da morte; o vento que agita e perturba calara-se... Por toda parte a benfazeja tranquilidade da luz... Maria foi cercada pelos pirilampos que vinham cobrir o pé da árvore em que adormecera. A sua imobilidade era absoluta, e assim ela recebeu num halo dourado a cercadura triunfal; e interrompendo a combinação luminosa da mata, a carne da mulher desmaiada, transparente, era como uma opala encravada no seio verde de uma esmeralda. Depois os vaga-lumes incontáveis cobriram-na, os andrajos desapareceram numa profusão infinita de pedrarias, e a desgraçada, vestida de pirilampos, dormindo imperturbável, como tocada de uma morte divina, parecia partir para uma festa fantástica no céu, para um noivado com Deus... E os pirilampos desciam em maior quantidade sobre ela, como lágrimas das estrelas. Sobre a cabeça dourada brilhavam reflexos azulados, violáceos, e daí a pouco braços, mãos, colo, cabelos sumiam-se no montão de fogo inocente. E vaga-lumes vinham mais e mais, como se a floresta se desmanchasse toda numa pulverização de luz, caindo sobre o corpo de Maria até o sepultarem numa tumba mágica. Um momento, a rapariga inquieta ergueu docemente a cabeça, abriu os olhos, que se deslumbraram. Pirilampos espantados faiscavam relâmpagos de cores... Maria pensou que o sonho a levara ao abismo dourado de uma estrela, e recaiu adormecida na face iluminada da Terra...

 O silêncio da noite foi perturbado pelas primeiras brisas, mensageiras da madrugada. As estrelas abandonam o céu, os vaga-lumes vão se apagando medrosos e ocultando-se no segredo das selvas, enquanto os seus derradeiros lampejos na mata se misturam ao clarão do dia nascente, formando uma luz turva, indecisa, incolor. Na árvore que agasalha Maria, começa o canto dos pássaros, e, sem tardar, de todos os galhos da floresta sai uma nota musical, que enche os ouvidos da mulher com o acento de uma felicidade inextinguível. E aves surgiam, e tudo se esclarecia de outra luz, e o ruído começava, e um perfume concentrado durante a noite espalhava-se, capitoso, pelo mundo despertado. Abandonada pelos pirilampos, despida das joias misteriosas, Maria foi emergindo do sonho, e a sua inocência de todo o pecado, a sua perfeita confusão com o Universo acabou ao rebate violento da consciência. E a infatigável memória lembrou-lhe a agonia. Maria conheceu-se a si mesma. Arrancada pelo pavor dos perigos porventura passados naquele deserto, ergueu-se de um salto e partiu correndo. E enquanto atravessava a mata, apesar do medo que a tomara, na sua lembrança persistia um clarão, que lhe descia dessa miragem entrevista no espetáculo da noite maravilhosa. E quando chegou aos caminhos descobertos, já encontrou o sol, a cuja temível potência morreu toda a ilusão do sonho.

A miserável marchou seguidamente duas horas, passando já por desertos, que lhe engrandeciam a desolação, já por vales repletos de colônias, que lhe recordavam a sua vida de ontem. Em todas as casas começava com o dia o trabalho; vultos de mulheres moviam-se em roda das vacas, na densa evaporação dos currais; homens rachavam toros de lenha; crianças corriam nos terreiros limpos, e de todas as chaminés aquele suave e inefável fumo da manhã, que anuncia, sem pejo da fome alheia, a fartura do homem. Maria continuou a subir as montanhas até ao alto de Santa Teresa. Quando aí atingiu, ficou mais tímida, receosa de perturbar com o seu ar de vagabunda a serenidade da população ativa e silenciosa do lugarejo. E foi num grande rubor, gerado da acabrunhadora humilhação, que se dirigiu, vacilando, para a estalagem.

Na taberna que era o único pouso daquelas alturas, viajantes tomavam a primeira refeição da manhã. Maria ficou parada à porta, numa postura de mendiga. A dona da casa, ocupada em servir, não reparou nela, mas a filha, menos atarefada, vendo-a, veio à porta inquirir de que necessitava. Com a voz sumida, Maria disse que tinha fome. A jovem a convidou a entrar, mas depois, como que arrependida, deixou-a bruscamente e foi falar à mãe. A estalajadeira veio examinar a foragida, e quando esta lhe explicou que buscava abrigo e trabalho, a velha perguntou:

– E que dinheiro traz você?

Maria, que não tinha pensado nisso, ficou embaraçada em responder. A outra insistiu. Afinal, a rapariga confessou que nada trazia.

– E então como quer você que lhe dê de comer?

Maria fitou-a aterrada, com os olhos secos e vidrados. A estalajadeira tornou:

– Mas que traz você aí nesse embrulho?

A mendiga abria-o para lhe mostrar as roupas, quando de dentro os passageiros gritaram pela dona da casa, insultando-a. A velha virou como um corrupio, dizendo:

– Bem, entre para a cozinha, que já lhe falo.

A moça atravessou o corredor sem olhar para o refeitório. Na cozinha onde entrou, uma massa repulsiva movia-se como uma lesma, ao lado do grosseiro fogão de barro. Era a criada do albergue. E Maria teve um confrangido asco, não ousando sentar-se, esperando de pé, num embrutecimento de faminta, a comida que lhe iam dar. Os viajantes partiram, e a estalajadeira foi à cozinha. Depois de examinar o que Maria trazia, declarou:

– Por esta roupa, dou-lhe comida e dormida dois dias.

E foi se apoderando da trouxa, diante da complacente apatia da rapariga, a quem deu um pedaço de pão e uma tigela de café. A desgraçada, cheia de fome, comeu numa volúpia desprezível.

Maria passou o dia inteiro a vagar pela povoação, e por toda a parte aonde chegava ia despertando a curiosidade e dando a impressão de tristeza que apavorava a descuidada gente do lugar. Ninguém lhe falava; e ela, absorta, alheia, rolava vagarosa, arrastando-se como um animal empestado.

Mergulhada na desgraça, Maria ia rapidamente sendo governada por uma velha alma mais rudimentar, mais primitiva, que recalcava todos os ligeiros vislumbres de uma sensibilidade menos grosseira. E para o meio-dia, era quase sem pudor que pedia trabalho de casa em casa. Ninguém a queria; repeliam-na, escorraçavam-na, num instinto de apertada defesa. Ali na tranquilidade do povoado, na conchegada e bonançosa vida aldeã, não era ela o estranho fantasma da miséria?

À tarde, depois do jantar, quando o sol baixava, a população se apresentava à porta das casas, repousada e esquecida. No meio da felicidade dos outros, sentiu Maria crescer a sua solidão. Percorreu a estrada que corta Santa Teresa e foi até ao fim, onde acabava a povoação; quis ir além, pela mata adentro, mas não teve ânimo de se afastar daquela atmosfera de desespero, de se evadir do raio do calor humano. Voltou.

Naquela primeira noite, quando foi a hora de se recolher ao albergue, a dona deste mostrou-lhe um colchão estendido num quarto infecto.

– Esta é a sua cama.

Alumiada por uma candeia de luz mortiça, a infeliz ficou um instante só. O bafio do quarto tonteou-a, e numa vertigem ela caiu, desalentada sobre o colchão de palha podre. Não tardou que um vulto entrasse no quarto e fosse sentar-se noutro monturo de palhas, que ficava em frente àquele em que se achava Maria. Era a velha criada. Tirou o casaco e ficou em camisa e saia, mostrando uma magreza de bruxa. Os cabelos despenteados caíam-lhe sobre o pescoço; à luz turva os olhos brilhavam num fulgor de loucura. Sobressaltada diante da megera, a moça permaneceu petrificada, na mesma postura, e foi com um revoltado nojo que viu na tíbia claridade a sua companheira meter a mão esquelética na palha nauseabunda e retirar dali um pedaço de carne, que começou a devorar.

As duas miseráveis não se falaram. Mas os olhos da megera se incendiavam de ódio contra a rapariga, que lhe aparecia como uma inimiga, a invasora do seu círculo de independência naquele imundo aposento, que ainda assim era o refúgio da indeclinável liberdade. Vencida pela prostração, não tardou muito a tombar dormindo sobre a palha. Maria acompanhava o arfar daquele corcovado corpo e o latejar das grossas artérias, e com inquieto receio não podia dormir. Tudo a prendia à vigília, o medonho quarto, o mau cheiro e o terror da bruxa. E quando ia cabeceando, derrubada por alguma rajada de sono, via num instantâneo pesadelo a velha erguer-se, lívida, satânica, alongando as mãos de esqueleto, para a estrangular. Despertava convulsa e, gelada, espichava a cabeça até junto da outra, que continuava a dormir.

Pela noite adentro, no maior silêncio da casa, ratos começaram a surgir no quarto. Guinchando, farejando, corriam doidamente; passeavam pelo corpo da velha como sobre um cadáver, e no seu colchão comeram os restos de carne que ela deixara. Maria sentiu-se endoidecer de pavor. Os ratos largaram a comida e continuaram a sua infatigável investigação no aposento, indo e vindo a todos os cantos, incessantes, irrequietos. A lamparina principiou a se extinguir, crepitando, e o quarto, ora se escurecia, ora se iluminava em sucessivos relâmpagos, até cair tudo numa profunda escuridão… Maria, sempre alerta, acompanhava o ruído aterrador dos ratos, e semimorta sentiu passar sobre a cabeça o voo tenebroso de um morcego…

Correram os dois dias marcados pela estalajadeira, sem que Maria pudesse encontrar trabalho; suas implorações e suas súplicas eram desdenhadas, e num instante a sua miséria tornou-se o ludíbrio da gente amparada e farta daquele retiro do mundo. A dona do albergue intimou-a a deixar a casa, e Maria teve um pânico terrível em se ver de novo obrigada a bater as estradas, sem pão e sem guarida. Desatou a chorar, atirando-se aos pés da velha para que a deixasse permanecer ali até encontrar um emprego. A filha, abalada por tanta miséria, teve ânimo para intervir, e Maria ficou na hospedaria como criada, em companhia da outra. E assim viveu alguns dias, apática, esmagada, mas nesse maldito apego à vida, que é o alimento da desgraça.

Uma manhã, Milkau em viagem para o Porto do Cachoeiro, onde ia comprar mantimentos, almoçava sossegadamente no albergue de Santa Teresa quando viu Maria passar no corredor, entrando da rua. Apesar da miserável situação em que ela estava, Milkau reconheceu a sua jovem companheira do baile de Jacob Müller, e que entrevira primeiro na capela de Jequitibá, num delicioso momento. Ficou um instante pensativo, procurando explicar por vãs conjecturas o novo encontro. Depois de alguma hesitação, chamou a dona da casa e perguntou-lhe quem era a mulher que ele acabava de ver.

– Ah! – disse ela –, é uma vagabunda que recolhi. Não sei donde veio; apareceu aqui sem um vintém e tanto chorou que a fui deixando ficar...

– É sua criada hoje?

– Qual! Um trambolho... O que ela me faz não é nada em relação ao que eu lhe faço. O melhor é que se vá para outras bandas; aqui ninguém a quer. Também era só o que faltava! Aquilo no estado em que está, sem eira nem beira, desmoraliza uma casa... E então breve, que tem de ir para a cama...

Essa linguagem atordoou o espírito de Milkau. Prontamente pediu que chamasse a rapariga, e a velha, obedecendo, retirou-se. Milkau numa grande aflição interrompeu o almoço. Alguns momentos depois, a estalajadeira entrava empurrando Maria, que, tendo por sua vez reconhecido Milkau, vinha arrastada, com imensa vergonha. Vendo-o agora, pôs-se ela a chorar. Milkau levantou-se comovido e procurou acalmá-la. A dona do albergue, espantada da cena, motejava:

– Olhem, vejam só, coitadinha... Está-se a lhe arranjar emprego e ainda fica amuada. Esta não quer me largar a sopa!...

Não continuou, porque da cozinha a chamaram, e ela acudiu para lá, deixando Milkau e Maria a sós. A confiante meiguice das palavras de Milkau a decidiu a contar-lhe a sua desventura. Por vezes, embaraçava-se vergonhosa, e delicadamente Milkau a desviava dos pontos íntimos e mais dolorosos. Maria, porém, retomada de um inesperado ardor, abria-lhe todos os cantos da sua humilde existência. E quando naquela sala da hospedaria Milkau acabou de ouvir a narrativa, pôs-se a cismar. Era a primeira vez em que na sua vida nova se esbarrava com a Desgraça... E num instante esse encontro lhe apagava todos os longos meses de felicidade, de ressurreição. A dor impunha-se com a sua força solene, devastadora, e os sentimentos de Milkau galopavam para o passado, mergulhando-se outra vez nos ciclos sombrios do sofrimento, donde pensara ter-se libertado para sempre... Se ele não desse ouvidos, se passasse adiante, deixasse no caminho a miséria alheia e continuasse no seu embevecimento de felicidade?... Não tinha ele fugido à maldade humana, abandonado a velha sociedade odiosa e recomeçado a existência na virgindade de um mundo imaculado, onde a paz devia ser inalterável? Por que então o espectro do sofrimento o perseguia ainda ali?

Milkau divagava num fundo desespero. Maria o fitava serena, esperando que ele falasse. Passou-se longo tempo nesse silêncio triste.

– Bem – disse afinal Milkau, com o semblante iluminado –; tenho uma colônia onde posso empregá-la. É uma casa de conhecidos meus no Rio Doce... Tenho medo, porém, de que não aguente a viagem. É longe, e está tão abatida...

Era a salvação. Maria sorriu encantada.

– Abatida? Oh! não... Estou pronta para caminhar. Vai ver como não me canso.

Depois, refletindo:

– Mas o senhor não ia para o Cachoeiro? Por que então abandona a sua viagem e volta ao Rio Doce? Por amor de mim?

– Ora, isto não vale nada – respondeu Milkau, sem afetação.

– Depois de vê-la amparada, tornarei ao Cachoeiro. Amanhã mesmo.

– Mas...

– Vamos – disse ele com meiga decisão.

Chamaram a estalajadeira, a quem Milkau comunicou que a rapariga seguia com ele. A mulher fez uma careta zombeteira:

– Oh!... meu senhor. Ela não é minha filha; pode tomá-la como quiser. Uma vagabunda... Que bem me importa a mim...

– Diga-me uma coisa: quanto devia pagar esta pobre moça aqui na sua estalagem? – inquiriu Milkau, sem se importar com o que estava tagarelando a velha.

Esta pôs-se a contar nos dedos e depois pediu um preço exagerado. Milkau não replicou, e dando o dinheiro:

– Eis aqui a importância que você pede.

A mulher ficou pasmada e recolheu as cédulas, contentíssima.

– Agora – acrescentou Milkau – peço que restitua a roupa que foi o penhor do pagamento.

A dona do albergue tornou-se fula, como se fosse roubada:

– Esta é boa; negócio é negócio. A roupa foi coisa à parte.

Milkau explicou mansamente que ela tinha de optar entre os vestidos e o dinheiro; e a velha, assim compelida, preferiu ficar com a quantia e restituir os objetos, de que não necessitava, e foi buscá-los, resmungando, malcriada. Maria seguiu-a. E quando voltou à sala, vinha de roupa mudada, com uma fita azul no cabelo, faceira, risonha. Milkau festejou num sorriso o despertar da mulher.

Partiram. A estalajadeira, fincada na porta, enquanto eles atravessavam o povoado, clamava aos vizinhos:

– Vejam só. Não é que a desavergonhada teve sorte... E aquele sujeito com uma cara de santo! Pouca vergonha...

Quando deixaram Santa Teresa e tomaram o caminho do Timbuí, Milkau recordou-se da sua primeira viagem com Lentz, atravessando num êxtase a pomposa região, para se libertar do Mal... A sua viagem de hoje era ainda um combate contra o sofrimento, contra o ódio entre os homens... Mas, afastando as apreensões de uma irremediável desilusão, o seu espírito tomava outro caminho e confiava que aquele doloroso incidente, interrompendo a descuidada bem-aventurança, passaria rápido, e tudo voltaria à doce calma. Amanhã, pensava ele, Maria tornará a ser feliz, o seu amante arrependido virá buscá-la, e todas as ligeiras feridas da dor serão curadas por um sopro de bondade... Isso deu-lhe novas forças, e, esquecendo a tristeza, a miséria da sorte da companheira, foi alegre conversando com ela.

Debaixo do sol ardente desciam e subiam morros, e durante as primeiras horas Maria marchava lépida, apesar de tudo. Mais tarde começou a fraquear e era com dificuldade que prosseguia. Sentaram-se às sombras das árvores, à beira dos caminhos. Descendo das regiões férteis, passavam tropas de burros carregados para o Porto do Cachoeiro, passavam viajantes montados, escoteiros, passava gente a pé, e só eles, descuidados, se deixavam ficar ali. Com o avançar da tarde, Milkau ficou inquieto, percebendo que lhes era impossível alcançar o Rio Doce naquele dia. Pediu a Maria continuassem a caminhar até descobrirem uma colônia onde pernoitar. Andaram mais um pouco, e uma colônia se lhes deparou no alto da montanha. Milkau propôs subirem pela vereda que levava até lá, onde talvez conseguissem agasalho. Maria fez um esforço e foi subindo vagarosamente.

A colônia para onde se dirigiam era um pequeno jardim europeu, que quebrava a uniformidade das habitações dos imigrantes. À medida que se aproximavam, iam sendo maravilhados.

Embaixo estendia-se uma série de vales recortados em mil aspectos diversos; ora montanhas baixas, formando massas enormes, secas, áridas;

ora matas folhudas, negras; ora despenhadeiros, planícies, riachos, plantações, casas; tudo numa abundância de criação, num capricho de linhas, de desenho, como numa paisagem extravagante. Os viajantes foram-se deliciando com o cenário, perfumado com os aromas que vinham do jardim, até que, chegando à cancela, Milkau bateu palmas. Os cães ladraram atirando-se sobre a cerca, e logo um velho acudiu, sossegando-os com alegre autoridade:

– Olá, patifes! assim é que se recebem visitas?

Os cães afastaram-se rosnando, e o velho, alisando a longa barba branca, falou aos viajantes, mostrando no riso uma fila de dentes sãos. Milkau explicou-lhe o que os levara aí. E o velho, radiante, escancarou a porta, num gesto de agasalho fácil e espontâneo. Penetraram no jardim, que estava em triunfal floração. Os olhos não se podiam fixar em nenhum pormenor. A impressão que tiveram foi de um só conjunto de cores desdobradas ao infinito. A vista se lhes estendia farta e satisfeita sobre uma tela mágica, uma zona cambiante, uma irradiação espectral, divina e rara.

Levou-os o velho para dentro da casa e ofereceu-lhes jantar, servindo-os à mesa e obsequiando-os como podia. Entretanto, ia-lhes contando que era viúvo, morava ali só, havia muitos anos, as filhas eram casadas e os filhos viviam na vizinhança; o que o entretinha era cultivar flores; o cafezal também o distraía, e da janela apontou as plantações no morro próximo, tratadas com o carinho de uma horta. Findo o jantar, vieram os três para o jardim. O homem da colônia deixou os hóspedes e foi regar as plantas. Milkau ficou um momento admirando os movimentos espertos e juvenis do ancião, e depois, seguido de Maria, começou a passear pelo jardim. Ela parecia nunca ter sofrido; uma resignação de nômada apagara rapidamente os vestígios da miséria.

E um instantâneo olvido encerrou a sua agonia. Agora, toda era encanto por Milkau, e com os olhos postos nele ficava embebida num humilde enlevo. Encerrado ali, Milkau julgava-se fora da natureza tropical, via interrompida a eterna verdura, substituída a tragédia da natureza brasileira pela doçura europeia trazida nas flores que peregrinaram até aí. E o jardim lembrou a Milkau a terra que abandonara, e ele transportou-se no voo da saudade para velha Germânia. Naquela mesma hora era ali a hora da primavera... Tudo ressuscitava, saindo da morte gelada. Recordou-se dos bosques, dos jardins, das casas, da gente num regozijo de novidade ao calor benfazejo do sol. E no ânimo de Milkau amolentado pelo violento encontro da dor, entristecido, abatido, apontou no momento do crepúsculo uma ligeira sombra de nostalgia... Maria estava meio fatigada e inconscientemente apoiou a mão no ombro de Milkau. Este sentiu uma fulminante carícia, e o calor emanado das entranhas geradoras da mulher infiltrou-se nos seus nervos, entorpecendo-os bruscamente. E foram caminhando como espectros: olhos perdidos no vago, mudos e sonhadores. Com a queda do dia, as plantas cheiravam ainda mais. Quando eles passavam esquecidos, absortos, borboletas voavam saindo das plantas, como flores aladas... Andaram até onde o jardim ia acabar num lugar seco, descampado, onde, como uma mulher bela e daninha, uma palmeira se alteava, esterilizando a terra... Sentaram-se em uma pedra. Os olhos, depois de mergulharem no tremedal que ficava embaixo, no despenhadeiro da montanha, ergueram-se para o céu, e acompanharam a morte do sol. Era uma representação fantástica. Sem raios, sem reverberação, o imenso globo ostentava uma sucessiva gradação de cores, como se dentro dele um mágico se divertisse em iluminá-lo. O mundo inteiro tinha parado para assistir ao espetáculo... O grande ator foi descendo no espaço sem nuvens, sobre a sua superfície as cores ainda continuavam numa infinita mutação, até que afinal ele mergulhou no horizonte e a terra tingiu-se de sangue e em seus mil nervos agitou-se toda...

Era noite... O colono acabara o serviço e veio ter com os hóspedes, convidando-os a se recolherem. Dentro, à mesa, os três conversaram sem interesse, até que o dono da casa, caindo de sono, propôs irem dormir. Mostrou a Milkau dois quartos contíguos, onde lhes tinha preparado as camas.

E já a casa estava em sossego e Milkau, no seu leito, sem poder dormir, acompanhava o sono de Maria. O ressonar leve e regular da mulher vinha-lhe aos ouvidos, como uma música estranha que se lhe infiltrava, aquecendo-o...

Seguia deliciosamente todo aquele brando respirar, e pouco a pouco uma funda perturbação lhe alvoroçava o sangue. Mulher!... pensava ele. E esta palavra evocadora dilatava-lhe os horizontes da restringida e quase apagada sensualidade. Mulher! E lá vinham do esquecimento, onde jaziam sepultadas, as visões lúbricas e lascivas... Mulher!... E um torpor, um espreguiçamento dos músculos o desequilibrou de uma vez e o atirou a uma vertigem de volúpia... Milkau levantou-se trêmulo, o coração galopando, a garganta estrangulada, a boca seca. Chegou-se à porta entreaberta do quarto de Maria. Cresceu-lhe o tremor e uma lânguida moleza o deteve, dando-lhe um instante de consciência e um profundo vexame... O homem forte ficou envergonhado desse momento de loucura, e, abrindo a janela, pôs-se a cismar debruçado sobre a Noite divina... Amaldiçoou-se e teve nojo de si; viu-se o ludíbrio do desejo e descreu da redenção...

Maria continuava a dormir tranquilamente; o seu respirar chegava sempre aos ouvidos de Milkau, enchendo-os de um gozo infinito... Não era um ressonar de adormecida, era um suspiro de amante, debaixo de cujas camadas sonoras se sente o mistério do instrumento, que vos canta... O cheiro do jardim transtornava as coisas... Milkau estremeceu outra vez, sacudido pela volúpia... Era noite, e todos se amavam... Àquela hora chegava-lhe do Universo inteiro o eco do Amor... Só ele era mudo... E o seu olhar perscrutava as sombras da imensidade... Tudo se iluminava ao poder formidável da sua alucinação. E tudo era uma visão de amor: as bocas se beijavam com febre, os braços se apertavam enlaçados, os corpos, misturados, gemiam num frenesi de doidos... O solitário também amou... O sangue dentro dele, o jovem sangue parado pela ilusão, degelou-se num momento e, quente e sôfrego, clamou o corpo da mulher... Milkau deixou a noite tentadora e entrou no quarto de Maria. Os cabelos dela estavam soltos e caíam sobre o colo nu... Milkau recolheu a quentura do corpo feminino, que amornava o aposento, e nos cabelos de Maria, como em frocos macios e louros, mergulhou a mão até ao fundo... E ficou trêmulo, num frêmito convulso, mudo e refreado. Deslumbrado pela vertigem, via-lhe os cabelos descer pelo corpo abaixo, correntios, luminosos, como um rio de ouro... Ficou assim séculos pregado àquele corpo, sem poder ir além, numa arquejante respiração, que acordou a rapariga. Ela, com os olhos meio cerrados, perguntou:

– Já são horas de partir?

A voz inocente caiu sobre Milkau como uma rajada de frio. Retirou a mão e, voltando rapidamente a si, fugiu, murmurando:

– Não, não... Dorme... Sossega. Não é nada...

Voltou à janela. E para ele, que não era mais o mesmo, a Noite era outra; não tinha mais aqueles acentos de volúpia, aqueles transportes de luxúria. Era serena e benfazeja como a face de uma irmã. Ficou longo tempo ali, humilhado, confuso, arrependido, e com a brisa misturou os queixumes da sua agonia sexual, e com o orvalho, que a madrugada para o sarar lhe derramou sobre a cabeça, confundiu as suas lágrimas de solitário.

De manhã, ao deixarem a casa, o velho os acompanhou até à porta do jardim encantado, sorrindo-lhes com carinhosa malícia, como se costuma sorrir aos noivos. Maria retribuiu a saudação sem saber o que esta dizia. Milkau sentiu uma pungente tortura com aquele sorriso; mas logo, erguendo a cabeça, partiu altivo, como o vencedor de si mesmo.

8

A passagem da miséria na nova vida de Milkau deixara o seu vestígio perturbador. No espírito dele uma melancolia teimosa se espraiava infinita, vaga, entorpecedora, e agora o pensamento rolava vertiginoso para o desânimo... Não podia esquecer a desgraça de Maria. Não há sofrimento, cismava ele, tão insignificante que não clame aos que passam piedade e reparação com o alarido de cem mil bocas. Não há desgraça pequena. Toda a dor é imensa.

E para afugentar a persistente Tristeza, que o cercava e lhe estendia os braços amorosos, Milkau consagrava-se ainda mais ao trabalho. Já por esses tempos a colônia tinha um belo e florescente aspecto. Todo o "prazo" estava cultivado, e os pés de café, que brotavam num indomável viço, cobriam como um manto a antiga hediondez do roçado. Desaparecera a coivara, o terreno semelhava um verdejante parque cercado das árvores imensas da floresta, apenas interrompida, e a humilde casinha dos dois emigrados estava coberta de trepadeiras, que se abriam em flores, dando àquele jardim ali nos trópicos um perpétuo ar festivo à vivenda.

Milkau era agricultor por instinto, e todas as suas faculdades de atenção, de imaginação, as empregava com desvelo e ardor no trabalho com as próprias mãos, que enobrecia o seu destino humano. Lentz era o caçador. Restringido a um círculo de limitada atividade, o seu espírito, sempre retrógrado, buscava expandir-se nessa forma inicial e selvagem da civilização. Caçava, lutava com os animais, devastava as matas, e aliado a outros colonos de igual inclinação, em poucos meses para ele já não havia segredos na floresta brasileira. No mesmo teto esses dois homens exprimiam duas culturas diferentes. Um oferecia ao mundo façanhas, matanças, sacrifícios de sangue, e o outro, simples lavrador, frutos da terra, flores do seu jardim... Mas, longe do ódio, da luta fratricida, entre esses dois intérpretes sucessivos da vida, formara-se uma atração, uma solda inquebrantável e que ainda significava a imagem dessa impulsiva liga entre todos no mundo, que cada dia será crescente, até se tornar universal e indestrutível.

Milkau trabalhava sempre. E quando, curvado sobre a enxada, a fronte suada, os nervos cansados, um repouso suave, um esquecimento deviam adormecer-lhe os pensamentos, lá vinha ainda nesses instantes o tormento da piedade, o contínuo testemunhar da desgraça alheia, como uma mancha na sua visão radiante.

"Não é no trabalho que está a salvação da miséria, nem o estímulo para o desalento. Que importa que nos fatiguemos, que ensopemos a terra com o nosso suor, que cubramos o mundo de flores saídas das nossas mãos infatigáveis, se ali adiante, ao nosso lado, vive a Dor; se todo esse sangue, essas flores, esses frutos não são bálsamos para aquela ferida estranha!... Que bem fariam a cor, o perfume e o sabor das coisas ao padecer de Maria? Como remediar, sarar a morte do sonho, a decepção, enfim? Também ela não mourejava dia e noite no trabalho, como um forçado? E a consolação lhe vinha? Oh! não, é preciso haver outra coisa no mundo. Outra coisa mais santa, mais poderosa, mais doce, mais divina, mais sutil, mais benfazeja, mais vasta e mais misteriosa... O Amor!..." Assim pensava Milkau, enquanto a enxada, manejada pelos braços inconscientes, cavava a terra.

Várias vezes fora à "colônia", onde Maria se empregara, para levar-lhe algum conforto. Ela se retraía cada dia mais e nem mesmo a ele confiava os passos do seu martírio. Milkau respeitava esse pejo, e sem insistir em desnudar-lhe o coração recomendava à gente da casa a maior caridade para a desgraçada, pedindo que velassem por ela e a não desamparassem na próxima crise. Os colonos prometiam-lhe tudo, mas na verdade o sentimento deles era outro: tratavam a miserável com desdém, mesmo com rancor, como uma intrusa que lhes ia roubar a tranquilidade, dar-lhes trabalho e aumentar-lhes o custeio da casa. Maria não se queixava. Aos antigos tormentos juntava o desprezo e o ódio dos novos patrões. E ainda assim se agarrava a essas raras migalhas de uma desdenhosa condescendência humana, atormentada pelo medo do doloroso momento, que se aproximava.

Por aquele tempo a vida de Milkau continuava a ser minada pela tristeza. E também para o companheiro, fora a caça, nada havia na colônia capaz de encher-lhe a imaginação. Durante o dia trabalhavam, mudos e abismados nas suas cismas, e era com um passo moroso e incerto que vagavam às tardes pelas habitações vizinhas. Num desses passeios foram até uma colônia, que ainda não tinham visto. À porta estava um ancião, que os convidou a repousar um pouco, e, enquanto a família se entretinha nos arranjos domésticos e no trato dos animais, os dois amigos ficaram a conversar com o velho. Falaram da Alemanha, e o ancião narrou-lhes sem demora traços da sua vida. Era um veterano do exército prussiano cuja memória estava cheia de lembranças da última grande guerra. Lentz se interessava pelos pormenores dessas histórias, e o velho falava satisfeito e vaidoso de entreter os jovens. Na sua narrativa imaginosa passavam cidades estranhas, desfilavam exércitos, estrondeava o tumulto das batalhas, desabavam cargas de cavalaria, a chuva oblíqua da metralha mudava em lama sanguinolenta a miserável e inquieta poeira humana, varrida em turbilhões heroicos pelo tufão da Conquista. O velho soldado terminou por contar que uma vez, num reconhecimento, caíra do cavalo e por cima do peito lhe passara num galope o animal de um camarada, e como, abandonado, a vomitar sangue, fora por um acaso colhido na estrada. Desde então dera baixa e emigrara para o Brasil, onde o clima quente lhe mantinha a vida... A essas lembranças misturava outros episódios da invasão, quadros da cultura estrangeira apenas entrevista e que recolhera à retina com essa sensação de deslumbramento maravilhoso, como a que ficava do minuto de um Bárbaro no seio da civilização... Ainda o apavorava o terror da disciplina. Escapara de ser fuzilado, porque uma noite de dezembro, em França, fazendo parte de uma guarnição, exigira dos moradores da casa onde se acampara uns cobertores. E essa extorsão, além do que era permitido reclamar, ele ia pagando com a vida. Lentz aplaudiu então a Força imortal, que comandava e era temida... E sorria como havia muito tempo não lhe era dado. Entusiasmado, o veterano ergueu-se, e caminhando trôpego levou os vizinhos para dentro da casa para mostrar-lhes velhos retratos de reis, vistas da Prússia, estampas da guerra. Tudo era antigo, mobílias, quadros e lembranças. Tudo ali era uma volta ao Passado.

Em caminho para a colônia, disse Lentz:

– Que consolo senti indo à casa desse velho! Parecia ter penetrado um instante no passado intacto da Prússia.

– Mas é preciso não amares demais esse passado – observou Milkau.

– E por que não me retemperarei nas fontes da minha raça? – perguntou Lentz, com um tom enfático de superioridade.

– Por quê? Porque – respondeu Milkau – o que estimas nesse passado é exatamente o que ele tem de humilhante e vergonhoso. Amas o seu espírito de destruição, o demônio que o agitava, a alma senhoril, a servidão, a guerra, o sangue, tudo o que separa e destrói... Dia a dia será reduzido o campo da veneração pelas instituições da Antiguidade. Amemos o sacrifício feito pelo amor humano, a ciência, a arte... Mas aquele amor inconsiderado por tudo o que é passado, tudo o que foi, é um dos sopros mais poderosos para a desordem universal. E eu tenho que o estudo das coisas antigas, o prestígio das próprias letras mortas são outros tantos venenos que acobardam a alma do homem de hoje e dão um encanto crescente ao mistério da Autoridade... Os que se colocam no passado, aqueles cujas almas se fazem artificialmente antigas, esses são os verdadeiros inimigos do gênero humano, são os pregadores da desordem, os profetas do tédio e da morte.

– Tu sabes bem – interrompeu Lentz –, não é tudo do passado que eu amo, mas regozijo-me quando testemunho nele a ostentação das fortes qualidades humanas da nossa Pátria.

– E que benefício resulta dessa força, dessa grandeza da Pátria?

– Oh! Exatamente o que nela venero é a tendência imperial, a fibra belicosa, a expansão universal, a tenacidade, o gênio militar, a disciplina...

– Mas que é a Pátria?

– A Pátria... ora, Milkau, tu não sabes? É a raça, uma civilização particular que nos fala no sangue, o nosso eu, a nossa própria projeção no mundo, a soma de nós mesmos multiplicados ao infinito. Não há ninguém que fuja da sua atmosfera... Imortal!

– Não, meu querido Lentz, a Pátria é uma abstração transitória e que vai morrer... Sobre ela nada se fundou. Nem arte, nem religião, nem ciência. Nada, absolutamente nada tem uma forma elevada, sendo patriótico. O gênio humano é universal... A Pátria é o aspecto secundário das coisas, uma expressão da política, a desordem, a guerra. A Pátria é pequenina, mesquinha, uma limitação para o amor dos homens, uma restrição que é preciso quebrar. Entraram em casa e durante a noite largo tempo debateram essas ideias. No dia seguinte, quando Milkau trabalhava solitário, rolava-lhe na cabeça a discussão da véspera; e sentia um mal-estar lembrando-se da viva contrariedade que opusera aos sentimentos do amigo.

"Não há dúvida", pensava ele, penitenciando-se, "é assim por natureza. Quando dois homens se colocam frente a frente, uma instintiva animalidade surge entre eles, perturbando a simpatia. É o querer inato de subjugar, ou pela força, ou pela superioridade da inteligência, ou pela consciência da própria perfeição. Assim também sou eu; procuro reduzir Lentz a mim, dominá-lo até ao fundo das suas ideias, do seu próprio ser. Oh! orgulho daninho! Quando a própria humildade deixará de ter no seu mais íntimo recesso a desfiguração, o amargor da vaidade, da soberba, do domínio?"

Milkau reconheceu-se inferior às suas ideias, humilhado por uma força inconsciente. Depois tornava aos mesmos pensamentos. Compreendia que no seu companheiro essa exageração do amor da pátria era talvez um sintoma de nostalgia, uma ânsia pela terra das origens. E não é isso uma consequência doentia da educação patriótica? Mas, naquele instante de angústia, quando por sua vez se examinava mais de perto, revelava-se a si mesmo... Fitou o céu imenso, desvelado, de uma serenidade, de um brilho e de uma firmeza de cristal, e sentiu-se estranho a ele. Admirou ao longe o corte das montanhas, a negrura da mata, a fronde das árvores... Debaixo dos seus pés a terra vermelha, como embebida de sangue, e das plantas tenebrosas o cheiro que tonteia e excita... O morno sossego do Universo... E tudo lhe era estranho. Ele e o Mundo, ele e tudo mais, a dualidade, a distinção irremediável. "Eu não estou em ti, tu não estás em mim... Ainda assim eu te amo, mas tu não és eu."

Numa dor funda, Milkau, devorado de mágoa, combalido, sentiu-se também expatriado... Não havia entre ele e todas as coisas em volta de si a sutil intimidade que nos prende eternamente a elas, o imperceptível e misterioso fluido de comunicação que faz de tudo o mesmo ser... E percebia, num grande desalento, que o conjunto tropical do país do sol o deixava extático, errante e incompreensível, e que a sua alma emigrava dali, incapaz de uma comunhão perfeita, de uma infiltração definitiva com a terra...

— Que sou eu então? Que verme, que átomo miserável, que se não governa, que não pode amar o que quer, que se não pode identificar com todas as moléculas do mundo? Que sou eu, onde leis imperiosas, perversas, me dominam, me vencem o novo sangue?

Outros vizinhos vieram algum tempo depois se estabelecer no Rio Doce, na campina que saindo da mata morre sobre as águas. Era uma pequena família magiar, composta do pai viúvo, duas filhas e um filho, a que se juntaram outro rapaz da mesma raça, que era noivo de uma das raparigas, e um cigano. Viviam unidos em uma só comunhão de desânimo e de espanto, na casinha feita de madeira tosca, com teto de telhas de pau, incendiada pelo sol nos dias quentes, varada pelo vento, invadida pela chuva nos dias de tormenta. Aí cumpriam o ritual dos costumes pátrios. Sob a pressão cobarde do isolamento, apegavam-se, como a um refúgio, às intactas tradições, transportadas de sangue a sangue e mantidas pelo temor religioso desde os antepassados. O cigano partira também, arrastado pelo instinto vagabundo. Na longa travessia, o eterno caminhante da planície imaginava-se prisioneiro no vapor, que lhe parecia uma jaula movediça e endemoninhada. O oceano contemplado da terra atraía-o pela irresistível sedução da imensidade. Sobre o mar ele não sentia mais liberdade moral. O infinito é uma miragem atormentadora, em que se perde a essência humana... No meio das águas ilimitadas, sitiado pelo perigo, assaltado pelo terror, o espírito, dissolvendo as suas forças vitais numa desagregação contínua, transforma aquela atração impulsiva e ilusória em uma persistente impressão de assombro e de pavor, e a orla de terra que se lhe escapou ao longe, e para onde se volta incessante, recebe os queixumes da saudade. O homem só é senhor da sua individualidade na porção de espaço cujo horizonte pode medir com os olhos, naquilo que é finito e limitado...

Canaã

Passaram entorpecidamente os primeiros tempos, esmagados pela perspectiva do desconhecido, com a alma em suspensão. Até então não se trabalhara; os homens corriam as vizinhanças, caçavam, vagavam pelos montes e iam aos povoados; as mulheres viviam no lar. Quando caía a sombra, o cigano deitava-se sobre a relva, à beira do rio, e pregava os olhos preguiçosos no poente, vendo morrer o sol. Aos domingos a família se reunia na varanda; o velho a um canto, boné enterrado até os olhos, cachimbo na boca, quilotava repousadamente as longas barbas amarelas e as rugas da cara; as raparigas e os dois rapazes, como legítimos magiares, ornavam-se com as belas roupas do seu país e vinham faustosos e garridos entregar-se ao grande prazer da sua raça, a dança.

Às vezes, Milkau e Lentz nos seus passeios pela margem do rio ficavam-se debaixo de alguma árvore, assistindo àquelas festas no silêncio da grande solidão. O músico era o cigano com o inseparável violino, sentado ao lado do velho. Dado o sinal, os pares punham-se em ordem, e iniciavam as marchas polacas. A música tangia a festa.

Os seus compassos a princípio langorosos iam ganhando movimento e a largos impulsos do som arrastavam os figurantes. Faziam rápidas voltas, meias-luas harmônicas, enroscavam os braços uns nos outros e balouçavam-se cadenciados, como suspensos sobre as notas, formando em sua graça artística grupos de estatuária clássica. Ao findar a contradança, respiravam satisfação, espalhando-se-lhes no semblante o orgulho da sua mestria. Mas o cigano os não deixava sossegar, vibrava o violino, e logo todos sentiam o despertar nervoso da paixão.

Com a rabeca presa sob o queixo e empunhada por uma mão convulsa, enquanto a outra manejava o arco, o músico arrancava do instrumento uns longos e cantantes gritos. Os homens, trazendo chapéu de feltro com lindas plumas, paletó e calça de veludo e à cinta uma larga faixa de seda carmesim, enlaçavam as raparigas, cujo corpinho meio aberto ao colo vestia o busto esbelto, e cujas saias ornadas de veludo e seda lhes envolviam as formas poderosas. Naquele espaço estreito, na varanda quase debruçada sobre o grande rio selvagem, e estranho àquelas melodias, reuniam-se, na fraternidade do destino e da arte, as duas raças, a que tem o sentimento inato da música e a que tem a espontaneidade da dança. Continuava a valsa. Os artistas da dança acompanhavam a loucura da rabeca num voo quase imperceptível e para diante, para diante, por sua vez no sublime surto dos sentidos, improvisavam novas figuras. Quando estavam no auge do prazer, a mais moça das raparigas, amparada nos braços do irmão, deslizava alegre, feliz, com o rosto iluminado, embevecida, a fitar o músico amado, com aveludados e longos olhos, que sorriam primeiro que a boca... E, quando a música ia morrendo, a outra rapariga, transportada, em êxtase, a cabeça loura reclinada sobre o ombro do noivo, numa vertigem aérea, respirava a pequenos haustos com a boca entreaberta, sua boca vermelha como o sangue, úmida como o orvalho.

A turma de Felicíssimo voltara para novas medições. O agrimensor depois do trabalho ia todas as tardes conversar na colônia de Milkau, e com a sua vivacidade e alegria entretinha os dois emigrados, contando episódios da sua vida aventureira, cenas do Norte, desse Ceará trágico em cujas areias sedentas e implacáveis se vazam, se fundem na resignação, na dor, na energia e na esperança, a alma dos homens... Quando não havia serviço urgente, Joca juntava-se a Lentz e os dois se embrenhavam no mato, a caçar. Na convivência com esses sertanejos Milkau apaziguava as ânsias em que se vinha batendo seu espírito. A espontaneidade de raça, a coragem e a bondade deles eram novos arrimos para a ilusão...

Nenhum incidente perturbava o calmo viver de imigrantes e trabalhadores, até que uma manhã o agrimensor e os seus ajudantes, sentados à porta do barracão, viram uma mancha preta passar velejando majestosa, serena, no céu claro.

– Urubu!... – disse Felicíssimo.

– Ah! temos carniça por aqui... – opinou Joca, indagando com os olhos atilados o voo do corvo.

A grande ave solitária descia vagarosa, boiando negligente num vasto círculo do espaço, como um barco de velas negras... Logo depois outra subia no horizonte, e não tardou muito que outras mais viessem sujar a limpidez do azul. E daí a pouco se ia baixando e restringindo a um ponto da mata o voo dos infectos urubus que os trabalhadores acompanhavam curiosos e divertidos em suas almas infantis.

– Mas... ali, naquele ponto, é a casa do "bruxo" – observou um dos homens, designando assim a morada do intratável e velho caçador que habitava aquelas margens do rio.

– Vai ver que é algum dos cachorros que morreu... Também, que o diabo os leve a todos... – praguejou o mulato.

– Que a peste os acabe... Malvados!... – ajuntou outro.

– E mais o dono...

– Quá, para mim não morreu bicho nenhum. Se fosse, o velho o teria enterrado, como a um filho – concluiu Felicíssimo.

– Sim... e não haveria carniça.

– Quem sabe se não é o velho que está morto? – conjecturou um trabalhador.

– Homem, é verdade... – acudiu um camarada. – Há dias que o não vejo...

– Quem sabe! também eu... – declararam outros do grupo.

– Vamos ver, seu cadete? – propôs Joca ao agrimensor.

E todos se levantaram e seguiram na direção da morada do caçador. Ao aproximarem-se, ouviram latidos e uivos de cães. Mais perto, quando descortinaram a casa, viram os cães ladrando, correndo como demônios doidos para os urubus que teimavam em baixar à terra. As aves negras rasteavam quase o chão, e, quando os cães se arremessavam sobre elas, erguiam voo e iam pousar logo adiante.

– Vocês não veem?... A carniça é o velho... – gritou numa gargalhada alvar um dos homens.

– Que fedor!... Este diabo está podre há muitos dias, berrou outro. Instintivamente todos pararam, como num conselho.

– Então, seu cadete, que se faz? – perguntou Joca ao agrimensor.

– Ora!... vamos a enterrar o velho... Deus lhe perdoe a alma... Nós lhe cuidaremos do corpo – disse decisivo o cearense.

Os homens não hesitaram mais, agora inspirados pelo impulso de piedade de Felicíssimo, e todos caminharam para dentro do cercado. Vendo-os aproximar-se, a matilha de cães abandonou os urubus e avançou como uma só massa, atroadora, furibunda, terrível, contra os homens. Aproveitando a diversão, os corvos caminhavam no terreiro, e numa dança macabra iam invadindo a casa, num riso infernal, espichando voluptuosos as cabeças petulantes de harpias descabeladas.

Diante do arranco dos cães os homens fugiram, e na porteira da cerca os defensores da casa pararam arreganhando os dentes, uivando, ladrando, as sanguíneas bocas escancaradas.

– Como podemos afrontar essa canalha? – perguntou um dos trabalhadores, quando já estavam fora do perigo.

– Joca, vá com outros buscar os ferros para darmos uma lição àquela cachorrada – ordenou Felicíssimo, saboreando uma vingança.

– Vamos daí – disse Joca, e partiu acompanhado de mais dois.

Os outros ficaram atirando pedras aos cães, que, estacados na cancela, não se arredavam, furiosos e tremendos. Os urubus, descendo em maior número dos ares, continuavam em cortejo a penetrar na casa. Um horrível e crescente fétido mesmo a distância tonteava os homens, dando-lhes ânsias de vomitar.

– Oh! que demora – resmungava impaciente Felicíssimo, esperando na estrada a volta de Joca. E ia gritando: – Pedra, rapaziada! mão certeira!

Os cães latiam, mostrando os dentes brancos e afiados... E os urubus continuavam a baixar do céu... Afinal, pela estrada vieram correndo esbaforidos Joca e os companheiros, carregados de enxadas, foices e paus. Cada um se armou, e Felicíssimo ordenou com entusiasmo:

– Agora, avança, meu povo!

Os homens resolutos e raivosos precipitaram-se sobre a cancela, que ao choque dos seus corpos unidos espatifou-se, dando-lhes passagem; os cães não retrocederam e lançaram-se sobre eles, mordendo-os desesperadamente. Os invasores berravam na dor:

– Mata! Mata!

E a pau e foice arremeteram-se contra os animais. Num momento estavam os agressores todos rotos, e o sangue lhes corria das feridas. E da peleja, umas vezes saía um cão gritando, ganindo, quando uma paulada certeira e furibunda lhe quebrava as pernas, outras eram homens que, debandados, isolados, fugiam pelo terreiro, perseguidos... Estes trataram logo de se unir, traçando com os instrumentos um círculo de defesa:

– Não afrouxem! – ordenava Felicíssimo.

– Avança! Avança!

– Para dentro!... Para dentro!...

Recuaram os cães ante a energia do ataque; e correndo sumiram-se como por encanto. Os homens, indo-lhes no encalço, penetraram na casa, brandindo as armas... Mas, entontecidos pelo cheiro sufocante, estacaram indecisos e apavorados diante de um quadro medonho. Dentro, os urubus comiam um cadáver humano que jazia por terra, o corpo do solitário e abandonado imigrante. Os olhos tinham sido devorados, e as cavidades imensas e rubras escancaravam-lhe a testa. Alucinados em seu gozo satânico, os corvos, sem dar fé da gente, continuavam a picar, a comer, avidamente, embebidos. Os cães, esquecidos deles, faziam frente aos invasores.

– Xô! Xô, canalha – atroou um grito de Joca, desesperado de nojo.

E num ímpeto de compaixão avançou para o cadáver para livrá-lo dos urubus. Agarrando-o pelas canelas e pelas roupas, os cães o detiveram... Os camaradas acudiram prontos em sua defesa. Diante do alarido da luta, os urubus esbordoados largaram a presa, e, abrindo as asas, espalhando com o voo ainda mais o fedor, incapazes de se afastarem daquela nauseabunda atmosfera, pousaram morosos, pesados, nas traves da casa, e aí se postaram fúnebres, medonhos, como testemunhas do combate dos homens e dos cães... Quando Joca conseguiu tocar o cadáver, recrudesceu o furor das feras. Não temiam mais os ferros e os cacetes e atacavam os inimigos, que se apossavam do amo... Foi um desvario: homens e animais se batiam corpo a corpo, se feriam, se despedaçavam, como num combate de doidos... Os homens estavam estraçalhados, e sobre as pernas nuas e brancas de muitos deles corria um sangue quente... Guinchando, os cães morriam, estorcendo-se como possessos e atirando-se sobre o cadáver do velho. Depois de muito tempo de luta, alguns trabalhadores puderam apossar-se do corpo e o foram carregando para fora, enquanto os companheiros os defendiam num esforçado arrojo. O resto dos cães ainda arremetiam contra eles, mas eram logo mortos... Os que ainda restavam não esmoreceram e mais alucinados investiam. Um deles cravou as presas na coxa de um homem com tal fúria que este, picando-o com o ferro e tentando arrancá-lo com as mãos, não conseguiu. O cão cada vez mais se enterrava pelas suas carnes adentro... Correu outro homem em seu socorro e com um certeiro e violento golpe de foice cortou o pescoço do animal; a cabeça ficou segura na carne da vítima e das artérias rotas jorrava o sangue...

Não havia mais cães a matar. O terreiro ficara alastrado de corpos decepados, mutilados, de membros esparsos. Os homens maltratados, doloridos, deitaram no chão o velho. Em revoada, os urubus vieram assanhados para o terreiro, avançando impávidos para o cadáver, que os trabalhadores extenuados já lhes queriam abandonar.

– Não! – gritou zangado Felicíssimo. – Não! Havemos de enterrar o pobre velho... Era só o que faltava, seus miseráveis!... Pega enxada!

E o cearense agarrou também numa delas e começou a cavar a cova. Muitos, murmurando, obedeceram. Alguns, porém, ficaram enxotando as aves.

– Mais funda! – ordenou ainda o agrimensor. – Assim, os urubus o desenterrariam... Faz dó ver uma pobre criatura de Deus desamparada, sem ninguém neste mundo, comido por estes sujos... Em breve a cova ficou pronta e nela enterraram o imigrante caçador. Felicíssimo ajoelhou-se e rezou: – Padre nosso, que estais no Céu... Dominados por uma compaixão súbita e estranha os homens rudes ajoelhavam-se e de chapéu na mão, tristes, acabrunhados em face da morte, que só agora se lhes revelava, rezaram. Depois, mudos, encheram a cova de terra. À medida que o cadáver ia sendo coberto, remontavam os urubus um a um às alturas secretas.

Naquela noite, quando os trabalhadores da turma de Felicíssimo se reuniram à porta do barracão, ouviram na mata um clamor, uma roncaria aterradora, quebrando o silêncio benfazejo. Era uma vara de queixadas que passava. E Joca explicou:

– Lá vão as almas dos cachorros, feitas caititus para desenterrar e ressuscitar o velho demônio...

Formava-se assim um novo mito no Rio Doce. Nas noites de tempestade ainda hoje, quando o caititu matraca no mato, todos se recolhem medrosos, melancólicos, pensando nos cães encantados...

Ao amanhecer de um dia de nevoeiro, a paisagem perdera o seu contorno exato e regular. As linhas definitivas dos objetos confundiam-se, as montanhas enterravam as cabeças nas nuvens, a cabeleira das árvores fumegava, o rio sem horizonte, sem limite, como uma grande pasta cinzenta, ligava-se ao céu baixo e denso. O desenho apagara-se, a bruma mascarava os perfis das coisas e o colorido surgia com a sombra numa sublime desforra. Por toda a parte manchas esplêndidas se ostentavam. E sobre a campina esverdeada, vaporosa, uma dessas manchas, ligeiramente azulada, movia-se, arqueava-se, abaixava-se, erguia-se e se ia lentamente dissipando. O sol não tardou a vir, e a natureza sacudiu-se, a névoa fugiu. O céu espanou-se e dilatou-se em maravilhosa limpidez. A mancha móvel sobre a planície definiu-se no perfil de um pobre cavalo que passeava na verdura os seus olhos de velhice e fadiga, tristes e longos. De passada, com os túmidos e negros beiços, afagava a erva, triturando-a com fastio e desânimo, enquanto a sua atenção de cavalo experimentado estava voltada para a cabana, a cuja porta os seus donos, os novos colonos magiares, o miravam com interesse. A neblina leve, veloz, vinha distraí-lo daquela postura de curiosidade humilde, e acariciava num frio elétrico o seu pelo ralo e falhado. Estremecia num gozo manso, e estendendo o focinho, arregaçando os beiços, sensual e grato, beijava o ar. Não mais encontrava a névoa, que fugira para os montes, levada pela brisa, como se fosse o imperceptível véu que envolvesse alguma deusa errante e retardada. Um raio de sol, porém, descera a brincar-lhe nos olhos e incendiava-lhe a pupila. Meiguices da natureza.

Um dos jovens magiares, levando uma corda, caminhou para o cavalo. O animal entregou-lhe a cabeça numa mistura de abandono e tédio. O rapaz passou-lhe o cabresto e o levou ao poste fronteiro à casa, onde o amarrou. Os colonos tinham resolvido principiar naquele dia a plantação do prazo, e o velho deu ordem de partir para a queimada. Os filhos armaram-se das ferramentas de lavoura, o cigano, saindo de sua modorra e apenas armado de um chicote, acompanhou os outros, que, desamarrando o cavalo, seguiram com ele para o roçado. As raparigas que ficavam em casa cheias de instintivo pavor viam o grupo afastar-se vagarosamente. Chegaram ao aceiro que, aberto como uma larga ferida sobre o dorso da terra, era um sulco de alguns metros de largura, circundando a queimada. Da mata carbonizada ainda resistiam de pé alguns troncos despojados, enegrecidos. Milkau e Lentz, passeando àquela hora, passaram perto do roçado e viram chegar aí o grupo dos vizinhos.

– Ainda bem – disse Milkau –, eles vão trabalhar, fazia-me dó ver esta gente apática, irresoluta, entorpecida na preguiça.

– Mas para que trazem eles quase arrastado aquele cavalo? – perguntou Lentz.

Os dois se afastaram um pouco e ficaram a distância, acompanhando os movimentos do grupo.

O velho colono segurou o animal pelo cabresto e o colocou no meio da vala. Os filhos puseram-se de lado, num recolhimento religioso. O pai puxou o cavalo para a frente. De chicote em punho, o cigano seguia atrás, e a primeira vergastada, cortando o ar num sibilo, caiu em cheio sobre o animal. Este, como arrancando-se de si mesmo, pinoteou assustado. Novas lambadas foram arremessadas por mão vigorosa. Estirou o cavalo o pescoço para a frente, abaixou-se, alongou-se, encostando quase o ventre a terra, como para se libertar do flagelo que lhe vinha do alto. Os seus membros se estorciam, confrangidos sob a dor imensa. E, desapiedadamente, puxavam-no para diante, levando-o ao furor do açoite. Naquele sacrifício cumpria-se uma missão sagrada: ligava-se à nova terra o nervo da tradição da terra antiga. Quando os antepassados tártaros desceram do planalto asiático, e no solo europeu renunciaram à vida errante dos pastores, para lavrar o campo e buscar na cultura a satisfação da vida, sacrificaram aos deuses o velho companheiro de peregrinação nas brancas estepes. E, assim, a imolação ficou sempre no espírito dos descendentes como um dever, cujas raízes se estendem até ao fundo da alma das raças.

Continuava o grupo a caminhar. O velho, como um sacerdote, conduzia a vítima, seguida do cigano, em cujo rosto se recompunha a antiga expressão infernal e terrível dos antepassados, num retrocesso harmônico e rápido, produzido pelo singular efeito da paixão sanguinária. Os outros assistiam mudos à cerimônia. O chicote vibrava incessante; as suas pontas de ferro cortavam o lombo do animal. O ar leve e frio, penetrando nos fios de carne viva, causava uma dor fina, aguda, acerba, e a vista e o cheiro do sangue excitavam ainda mais a energia do flagelador. Veio-lhe uma histérica insensibilidade, uma rudimentar anestesia, uma assassina obsessão. Estonteou-o uma vertigem, mas o açoite não parou. Os sulcos na carne abriam-se mais fundos; o sangue escorria frouxo. Mofino de dor, o cavalo prosseguia arrastado, regando a terra. Gotas vermelhas respingavam sobre a descoberta cabeça do velho magiar, de uma brancura de açucena. As suas narinas dilatavam-se em lânguido gozo. Cavos gemidos ressoavam no peito da besta. E no seu olhar infinito de moribundo traduziam-se os humildes protestos e os tímidos apelos de misericórdia.

E o relho soava, enquanto o mártir ia lento, de pescoço estirado, pernas trôpegas, esvaindo-se pelas veias abertas, como torneiras de sangue. O cigano mais terrível, mais feroz, transfigurava-se, e da sua garganta afinada irrompeu brusco, sonoro, o canto de guerra dos velhos tártaros. O chicote cruel e rápido marcava o compasso desse ritmo estranho. O contágio do furor apoderou-se dos outros, que, imobilizados, assistiam ao sacrifício. E embriagados pouco a pouco pelas frases da música, pela sugestão do rito, pelo odor de carne sangrenta, acompanhavam o canto, num coro infernal. O animal, exausto, caíra de lado, como um peso inerte. O açoite inexorável ainda o levantou uma vez, e no solo, como numa verônica, ficou estampada a imagem do seu corpo, impressa em sangue. Prosseguia sem interrupção, fogoso, lúgubre, o canto que feria asperamente o ar, e era o eco da melodia satânica da morte. O cavalo deu mais alguns passos, cambaleando como um alucinado, e afinal prostrou-se sobre a terra. Arquejante, resfolegando num espaçado estertor, morria vagarosamente. Nas suas pupilas de moribundo fotografaram-se num derradeiro clarão as fisionomias dos algozes. E essa imagem medonha, que se lhe guardara no interior dos olhos, era a infinita tortura que o acompanharia além da própria morte, presidindo à dolorosa decomposição da sua carne de mártir.

Cessaram as vozes. Os homens agruparam-se em torno do cadáver, rezando como fantasmas loucos. Poças e fios vermelhos manchavam o sulco. A camada de argila, lisa, escorregadia como uma couraça, tornava o seio da terra impenetrável ao sangue, que, sorvido pelo sol, se evaporava e dissolvia no ar. Era a rejeição do sacrifício, o repúdio da imolação, rompendo a cruenta tradição do passado. A nova Terra juntava a sua contribuição aos límpidos ideais dos novos homens...

– E para quê? – dizia Milkau comovido até às lágrimas–, e para que a tortura, a fecundação pelo sangue, se ela, risonha e alegre, como uma rapariga bela e fresca, lhes daria os seus frutos, cedendo tão somente às brandas violências do amor?...

9

O que tinha de acontecer acontecia... No meio do cafezal que estava a limpar, Maria, que já desde a véspera vinha sofrendo, sentiu repentinamente uma dor aguda nas entranhas, como de uma violenta punhalada. Caiu pesada no chão, o corpo se lhe retorceu todo e o rosto desmaiado desfigurou-se numa contorção medonha. A dor fora viva e passageira, e logo que a rapariga voltou a si, assaltada por um grande terror, o seu primeiro movimento foi de se recolher à casa e aí, no abrigo doméstico, esperar o desenlace da crise. Teve, porém, medo de afrontar a ira dos patrões, que dia e noite ameaçavam despedi-la, para se furtarem ao incômodo do tratamento. Resistiu e continuou a labutar debaixo dos pés de café, sozinha, no silêncio do dia. O trabalho não prosseguia bem; das mãos entorpecidas deixava cair frouxa a enxada, e as pernas trôpegas, volumosas, não se sustinham firmes. De espaço a espaço a mesma dor voltava, como se lhe dilacerasse o ventre. Maria se amparava, apertando-se com as mãos para sufocar o sofrimento estranho e vergonhoso que sentia. Nos intervalos erguia-se, esforçando-se por trabalhar, desbastando o mato tecido ao cafezal, mas logo era derrubada exausta, alagada em suor frio. Às vezes, tinha ímpetos de gritar, e contra toda a vontade gemia alto, clamando socorro. Quando serenava, espantava-se dos seus inconscientes desabafos e tremia de pavor, pensando que lhe viriam acudir. Sabia bem que qualquer auxílio dos amos importaria em um aumento de tortura, de aviltamento e seguramente em uma expulsão imediata daquele lar desagasalhado, mas ainda assim um lar. As dores inexoráveis prosseguiam amiudadas, e a desgraçada, sem mais esperança, viu chegada a hora da maternidade.

Tomada de medo, abandonou o serviço e, afastando-se o mais possível da casa, deixou o cafezal e aventurou-se para o lado do rio, onde era mais deserto. Aí, no terreno inculto e bravio, as únicas árvores que havia eram esparsos cajueiros muito derreados, esgalhando-se pelo chão. Maria sentou-se debaixo duma dessas árvores que naquela época estavam em flor. O aroma forte invadiu-lhe a cabeça. E ela combalida deixou-se pender sobre a terra. No vão das dores, os olhos indiferentes se estendiam sobre o campo e recolhiam a pomposa fosforescência do rio faiscante... Nada se movia ali na solidão, a não ser uma manada de porcos, que vinha ao longe focinhando e escavando a terra... Maria gemia livremente, estorcendo-se na agonia. Os seus gritos eram finos e estridentes e às vezes ressoavam asperamente, como estrangulada gargalhada histérica. Rasgavam-se-lhe as entranhas, dilatando-se à força... Depois, a dor se interrompeu de novo e o suor frio banhou-lhe o corpo, que jazia desfalecido e inerte, até que arrancos lancinantes o agitaram outra vez. Os porcos pouco a pouco se iam aproximando, e a miserável, alheia a si mesma, entretinha-se em acompanhar-lhes a morosa viagem...

Sempre as mesmas dores, agora mais miúdas, mais cortantes, acabando num grito soluçante, que se perdia num longo espasmo. Sofria muito, o corpo lhe tremia convulso, os dentes batiam de frio nervoso, as mãos róseas cerravam-se como molas de ferro. Tudo nela era desordem; os cabelos, desprendendo-se, caíam enovelados sobre o rosto, as faces túmidas estalavam de sangue, o vestido arrebentando deixava ver o colo nu e arquejante. E de repente sentiu-se mais desfalecida, parecendo que se ia desmanchando numa umidade viscosa, repugnante...

A morte devia ser assim. Oh! pior que a morte... Novas dores vieram, abafadas, quase surdas, sacudindo-a violentamente, dando-lhe ânsias de apertar alguma coisa contra si. Maria abraçou-se ao tronco deitado do cajueiro. Os seus olhos desvairados não viam mais nada. Nos ouvidos entrava-lhe o resfolegar roufenho dos porcos, que a cercavam, atraídos pelo cheiro que daí se exalava... E ela agarrava-se à árvore, estreitando-a com os níveos braços nus, e mordia o tronco, cravando-lhe os dentes desesperadamente, convulsivamente... Em torno fungavam os porcos, remexendo as folhas secas do cajueiro, chegando mesmo ali uns mais atrevidos, mais vorazes, a lamber afoitamente o chão... Maria, horrorizada, queria afugentá-los, mas as dores a retomavam, imperiosas; nem mesmo tinha forças para um grito agudo, e só podia gemer estrebuchando, numa mistura de sofrimento e de gozo, que a estimulava estranhamente... E os porcos persistiam sinistros, ameaçadores... Subitamente, ela caiu extenuada, largando a árvore... Um vagido de criança misturou-se aos roncos dos animais... A mulher fez um cansado gesto para apanhar o filho, mas, exangue, débil, o braço morreu-lhe sobre o corpo. Uma vertigem turbou-lhe a visão, enfraqueceu-lhe os ouvidos, e numa volúpia de bem-estar parecia deliciosamente suspensa nos ares, longe da Terra, longe do sofrimento, ouvindo no arfar dos porcos o resfolegar longínquo e adormecedor do mar... E os animais sedentos enchafurdavam-se, guinchando, atropelando-se no sangue que corria. Um novo gemido saiu do peito de Maria, despertando-a, em sobressalto. Os porcos afastaram-se espantados, e ela, meio consciente, contorceu-se. mirou atônita a criança, que vagia estrangulada. Depois, quando um grande vácuo se lhe fez de todo nas entranhas, a dor cessou, e Maria mergulhou afundada em outra vertigem. Os porcos, sentindo-a sossegada, precipitaram-se sobre os resíduos sangrentos, espalhados no chão. Devoravam tudo, sôfregos, tremendos; sorveram o sangue e na excitação da voracidade arremessaram-se à criança, que às primeiras dentadas soltou um grito forte, despertando a mãe... Quando esta abriu os olhos, deu um salto brusco e pondo-se de pé, lívida, hirta, alucinada, viu o filho aos trambolhões, partilhado pelos porcos, que fugiam pelo campo afora...

A filha dos patrões, em busca de Maria, chegava nesse instante, e vendo a espantosa cena, sem nada indagar retrocedeu à casa, alarmada, gritando numa espontânea e comunicativa maldade que a criada tinha matado o filho...

Dois dias depois, Maria estava na cadeia do Cachoeiro.

A população germânica ficou horrorizada com a notícia do crime, e os sustentáculos da colônia, os ricos negociantes, os pastores, os proprietários, unidos, agitaram-se para a vingança e o exemplo. Uma manhã, antes da audiência em casa do Doutor Itapecuru, este despachava autos com o Escrivão Pantoja; o Doutor Brederodes percorria uns jornais políticos da capital, quando Roberto Schultz, vestido como nos domingos, entrou solene.

– Seja bem-vindo a esta casa... – saudou-o com servilismo o juiz de direito.

O alemão cumprimentou a todos com uma palavra amável para cada um, muito macio e delicado. Entretiveram-se algum tempo sem pretexto, numa conversa, que prosseguia aos arrancos. Itapecuru pressentia que Roberto tinha o que lhe comunicar em reserva. Que será? pensava o juiz de direito. Algum despacho, que vem pedir, como de costume? Ou, quem sabe, vem exigir o pagamento da minha conta? Aqui Itapecuru, longe do assunto, ficou nervoso, sorrindo estúpido e sem propósito aos outros. Não se atrevia a chamar o alemão em particular e demorava com jeito o escrivão, que também, cheio de curiosidade, se não apressava. "Não, não é para uma questão de autos", pensava o juiz, "senão não estaria tão grave... Com esse ar de importância... Há de ser a conta." E o magistrado ficou abatido, aniquilado.

– Senhor doutor – disse por fim Roberto, já maçado –, o que me traz aqui...

Itapecuru respirou. Não, não era cobrança. Assim, diante de gente... Não, não era a conta.

–Oh!, meu bom amigo, o senhor manda, não pede. Aqui estamos todos para servi-lo. Não é, doutor Brederodes?

O promotor resmungou, sacudindo os ombros.

– Depende... Se for de direito...

– Como, senhor doutor? Julga Vossa Senhoria que eu seria capaz de falar à Justiça senão de coisas sérias? – perguntou o alemão, sorrindo, acariciando o ombro do promotor, que enrubesceu com a impertinente familiaridade.

– Está claro – acudiu Pantoja. – Nós somos amigos velhos e nunca o senhor me pediu nada desarrazoado.

– Nem a mim, capitão – acrescentou Itapecuru, espraiando as bochechas num riso grotesco, que o desarmou do monóculo.

– Mas de que se trata?... – interrogou abelhudo o "maracajá".

– Meus senhores, eu venho aqui, em nome da colônia, pedir a punição dessa miserável que matou o filho. O crime é horrível, e a dignidade dos alemães exige uma lição severa...

– A colônia sabe – disse gravemente Itapecuru – que aqui não falta Justiça. Havemos de examinar tudo com o cuidado que sempre empregamos em nossa missão.

– O que nós receamos é que algum dos senhores tenha uma fraqueza de coração pela sorte da ré – e...

– Oh!, impossível. A Justiça tem os olhos vendados – considerou o juiz de direito, fitando o escrivão. – E em que termos está o processo, capitão?

– O doutor Brederodes deu ontem a denúncia... Já expedi os mandados para a formação da culpa.

– Ah! Então, doutor e caro colega, não há dúvida sobre a criminalidade da acusada? – perguntou Itapecuru ao promotor – O senhor, que viu os autos?

Brederodes não respondeu e continuou de lado a folhear os jornais.

– Não pode haver dúvida – observou Roberto. – Há testemunhas de vista, que afirmam ter ela lançado a criança aos porcos... E, depois, os precedentes...

– Ah!

– Sim... Uma perdida... O filho lhe seria um trambolho. Vossa Senhoria compreende... Mas não há de ser aqui que pegarão esses maus exemplos. Imagine Vossa Senhoria se ficasse impune o delito, se nós passássemos a mão por cima, que seria da moralidade das famílias dos colonos para o futuro?...

– Mas como podiam os senhores abafar o crime? – perguntou Brederodes secamente...

– Não denunciando, não prendendo, empenhando-nos para não haver andamento no processo – arriscou o alemão.

– É muita petulância... Eu não digo, capitão, que o Senhor Roberto e os seus patrícios nos têm aqui como seus criados? – E Brederodes deu um violento murro na mesa.

– Doutor Brederodes...

– Senhor doutor...

Os outros queriam evitar o desabafo do jovem promotor. Este continuava a vociferar, quase esbordoando o negociante, que procurava com um riso cobarde amparar a fúria do brasileiro.

– Sim, criados... Vem aqui à casa do juiz de direito um bolas qualquer, porque enriqueceu furtando o nosso dinheiro, exigir em nome da colônia... Que colônia?... Exigir que se cumpra a Lei... É boa!

– Mas não há inconveniente... creio, colega, que o povo...

– Qual povo, qual nada. Ladrões, mandões de aldeia... Estrangeiros... Qual povo!...

– O que eles querem é exatamente Justiça!

– Tartufos, miseráveis... Como viram uma das filhas apanhada com a boca na botija, e como não há remédio algum, se alvoroçam todos para reclamar Justiça... Muito boa!

– A nossa moralidade – teve forças de dizer o alemão.

– Moralidade? Fingimento... hipocrisia. A moralidade de salteadores, que se apossam de nossas terras e enriquecem!

– Então Vossa Senhoria pensa que não há crime no caso? – interrogou Pantoja, para desviar a questão.

– Se há? Oh! Esta miserável, conheço-a bem – replicou Brederodes, motejando.

– É aquela? – perguntou o "maracajá" com intenção.

– Sim, a mesma, fez-se de fina, de pudica comigo, e aí está o que ela era; mas agora liquidaremos contas. Aproveitarei a ocasião para levar esse processo até ao fim, desmascarar toda esta corja daqui. Este fato não é o único. Para mim todas estas alemãs matam os filhos, quando... Havemos de ver. Não sou o promotor? Exigências comigo? Não, isso não.

Não pôde mais vociferar, engasgado pela cólera. Pegou no chapéu e, mal apertando a mão de Itapecuru, que ainda o quis demorar, saiu olhando com raiva a figura farta e desmoralizada de Roberto.

– Tem graça! – disse Pantoja, quando ficaram a sós, querendo iludir a impressão deixada pelos desmandos da ira do promotor.

– É verdade. Nós gostamos muito de bolir com ele para vê-lo se queimar – ajuntou por disfarce Itapecuru.

– Lá se vai batendo com as mãos, falando sozinho. Que danado!... rapaziadas – comentava o escrivão, que ia acompanhando da janela a marcha de Brederodes na rua.

O alemão não dizia nada. Não era ali que havia de confessar os seus rancores.

– O defeito principal dos moços de hoje – considerou o doutor Itapecuru, balançando o monóculo –, é a falta de atenção com os elementos conservadores do país. São simples revolucionários. Pensam que o progresso é a revolução. Eu também admiro os direitos do homem, sou liberal, mas como magistrado sei dar a cada um o que é seu. *Suum cuique tribuere.*

– É o hábito da Justiça – cortou o escrivão, já principiando a enfadar-se.

– Sim, a Justiça para todos, velhos e jovens. Que pode fazer uma sociedade sem ordem? É a base. É preciso termos sempre em vista o elemento conservador do País. Por exemplo, aqui na colônia, onde repousa este salutar elemento?

Ninguém respondeu. Itapecuru sorriu da incapacidade do mudo auditório e continuou:

– Onde está o elemento? Nos senhores negociantes, nos proprietários, nos colonos estabelecidos, enfim, nas classes respeitáveis, que têm o que perder... E não é maltratando-as que se tem uma perfeita organização social. Os senhores jacobinos não compreendem este princípio admirável. Para eles a política é só destruir e botar abaixo. Pois é pena...

Roberto, impaciente, levantou-se. O juiz de direito suspendeu o discurso.

– Bem, seu doutor. Posso responder à colônia que não há meio da criminosa escapar?

– A colônia sabe que pelas minhas teorias... – ia dizendo Itapecuru.

Mas Roberto não esperou o resto, fez-lhe uma grande cortesia e foi saindo. Pantoja acompanhou-o com passo sorrateiro.

– Oh! Seu escrivão! E os nossos autos? – interrogou aflito o juiz de direito, ainda mais que tudo aborrecido por ficar só, sem ouvinte.

– Espere um pouco, já venho – retrucou o escrivão sem se voltar. E se foi esgueirando ao lado do alemão.

– E que tal o promotorzinho! – disse na rua Roberto ao "maracajá".

– Maluco...

– Maluco? Canalha! vou já escrever para o Cachoeiro armando-lhe a cama.

–É... É... – gaguejou o escrivão, embaraçado. – O diabo é que esses jacobinos são muito fortes... Todos se protegem... Uma irmandade... E não vá o Governador não atender...

– *Donnerwetter*! – praguejou o alemão. E logo prosseguiu na língua do país: – É boa! Os senhores querem o nosso auxílio nas eleições, quinhentos votos só aqui nesta colônia, e quando se trata de castigar um insolente, que vive a nos insultar, fogem com corpo!...

– Tem razão, tem razão... Olhe, eu mesmo vou escrever ao Governador, em segredo, pedindo pelo menos, a remoção do Brederodes... Basta a remoção... Não é?

– Que vá para o inferno!

– Sim... para o inferno – repetiu o outro maquinal e pensativo.

– Então escreva... Posso contar?

– Oh! Comigo o senhor sempre conta. Que não faço pelo partido? Mas, segredo... Muito entre nós. Porque... sabe... os jacobinos...

– E o tal processo? – interrompeu Roberto, mudando de assunto. – Veja... há muito pedido do centro. Realmente, é um caso monstruoso. A colônia não pode abafar. Que se diria? Que as alemãs do Cachoeiro são umas perdidas e atiram os filhos aos porcos.

– É muito sério; compreendo...

– Os jacobinos de quem o senhor fala tanto...

– Ah!, a política!

– ... gritarão, como fez o senhor Brederodes. Além disso, nas outras colônias, em Itapemirim, Benevides, por toda a parte, os nossos patrícios haviam de nos desmoralizar. Nada; é preciso um exemplo, para que se calem.

– Pode ficar tranquilo, que respondo pelo resultado desse negócio.
– E o promotor?
– Não viu? Com a ideia de se vingar dos colonos, e mesmo por tolices pessoais, perseguirá a tal sujeita até às últimas. É cabeçudo... O juiz de direito, esse, coitado! já se sabe, é nosso...
– Sim. É meu, posso dizer – proclamou o negociante, batendo com alarde no bolso da calça.

Pantoja sorriu, acompanhando o gesto.

– Quanto ao juiz municipal... – continuou o escrivão.
– É verdade, é um senhor cheio de maçadas, esse Doutor Maciel.
– Não faça caso... Um imbecil. Dá-se um berro com ele, e tudo vai direito. E depois, temos o Itapecuru e as testemunhas... E eu, esse seu criado, que mói a mandioca – concluiu com jactância o cabra.
– Sim, perfeito, ninguém discrepa. Bom, adeus, não esqueça a carta...

Pantoja e o alemão separaram-se, seguindo direções diversas. Mas logo o "maracajá" voltou sobre os passos e gritou para o outro:

– Ia-me passando...

Depois, aproximando-se, abaixou a voz:

– Tenho precisão urgente, hoje, de cem mil-réis...
– Apareça.
– Muito obrigado. Não é para mim – ajuntou pressuroso. – É para a caixa do partido...

A cadeia do Porto do Cachoeiro, resto do antigo povoado, já existente antes da colonização, talvez fosse a mais velha e a pior habitação da cidade. As paredes eram negras e as grades enferrujadas da janela quase soltas dentro dos buracos da cravação. Um corredor dividia a casa ao meio: de um lado a prisão e do outro o alojamento dos dois únicos soldados, que serviam de guardas efetivos aos detidos. O carcereiro aí aparecia raramente; tinham-lhe dado, como é o hábito no país, o emprego para remunerar serviços eleitorais, em que era excelente. Entre presos e soldados havia a mais relaxada camaradagem. Os acusados passavam nessa casa apenas como por uma estação durante o processo; depois de condenados, eram remetidos para as prisões da capital. Mas o que sofriam esses miseráveis quase sem alimento, dormindo sobre estrados de madeira, sem roupas, numa promiscuidade animal, ao frio, à umidade e numa incrível imundície!

Maria não compreendia bem por que a prendiam. A inteligência nela adormecera, e apenas de longe em longe lhe vinham vislumbres da exata noção do que tinha acontecido. Trazia-lhe a memória o quadro medonho, que os seus olhos uma vez tiveram a suprema agonia de ver... E ela se exaltava, se debatia em gemidos de horror, em súplicas, em choros, até que de novo o torpor benfazejo lhe arrebatava a consciência... Em outros intervalos, quando, mais calma, se sentia sofrer, esmagada pelo temeroso peso do mundo, e ainda assim fraca, acobardada, quase a morrer, o seu maior tormento era a desesperada ânsia por seu filho, entrevisto tão belo no nevoeiro da vertigem...

Não tardou muito que Milkau soubesse da sorte de Maria. E foi um rugido no seu coração. Compreendeu logo, por instinto de bondade, e pela cristalina claridade da sua alma desanuviada, que atrás dessa acusação havia um drama, um tecido de cobardia, de vingança, de estupidez, tão fértil nos humanos. E teve pejo de ser homem, vergonha, desprezo de si mesmo, e de tudo o que era vida... Chegara-lhe o momento doloroso, em que o divino sonho se desmancha ao sopro da maldade. Tudo o que julgara como o doce convívio da bondade, do esquecimento e da paz não era senão o baixo conúbio de todas as vilezas sociais...

Na tarde desse mesmo dia, Milkau disse a Lentz:

– Vou ao Cachoeiro por algum tempo.

– E que te leva lá? – perguntou o amigo.

– A simpatia pelo destino dessa infeliz rapariga...

– E por isso me deixas?... Abandonas os nossos interesses... a nossa colônia?

– É meu dever, como é o teu, esse socorro.

– Não compreendo... – replicou secamente Lentz, esperando uma resposta.

– Não compreendes? – respondeu Milkau com calma. – Então não vês que essa desgraçada é uma vítima? E desde que eu a tenho por tal, devo correr para o seu lado.

– Quem sabe da verdade?

– E quando não fosse inocente, o seu crime não seria antes a culpa dos que a repeliram e a levaram ao desespero?

– Mas tu não estás em causa... parece-me... – escarneceu Lentz.

– Todo homem está em causa quando há um sofrimento no Universo.

E partiu só. No dia seguinte, chegando ao Cachoeiro, a cidadezinha não tinha mais para ele o encanto daquela primeira manhã, em que a saudara como filha do sol e das águas. A tristeza que trazia comunicava-se à paisagem e toda a antiga maravilha desta se desfazia misteriosamente. Apertado entre duas linhas de morros, o povoado parecia-lhe abafado e condenado a uma irremediável angústia. O sol infernal castigava sem piedade as habitações, e sobre as rochas abrasadas, colossais viam-se estampadas a esterilidade e a aridez. O rio, quase sem água, quebrando-se nas pedras negras, informes, fervilhava o seu cachão monótono. Sobre as ruas barrentas, descalçadas, erguiam-se, olhando para o rio, casas desiguais, sem arte, feitas às pressas, como para um povo apenas acampado sobre a terra. Eram pequenos sobrados, verdadeiros aleijões, dolorosamente nus, fazendo ver nas linhas inconscientes figuras deformadas de seres monstruosos. E aí, na embrionária e abortada cidade, a gente grosseira e rude mostrava o ar embrutecido, torturado pela ávida cobiça... Tudo o que era natureza tinha o aspecto sinistro, trágico, desolador, e o que era humano, mesquinho e ridículo.

O único desejo de Milkau era estar imediatamente com Maria. Todavia hesitava, com receio de se ver num instante desiludido sobre a inocência dela, e de ouvir a lúgubre confissão do crime. E, agitado, trêmulo, dirigia-se, impelido por ímpetos confusos e irresistíveis, à cadeia.

À porta, um mulato moço, vestido de soldado, de farda desabotoada, desarmado, era o guarda da prisão. Milkau pediu permissão para falar à prisioneira. O homem, sem mesmo se levantar da soleira da porta, mostrou-lhe dali, com a mão preguiçosa, o corredor da casa e apontou-lhe o quarto onde ela estava. Milkau entrou, apreensivo.

As grades não deixavam penetrar no aposento toda a luz do dia, e na minguada claridade viu Maria sentada sobre o estrado que lhe servia de cama. Ela, muito assustada com a aparição, tremia, e nenhum dos dois por algum tempo disse uma palavra.

Ela curvava humilhada a cabeça, sem olhar o homem; depois, muito branca, fitou-o implorando misericórdia. A compaixão foi crescendo em Milkau ao aspecto miserável da mulher. O que fora nesta de gracioso, de sedutor, de docemente feminino, tinha-se apagado, e só restava uma triste carcaça, uma face lívida, donde espiavam cintilantes olhos em que dançava a loucura.

– Sofres tanto... não é? – disse Milkau, tateando-lhe levemente a cabeça.

Maria recebeu daquelas mãos e daquela voz um fluido de ternura estranha e de bondade nunca sentida. Foi um gozo sutil, que ela, curvada como para lhe recolher toda a carícia, queria se prolongasse indefinidamente. E nos lábios da desgraçada chegou a abotoar um sorriso, sorriso infantil e humilde.

Milkau não esperou que ela falasse. Ia por diante, arrebatado pela simpatia, que o não deixava premeditar nas palavras e nos gestos.

– Sofres... Eu sei... Mas isto vai acabar... Terás ainda tanta felicidade neste mundo... Tanta!

E sentou-se na única cadeira que havia no quarto, puxando para si a cabeça de Maria, que, inerte, lhe deixou afagar os cabelos tecidos, emaranhados e secos, como um ninho dourado. E sobre os joelhos dele descansou muda, submissa, a fronte. Ele não lhe via a face voltada para o chão, mas, à medida que falava, sentia sobre o corpo a morna umidade das lágrimas...

– É preciso cuidares de ti... Erguer o espírito... Estás tão fraquinha... e doente. Não... isto vai acabar... Haverá piedade da tua sorte. Tu sairás daqui. E ainda a felicidade...

Instintivamente hesitava em acusá-la. Para que levantar ali o espectro do crime? E ela se reanimava, e pouco a pouco, ao poder misterioso da bondade, ia surgindo a sua consciência entorpecida.

– Olha. Não te abandono – continuava Milkau –, e direi aos outros que a culpa não é tua... Sim, foram eles os responsáveis... Eles te perdoarão, confessando a sua terrível falta. Porque... Não é? são os mais culpados...

Maria estremeceu. As lágrimas secaram-lhe instantaneamente.

Milkau prosseguia, arrastado pela deliciosa ânsia de confortar.

– Foi num momento de alucinação... Não eras tu, bem sei. Era a loucura... Abandonada, perdida, não quiseste (desgraçada que foste!) ver o teu filho sofrer, como tu... – A miserável ergueu a cabeça e olhando-o firme, aterrada, recuou para o fundo do estrado.

– Não... não... – murmurou arquejante.

– Eu me compadeço de ti... Não tenhas medo... – disse Milkau, querendo atraí-la.

– Não... vai... vai. – E com o gesto incerto o expelia da sua vista.

– Desgraçada! Que te resta, se me repeles...

– Vai... vai... Meu Deus! – E as mãos, ora crispadas se torciam juntas num aperto, ora, pesadas, comprimiam como tenazes a cabeça.

– Não... Eu fico para te salvar afirmou Milkau obstinado. – Eles não te perdoam... Eles te pedirão conta de teu próprio filho.

– Meu filho... sim... meu filho...

– Que tu mataste.

– Eu?

– Tu.

Num impulso frenético de arrancar a confissão, de tudo saber, Milkau alucinado perdia-se desvairadamente.

– Sim... tu... Assassina...

– Não... Meu filho... Não... Não me lembro bem. Arrancaram-no de mim para o devorar... Oh! meu Deus, é horrível!

E os seus olhos pungentes e frios atravessavam os de Milkau, que, espantado, confuso, emudecera. Agora era ela que falava.

– Assassina! Meu filho! Oh! Por que me vem perseguir na minha miséria? Oh! Deixe-me... deixe-me...

A cólera de Milkau abrandara em presença desse desespero, e humilhado ele se arrependia do seu transporte inconsciente.

– Maria – recomeçou com uma voz apagada–, eu te peço por tudo que amas: dize-me que estavas louca, que não eras tu quando mataste teu filho. Dize-me.

– Deixe-me... Deixe-me – murmurava sufocada a pobre.

– Não... Fico... Devo ficar. É para o teu bem. Hás de me dizer tudo.

Maria ficou acobardada, sentindo a enérgica decisão com que foram ditas essas palavras. O seu espírito frágil debateu-se ainda para lutar, mas apenas pairou um momento livre e logo caiu vencido, aniquilado, aos pés do dominador.

– Quero saber... quero... – insistia Milkau.

A rapariga esperava submissa.

– Por que não me chamaste em teu socorro, quando te viste desamparada, perseguida? Por quê? Não confiavas em mim?

– Tinha medo... Vergonha... – disse com uma voz imperceptível.

– Vergonha! E por isso...

Calou-se pensativo, tomado de uma tristeza infinita.

– Natureza humana! Vergonha... disseste... E por isso mataste teu filhinho, miserável... teu filhinho?...

– Mas, eu não matei ninguém – gritou num esforço a infeliz.

– Não negues... Eles te acusam...

– Eles são maus...

– E quem matou?... Anda... responde... – suplicou angustiado Milkau. Ela obedeceu.

– Quando foi... Pensei estar tão longe... Pensei estar morrendo...

– E depois?

– Ouvi ao meu lado a vozinha dele... Chorava! Meu Deus! Depois, um roncar de porcos em roda de nós... Depois, eles o carregaram... e foram... comendo... comendo... – Estes fragmentos de frases eram bastantes para aclarar o espírito de Milkau, e a espantosa cena se lhe representou exata na imaginação aguçada pela simpatia. E então, iluminado de novo, chamou-a a si, carinhoso e terno.

– Vem! Escuta!

A essa voz, cheia de meiguice, ela se aproximou, dócil e abandonada. Curvou-se outra vez sobre os joelhos dele, e ali, na infecta e tenebrosa prisão, os dois desgraçados foram recompondo tudo lugubremente:

– Tu te sentiste desfalecer... Uma vertigem derrubou-te...

– E os porcos...

– Vieram... O sangue corria...

– A criança... a criança...

– Chorava aos teus pés.

– E os porcos...

– Arrebataram-na...

– Meu filho!

– Tu despertaste e viste ao longe teu filho ensanguentado... aos pedaços, nos dentes dos porcos...

– Meu filho!

– Perguntaram-te por ele... Não te escutaram. Acusaram-te, prenderam-te...

– E agora... amaldiçoada... presa. Nada mais me resta, nada mais...

Desde aquele momento a vida de Milkau transformou-se de novo. Todas as forças do seu coração votou-as à defesa e salvação de Maria. O processo demorava, e enquanto não começava Milkau não desamparava a desgraçada. Fazia-lhe amiudadas visitas, e sendo ela a única prisioneira, os guardas deixavam-lhe a liberdade de entrar na detenção quando quisesse. Maria chegou a sentir-se feliz na sua miséria. Longos momentos havia em que, presa à voz, à doçura do amigo, ficava deliciosamente esquecida do próprio infortúnio. Por sua vez, ele, vendo-a diariamente, encantava-se em sondar essa alma primitiva, rica de emoção e de bem-aventurada ingenuidade. Nas conversas, narrava-lhe sempre as suas viagens, e a sua vida de peregrino no mundo. Tudo ela ouvia com sofreguidão, acompanhando fielmente os casos por ele praticados ou conhecidos. Ora erravam nas pequenas cidades do Reno e ressuscitavam lendas... Subiam aos Alpes gelados e guardavam nas pupilas as cores maravilhosas do sol a morrer... Ora nas grandes cidades tumultuosas sem piedade, onde há fome... Ou no mar, balançados pelos ventos, arrastados pelas tempestades... E ainda no mar glacial, esclarecido vagamente pela lua, e brancos navios avolumados na fosforescência da noite, a passarem sinistros para se mergulhar, sumir, engolidos pela treva insondável... E ela, como sombra, sempre o seguindo, sempre atrás... Outras vezes, não contava; lia-lhe poemas, de que ela não percebia bem o sentido, mas a cuja misteriosa música vibrava, chorando perdidamente, sem saber por quê...

Na cidade, Milkau começou a ser notado, e a princípio com curiosidade, depois com rancor, acompanhavam a sua estranha conduta. Formaram-se ali, como se formariam em qualquer parte do mundo, as mais indignas conjecturas. Acreditou-se que era ele o amante de Maria, e um ódio coletivo não poupava o homem, que se ligava ainda, talvez como cúmplice, à mulher que lhe matara o filho. Todos o evitavam; em casa de Roberto Schultz, seu correspondente para os fornecimentos da colônia, era tratado com desdém, e Milkau, na sua força, na sua superioridade amorosa, resignou-se a ser o inimigo comum. E assim, repelido pelos outros, quando não ia à cadeia, passeava solitário pelos arredores do povoado.

Dias depois Felicíssimo chegou ao Cachoeiro e alojou-se no mesmo hotel em que estava Milkau. O cearense, com a sua índole franca e bondosa, não participava do preconceito da cidade, e, indiferente a isso, era o companheiro de Milkau nos passeios e com inquietação amiga observava-lhe os silêncios profundos.

De volta de uma dessas caladas excursões, entraram uma manhã na cidade e viram um movimento desacostumado na rua principal. Às portas das lojas e nas calçadas a gente do lugar e os tropeiros e colonos do centro seguiam pasmados um grupo que passava. Era Maria, ladeada dos dois soldados, que ia responder ao processo. Vinha transfigurada, e à claridade do dia a sua lividez era cadavérica; os olhos postos no chão tinham grinaldas roxas, e na boca morria-lhe um nenúfar branco, úmido, gelado...

Milkau comovido, mudo, deixou passar aquela visão que lhe parecia o fantasma da Inocência levada para o martírio... Ao longe ela se foi perdendo, apagando-se... Milkau abandonou Felicíssimo e precipitou-se no encalço, para o juízo. O agrimensor, compadecido, não procurou detê-lo.

Depois da primeira audiência seguiram-se outras, a que Milkau não faltava. As testemunhas depunham contestes contra Maria. A trama estava bem tecida e fatalmente a acusada não poderia rompê-la. Paulo Maciel era o juiz da instrução dirigindo desprevenido e inteligente o processo, com uma inútil cordura. A persistência de Milkau tornava-o um familiar das audiências e, muitas vezes, depois de acabado o trabalho, Maciel entretinha-se muito à vontade com ele. Por seu lado, Milkau achava o juiz municipal uma esplêndida natureza e o ia estimando. Não era seguramente a posição do magistrado que o atraía. Quando estava diante de outro homem, Milkau imaginava-se no deserto; o seu espírito eliminava todas as separações que vêm da sociedade e instintivamente não conhecia as vãs distinções de posição, de fortuna, de família, de raça. Apenas via um ser igual, que tratava sempre com simpatia e às vezes com respeito, quando, pela sadia inteligência, pelo sofrimento augusto, pela superioridade moral, esse homem lhe inspirava tal sentimento.

Os dias dessa acabrunhadora vida no Porto do Cachoeiro se iam sucedendo sem alteração para Milkau, quando, voltando da cadeia, uma tarde, encontrou Felicíssimo muito sobressaltado.

– Que desgraça! que desgraça! – foi-lhe dizendo abrupto o cearense.

– Que foi? – perguntou Milkau interessado.

– Uma desgraça... O pequenino Fritz, o filhinho de Otto Bauer, acaba de ser esmagado por um barril de vinho no armazém do pai...

– Que horror! Pobrezinho! E onde está?

– Ali, mais abaixo – apontou Felicíssimo. – Em casa deles. Fui chamar o médico, e volto para lá.

– Vamos.

Quando chegaram, a casa estava em alvoroço. A notícia tinha-se espalhado e muita gente apiedada viera aglomerar-se aí, invadindo com a familiaridade da compaixão o aposento onde, deitada em uma mesa, a criança morria. A mãe ainda jovem debruçava-se sobre ela, devorando-a com os olhos, numa dor sombria, confusa, de animal. O pai vagava a tremer pela sala, atordoado com o desastre. Ouviam-se lamentos e choros em roda. O pequeno Fritz agitava de vez em quando os bracinhos, estrebuchando. Pelos cantos da boquinha escarlate saíam espumas de sangue. Os olhos azuis arregalavam-se desmedidos e as pupilas imensas, de tão dilatadas, parecia não lhes caberem mais. A cabeça estava intacta; o esmagamento tinha sido no tórax.

– Pobre criança! – gemeu Milkau, não duvidando da morte. E atrás dele uma voz lhe pediu:

– Veja se dá um remédio para a salvação.

Milkau voltou-se e fitou Joca. Este tinha o ar trágico de um sátiro em dor. A criança era o carinho do tropeiro quando ele vinha à cidade. Os pais lha confiavam a passeio, entregavam-na aos seus desvelos quase maternais, e o cabra sentia-se desvanecido, feliz, quando o trazia nos braços de loja em loja ou quando lhe dava, com o cuidado de uma ama, a mão na rua para ir ensaiando os passinhos vacilantes. Milkau ficou sensibilizado, vendo aquela face de homem primitivo e bárbaro molhada de lágrimas, e sem a menor esperança fez com auxílio do tropeiro alguns curativos. O médico não tardou. Viu o que estava praticado e, sacudindo a cabeça, murmurou:

– Era o que se podia fazer... Não há mais nada.

E, nas tenebrosas torturas da meningite, morreu o pequeno Fritz. Na vigília da noite eram todos os que guardavam o cadaverzinho, muito silenciosos, divagando em cismas. De fora vinha pelas janelas abertas o doloroso mugido da cachoeira. Pouco a pouco o silêncio em que estavam e a fadiga do coração foram entorpecendo e adormecendo a quase todos. E na frouxa claridade das velas mortuárias desenhava-se fugitivamente o vulto de uma velhinha, a bisavó do pequenino, quase extinta, incorpórea, de uma transparência vítrea, a vida só nos olhinhos limpos e de uma cintilação sinistra... A mãe de Fritz também fechou os olhos e o sono lhe foi vindo ao tempo que a respiração ofegante moderava e as cores rubras das faces inchadas se iam apagando até uma palidez absoluta... Depois, a fisionomia serenou, tomando uma expressão sossegada e feliz. Era uma bela mulher, de uma cabeleira farta e negra, com um perfil delicado e fino. Tudo nela exprimia saúde e força, e a dor lhe vinha como uma hóspeda estranha e importuna. Os que ainda alerta a contemplavam tiveram uma pungente tortura vendo essa mãe bonita e moça dormindo a sorrir, voltada para o filho morto... No canto da sala uma imagem de Nossa Senhora, iluminada por uma lâmpada, presidia a morte. A família católica revelava-se. E Milkau refletia diante do admirável símbolo. Tinha a impressão de que todo o culto se ia restringindo em torno da Virgem Maria. Lembrava-se das catedrais, dos templos onde passara e onde sempre os altares d'Ela atraíam mais os corações das gentes, enquanto os outros, mesmo os do Cristo, ficavam quase desertos. E por quê? Talvez pela maior conformidade entre o gênero humano e a mulher. E essa tendência universal para divinizar, exaltar as deusas, as santas, não vinha acaso de longe, de muito longe, não estava agora em plena culminância no culto de Maria, que ia insensivelmente apagando, absorvendo todos os outros?...

Toda a noite passou Milkau a confortar a família. Ele estava também esmagado e abatido. E, quando olhava o mortozinho, cismava:

– É dolorosa ainda mais do que as outras a morte de uma criança. É a dor diante do inacabado, do apenas ensaiado... do que nos ia completar... Não viver... E os que morrem sem ter vivido, os que foram apenas esboços da existência, deixam-nos uma piedade torturante. Quando morre uma criança, nós também morremos um pouco nela, porque aí morre uma ilusão nossa.

No outro dia foi o enterro. Toda a gente da cidade, numa espontânea unidade de sentimentos, participava de um mesmo pesar, tornando a tristeza coletiva.

A manhã era límpida, lavada e azul. Uma banda de música alegre, ruidosa, como nos enterros de anjos, puxava o préstito, em que o povo vinha sorumbático e lúgubre. Foi um luto geral na povoação espantada com a catástrofe: as escolas fecharam-se, e grupos de meninos vestidos de branco enfileiraram-se alongando o cortejo; os armazéns também cessaram o trabalho e de todas as casas e lojas vinha gente incorporar-se ao enterro, mesmo os inimigos e competidores do pai de Fritz, que traziam flores, suspendendo confrangidos e aterrados os seus ódios.

As autoridades brasileiras vieram, exceto Brederodes, que não perdoava ao estrangeiro nem mesmo na desgraça. E a marcha ia nessa mistura de amargura, ruído e música alegre, desenrolando-se pela rua principal do povoado. Entre os que carregavam o esquife estava Joca, a mirar embevecido o seu amado menino vestido de marinheiro e embarcado como num brinco infantil naquela gondolazinha dourada e vermelha, em viagem para o céu... Quando deixou a rua à margem do rio, o enterro tomou a direção da cadeia, que ficava perto do cemitério. Lá, à prisão chegou primeiro matinal e alvissareira a música, e Maria, que tudo ignorava, sentiu uma fresca claridade n'alma com aquelas carícias do som imortal. E despercebida, atraída por ela, veio à grade e pôs-se a mirar... O enterro vinha vindo marcial e solene... Maria espreitava; o seu olhar de alucinada saía violento pelas grades da prisão e repousava ardente no morto... Ainda ali na morte passava o triunfo, a vitória da força e da felicidade... Ela ouvia agora, confundidas na harmonia dos sons, outras vozes abafadas, cavernosas... Vinham de longe, do desconhecido, mas tão persistentes, tão terríveis que dominavam os cantos dos instrumentos... E Maria, na sua sensibilidade desvairada, ia ouvindo, ia vendo o enterro do próprio filho, levado pela música macabra do resfolegar dos porcos... Com o rosto descomposto, os cabelos pendentes, a boca cerrada, numa contorção, ficara hirta, agarrada às grades... Da multidão, só Milkau olhava para ela, tomado de uma compaixão infinita. Os mais, apavorados e rancorosos, desviavam-se da figura infernal da desgraçada... A colônia passava, unida na piedade como no ódio.

10

Paulo Maciel, agora, depois das audiências do processo, arrastava Milkau diariamente à sua casa e em longas e nobres palestras, dignas de homens, a amizade se ia formando entre eles. Para Maciel, sobretudo, que se sentia separado de todos daquela terra, esses momentos eram sagrados, tinham o perfume da liberdade, e jamais, depois que o doce veneno da dúvida lhe corrompera a alma, fora ele tão feliz e fecundo.

– Não vejo meio de evitar um mau desenlace ao processo – disse o magistrado, logo que se encerraram no escritório, respondendo a uma pergunta de Milkau.

– Como? Está convencido da culpa de Maria Perutz? – perguntou Milkau inquieto.

– Meu amigo, não estou convencido de coisa alguma... Apenas lhe explico que, pelos depoimentos, pela prova dada, a pronúncia é fatal, e a condenação...

– Mas as testemunhas – cortou Milkau – vêm insinuadas, foram industriadas para essa desgraçada conclusão.

– A quem o diz? É sempre assim entre nós: não há um processo em que se possa fazer Justiça. Digo-lhe isto eu, que sou juiz. Que exprimem as minhas sentenças sobre a verdade dos fatos? Nada... Não pense que não desejaria reagir. Mas é inútil; quando recebo uns autos, há neles tal tecido de mentiras que tenho de capitular. É de desesperar, não é?

– É horrível!...

– Um país sem Justiça não um é país habitável, é uma aglomeração de bárbaros – afirmou Maciel no seu pendor para generalizar.

– No Brasil não há Lei, e ninguém está garantido – continuava.

– O processo é feito de tal maneira que tudo vai em perigo. Olhe, se aqui um homem entender se apossar da propriedade de outro, encontra no nosso sistema de Justiça, no modo por que se faz o processo, apoio para a sua intenção. E se esse homem é um potentado, ninguém o pode embaraçar. Nem eu mesmo... – concluiu.

– No mundo inteiro a Justiça é uma ilusão – interrompeu Milkau.

– Mas no Brasil a situação é ainda pior, porque não se trata de raros eclipses de Justiça.

Milkau, sem dizer nada, ficou pensativo, ouvindo o jovem magistrado que prosseguia num impulso de confissão, de desabafo:

– Isso, que chamamos Nação, não é nada, repito; aqui já houve talvez uma aparência de liberdade e de Justiça, mas hoje está tudo acabado. É um cadáver que se decompõe este pobre Brasil. Os urubus aí vêm...

– De onde?

– De toda a parte, da Europa, dos Estados Unidos... É a conquista...

– Não creio – assegurou Milkau.

– Virão. Como poderemos nós subsistir desta forma em que vamos? Onde a base moral para mantermos a nossa independência no exterior, se aqui dentro estamos na desordem e no desespero? O que se dá no País é uma verdadeira crise do caráter. Não há uma virtude fundamental.

— Um caráter de raça – explicou Milkau.

— Sim, meu amigo. Aqui, a raça não se distingue pela persistência de uma virtude conservadora; não há um fundo moral comum. Posso acrescentar mesmo: não há dois brasileiros iguais; sobre cada um de nós seria fútil erguer o quadro de virtudes e defeitos da comunhão. Onde está, mudando de ponto de vista, a nossa virtude social? Nem mesmo a bravura, que é a mais rudimentar e instintiva, nós a temos com equilíbrio e constância, e de um modo superior. A valentia aqui é um impulso nervoso. Veja as nossas guerras, de quanta cobardia nos enchem a lembrança!... Houve tempo em que se proclamava a nossa piedade, a nossa bondade. Coletivamente, como Nação, somos tão maus, tão histericamente, inutilmente maus!...

Calou-se, como levado a tristes recordações. Milkau, compadecido das torturas daquela alma de brasileiro, fitava-o com imensa simpatia.

— Repare o que se passa com o patriotismo – prosseguiu depois Maciel. — No Brasil a grande massa da população não tem esse sentimento; aqui, há um cosmopolismo dissolvente, não que seja a expressão duma larga e generosa filosofia, mas simples sintoma de inércia moral, indício da perda precoce de um sentimento que se devia casar com o estado atrasado de nossa cultura. Note que os poucos patriotas que temos são ainda homens de ódios, de sangue, enfim logicamente selvagens.

— Não há dúvida – ponderou Milkau, interessado nesta análise franca de Maciel – que há profunda disparidade entre as várias camadas da população. E a falta de homogeneidade será talvez a maior causa deste desequilíbrio, desta instabilidade...

O juiz refletiu e, debruçando-se um pouco sobre a mesa, voltado para Milkau, replicou a este num tom mais decisivo e vibrante:

— Tem razão. O aspecto da sociedade brasileira é uma singular fisionomia de decrepitude e de infantilidade. A decadência aqui é um misto doloroso de selvageria dos povos que despontam para o mundo, e do esgotamento das raças acabadas. Há uma confusão geral. As correntes da imoralidade vagueiam sobre a sociedade e não encontram resistência em nenhuma instituição. Uma tal nação está preparada para receber o pior dos males que pode cair sobre o mundo: a geração dos governos arbitrários e despóticos. Se a sociedade é uma obra de sugestão, que se pode esperar dos sentimentos, da idealização das massas incultas, quando a imaginação delas é deslumbrada pelo espetáculo da mais desbragada perversão dos governantes? Que reações sobre cérebros obscuros não provocará o desamor desses condutores das gentes, ao ideal, às coisas superiores, e seu apego às posições e ao ganho? E não é só o Governo. É a magistratura subserviente e aparelhada para explorar os restos da fortuna privada, são os funcionários, os militares, o clero, tudo num declive em que se vão resvalando, horrivelmente deformados...

Levantou-se muito nervoso, abriu a janela que dava para o rio, e pôs-se a mirar absorto e vago a cachoeira, enquanto a claridade da tarde, mansa e suave, invadia o aposento. Milkau, sem se mover do seu lugar, encheu-lhe os ouvidos de louvores à natureza.

E Maciel voltou-se:

– Ainda é uma vantagem viver-se na roça nesta hora tenebrosa. Ao menos, temos a benignidade da calma e a tranquilidade da família. E por quanto tempo, não sei... O clima... A peste se apodera do corpo miserável da Nação... A família vai sendo demolida pela força imperiosa dos vícios.

Parou, e como resumindo todas as suas decepções e anelos, murmurou num desalento:

– O meu desejo é largar tudo isto, expatriar-me, abandonar o País, e com os meus ir viver tranquilo num canto da Europa... A Europa... A Europa! Sim, ao menos até passar a crise...

E quando ia sendo arrebatado pela expansão dos seus mais íntimos anseios, Maciel conteve-se com esforço, ficou repentinamente mudo, fitando com os olhos vermelhos e úmidos o estrangeiro. Milkau falou-lhe com brandura; e as palavras caíam frescas e consoladoras sobre os campos desertos daquele coração.

— Não quero diminuir — disse ele — a exatidão dos seus conceitos. Mas lembre-se de que não há sociedade sem abalos. Ou melhor, que não há nada fixo e eterno: tudo vai de passagem, tudo está sempre em crise, procurando perpétuas e incessantes combinações de ser. Por outro lado, esse terror que nos vem dos acontecimentos presentes é também um pouco uma questão de perspectiva. Quando estamos dentro deles, tudo se mostra grandioso ou ridículo, terrível e formidável, tudo parece ir acabar numa desagregação irremediável; mas no futuro eles minguam à força de distância, parecem normais e suaves, e nós começamos a louvá-los, como uma engenhosa e admirável expressão dos melhores tempos, que são sempre os passados. Deixa que lhe repita uma velha imagem? É assim como se estivéssemos no mar, no meio das ondas e dos ventos: o espetáculo do oceano enche-nos a alma de terror, porém, depois que o atravessamos e o olhamos de longe, as ondulações das vagas são como um leve sorriso.

E Maciel também sorriu, festejando a metáfora.

— Muito bem — replicou, tornando-se subitamente jovial —, mas aqui se passa uma verdadeira tormenta...

— É natural, e não podia ser de outro modo. Do que tenho observado e adivinhado um pouco, é ela consequência da primitiva formação do País. Desde o princípio houve vencedores e vencidos, sob a forma de senhores e escravos; desde dois séculos estes lutavam por vencer aqueles. Todas as revoluções da história brasileira têm a significação de uma luta de classe, de dominados contra dominadores. O povo brasileiro foi por longos anos apenas uma expressão nominal de um conjunto de raças e castas separadas. E isso se manteria assim por muitos séculos, se a forte e imperiosa sensualidade dos conquistadores não se encarregasse de demolir os muros da separação, e não formasse essa raça intermediária de mestiços e mulatos, que é o laço, a liga nacional, e que, aumentando cada dia, foi ganhando os pontos de defesa dos seus opressores...

E, quando o exército deixou de ser uma casta de brancos e passou a ser dominado pelos mestiços, a revolta não foi mais do que a desforra dos oprimidos, que fundaram desde logo instituições destinadas a permanecer algum tempo, pela sua própria força de gravidade, numa harmonia momentânea com os instintos psicológicos que as criaram... Era preciso esse choque do inconsciente para se fazer o que se buscava desde séculos por outros meios: a nacionalidade...

– Bravo – aplaudiu Maciel. – Está aí a explicação do triunfo e do prestígio do nosso "Maracajá".

– É o representativo – afirmou Milkau, também gracejando.

– Vejo bem que é isso mesmo – comentou o juiz. – Era preciso formar-se do conflito de nossas espécies humanas um tipo de mestiço, que se conformando melhor com a natureza, como ambiente físico, e sendo a expressão das qualidades médias de todos, fosse o vencedor e eliminasse os extremos geradores. Perfeito... Reparemos que Pantoja não é um caso isolado. Os que tendem a nos governar, e que nos governam com melhor aceitação e êxito, são desse mesmo tipo de mulatos. O Brasil é, enfim, deles...

Paulo Maciel deteve-se um momento, e depois, enquanto olhava para as mãos brancas e longas, continuou com um sorriso irônico:

– Não há dúvida... Se eu tivesse algumas gotas de sangue africano, com certeza não estaria aqui a me lamentar... O equilíbrio com o País seria então definitivo... Pantoja, Brederodes... estes não marcham firmes e seguros?... Não são os donos da terra?... Por que não nasci mulato?...

O pequeno mundo da colônia, tangido pelo escrivão, representou-se no espírito de Milkau como um resumo bem claro de todo o País. Todos os nacionais que ali dominavam saíam fatalmente do núcleo da fusão das raças, enquanto aquele jovem de uma inteligência mais fina, de uma sensibilidade maior e mais distinta, era aniquilado, vencido pelos outros. Tinha razão? Faltava-lhe a gota de sangue negro para que tudo nele se equilibrasse?

– Vê, meu amigo. É fatal – disse Maciel negligentemente –, não há salvação possível para o nosso caso, é uma incapacidade de raça para a civilização...

– Oh! não. Isto não se pode concluir dos meus pensamentos. A crise da cultura aqui é motivada pela divergência dos estados de civilização das várias classes do povo. É preciso um pouco mais de identificação, como dolorosamente já se está fazendo. Não há raças capazes ou incapazes de civilização, toda a trama da História é um processo de fusão: só as raças estacionadas, isto é, as que se não fundem com outras, sejam brancas ou negras, se mantêm no estado selvagem. Se não tivesse havido a fatal mistura de povos mais adiantados com populações atrasadas, a civilização não teria caminhado no mundo. E no Brasil, fique certo, a cultura se fará regularmente sobre esse mesmo fundo de população mestiça, porque já houve o toque divino da fusão criadora. Nada mais pode embaraçar o seu voo, nem a cor da pele, nem a aspereza dos cabelos. E no futuro remoto, a época dos mulatos passará, para voltar a idade dos novos brancos vindos da recente invasão, aceitando com reconhecimento o patrimônio dos seus predecessores mestiços, que terão edificado alguma coisa, porque nada passa inutilmente na terra...

– O país será branco em breve – suspirou Maciel – quando for conquistado pelas armas da Europa.

E Milkau disse ao brasileiro:

– Essa Europa, para onde daqui se voltam os vossos longos olhos de sonhadores e moribundos, as vossas cansadas almas, cobiçosas de felicidade, de cultura, de arte, de vida, essa Europa também sofre do mal que desagrega e mata. Não vos deixeis deslumbrar pela exausta pompa da sua civilização, pela força inútil dos seus exércitos, pelo lustre perigoso do seu gênio. Não a temais nem a invejeis. Como vós, ela está no desespero, consumida de ódio, devorada de separações. Ainda ali se combate a velha e tremenda batalha entre senhores e escravos... Não há calma para a consciência, não há tranquilidade no gozo, quando ao vosso lado sempre alguém morre de fome... É uma sociedade que acaba, não é o sonhado mundo que se renova todos os dias, sempre jovem, sempre belo. E ainda para manter tais ruínas, os governantes armam homens contra homens e entretêm-lhes os ancestrais apetites de lobos com a pilhagem de outras nações. Tudo que se apresenta à flor da vida não corresponde mais aos fundamentos da vida... As leis, nascidas de fontes impuras para matar a liberdade fecunda, não exprimem o novo direito; são o escudo perturbador do Governo e da riqueza, e quem diz autoridade diz posse, diz servidão e destruição. Por tais leis os povos chegaram a esse excesso de grandeza que é o primeiro toque da decadência. Por elas tudo se baralha, toda a humanidade parece sem raízes na terra, passando, como se estivesse para morrer, sem cuidar dos que vêm surgindo após. Está vacilante, inquieta, nesse momento indeciso em que não teme mais a justiça vingadora e póstuma, que amedrontava no passado os espíritos, e nem pratica a maravilhosa Justiça que vai chegar amanhã para dar a todos o que é de todos.

"Nada corresponde ao Tempo. O espírito que morreu ainda anima debilmente o mundo... As raças deixaram de ser guerreiras e ainda se armam... Os povos abandonaram a religião e conservam os templos e o sacerdócio... A arte não exprime a vida, nem a alma do momento; a poesia volta-se para o passado, e a sua língua sutil, fina e mesquinha, sem seiva nem vigor, não é a lâmina poderosa e refulgente na qual se reflete a imagem dos novos homens. E por tudo isso que enlanguesce e definha, passa o veneno sensual, mórbido e pérfido, tirando a força ao homem e a bondade ao leite da mulher... Não a temais, que vos não pode escravizar; antes que se erga contra vós, ela se despedaçará. Não longe, os seus exércitos não se poderão mover, pois como a essas figuras carbonizadas desentranhadas da terra do passado, um sopro de vento os reduzirá a pó, o sopro benfazejo que tudo invade, tudo vence, como o bafo sagrado das divindades do futuro, e que são as forças redentoras da ciência, da indústria, da arte, da inteligência, do ódio e do amor e de mil outras potências ainda incógnitas, misteriosas e santas... E já as posições vão sendo tomadas insensivelmente pelos que as desprezam."

– É um grande mal – disse involuntariamente Maciel, numa voz imperceptível.

– É o primeiro passo e um grande bem. Que o Exército, a Magistratura, o Governo, o Parlamento, a Diplomacia, a Universidade e tudo mais que deva finar caiam nas mãos dos que julgam tais instituições como instrumentos do mal, criações grosseiras ou ridículas. Então os exércitos não marcharão...

– Não será a conquista fatal do País, onde isto primeiro se der? – arriscou o jovem brasileiro.

– Se tais consequências resultarem, serão tão fugazes e passageiras que não devemos delas cogitar. O domínio do vencedor dessas lutas inferiores será instantâneo, porque aquelas forças da ressurreição se comunicam invisíveis entre os homens do nosso grupo de cultura, e conduzem ao mesmo resultado neste sistema planetário, onde, destacando-se da nebulosa inicial, entrou o Brasil para sofrer conosco os mesmos sacrifícios, as mesmas transformações e, numa semelhança de destino mais funda que aparente, sonhar os mesmos sonhos...

Quando Milkau partiu, o juiz, ficando só, cismava em tudo o que acabava de entrever deliciosamente, nesse mundo a transfigurar-se, nessas ânsias para novas e mais belas expressões da vida, nessa esperança luminosa e feiticeira... E, apesar do deslumbramento da visão, as atribulações do momento venciam-no.

– Tudo desmorona em torno de mim. Já ninguém aqui se entende, e não tarda que eu mesmo seja estranho a tudo e nada mais sinta de comum com aqueles que são os homens de minha terra... O que me resta é ainda este sossego da família, este amor de mulher que me conforta, e esta criança que nos rejuvenesce, enquanto lá fora tudo vai desabando.

Não ouvindo mais rumor de conversa no escritório do marido, a mulher de Paulo Maciel entrou aí discretamente, como tinha por hábito todos os dias antes do jantar. Era esbelta, magra e ainda muito jovem. A palidez brasileira, doentia e diáfana, dilatava-lhe os olhos negros e faiscantes. Sentou-se no seu lugar de retiro e daí, arrancando o marido das cismas em que estava, foi-se reclinando suavemente para ele. Maciel, eternamente fascinado por ela, acalmou-se, e sem demora esquecido de suas devastadoras angústias e débeis revoltas foi em sussurro entretecendo com a companheira, como em fios de brando e macio cabelo de mulher, uma doce e infinda conversação. A noite vinha vindo, avançando e estendendo-lhes em silêncio os braços cheios de ternura misteriosa. E tudo foi uma volúpia, casta e sutil.

Mas não tardou que passos miúdos e velozes os sacudissem desse vaporoso adormecimento, e logo invadisse o aposento a figura em desordem de uma criança. Trazia as faces vivas e acesas, tremia-lhe o narizinho; os cabelos vinham debandados, e pela testa corria um suor gelado. Caiu nos braços da senhora, vibrando, abafada:

– Mamãe!

Esta, aflita e estupefata, olhando-a sem ver, recolheu-lhe ansiosa o corpinho.

– Glória! Glória! – murmurou.

O marido achegou-se a ela, e tomando-lhe umas das mãos, beijou a criança.

– Sosseguem.

Esta palavra foi dita varonilmente e trouxe lágrimas à mulher, como uma reação de alento, e Glória, a criança, enterrou mais a cabeça no colo onde se agasalhara. Neste momento entrou no aposento a criada, que, agitada, começou a explicar a angústia da menina, reconstituindo com largos gestos e grandes vozes, quase numa algazarra, um episódio da rua. Passeavam ambas quando uns imigrantes mendigos se acercaram delas, pedindo esmola. Algumas mulheres do bando desejavam com mãos descarnadas apossar-se das joias da menina, e uma mais ousada beijou-lhe o rosto; e enquanto forçava por tirar-lhe a pulseira, o filho arrancou-lhe o laço de fita, correndo numa gargalhada de triunfo. A criada defendera Glória, repelindo o grupo com o chapéu de sol, mas à sua energia tonta correspondera uma vozeria desbragada. Se não fosse a intervenção de dois homens que passavam, a luta não se terminaria logo. Mal puderam escapar, partiram desvairadas para a casa, no meio de imprecações de fúria.

Durante a narração, a moça segurava a menina pela cabeça, beijando-lhe frequentemente os amortecidos olhos de sonâmbula. Paulo Maciel, para diminuir nesta o natural e invencível horror aos pobres, tentou disfarçar o acontecimento, sorrindo daqueles sustos. A criança encarou-o indecisa. O medo dava-lhe o justo sentimento do real, e tornava vãs as palavras.

Procuraram distraí-la e desviar para coisas alegres e diversas a sua atenção, pois já aos cinco anos uma precoce e mórbida fantasia era-lhe doença d'alma. A invenção dos grandes não foi feliz e fértil naquele momento; as ideias lhes fugiam; eles paravam, cismavam, e apenas como recurso lançavam-se ao argumento que nunca trai, beijos, que foram então arquejantes...

A grande calma do crepúsculo aquietava-lhes, como num remanso, as perturbações, e só a menina de vez em quando tremia, segurando-se à senhora, a quem não sobrava regaço para ocultá-la, e abrigá-la mais e envolvê-la com os braços, perdidamente, maternalmente.

— Tenho medo, mamãe!

Depois, um soluço histérico, outro, mais outro, sucedendo uma modorra interrompida de instante a instante pelo crispar de suas garrazinhas aferradas aos pulsos da senhora, que tentava inutilmente adormecê-la. Os seus sentidos sabiam do pesadelo numa dolorida expressão de susto e de fadiga. Levantou a cabeça, fitou os outros com um sorriso leve, melancólico, que traduzia uma mansa agonia, rudimentar, inconsciente, a indizível tristeza das almas rudes, primitivas ou infantis. Moveu os lábios como quem ia falar, e os dois esperaram, em súbita transformação de alívio, a sua voz.

— Ah! Nós também fomos como eles, hein, mamãe! — murmurou Glória, brandamente.

A mulher de Maciel a princípio não percebeu toda a extensão daquele pensamento, mas do pouco que compreendeu ficou aterrada. Maciel, que estava a ler, deixou cair o livro, e enfiou olhos agudos na menina.

— Sim, mamãe, há muito tempo, longe, noutra terra. Nós andávamos na rua toda a hora, dormíamos na rua, você me carregava, quando eu não podia mais; papai me dava tanto...

A sua fisionomia transfigurava-se com essa recordação, e, em êxtase, voltada para a janela, parecia buscar dias passados. Os outros cismavam.

— Você se lembra quando a gente não tinha que comer e ia pedindo dinheiro? Você me beliscava para eu chorar e me empurrava dentro das lojas para pedir comida...

— Glória — disse Maciel — que tolices são essas? Não fales nisso... A menina moveu para ele o rosto. Quedou-se um momento calada, obedecendo à intimação. Ouviu-se um grande suspiro. Mas daí a pouco, como que irresistivelmente:

— Ah! que frio fazia lá. Aqui não se treme, não cai neve. Por quê, mamãe?... Você se lembra daquele chapéu que você tirou do menino na rua e me deu? Ih! correram atrás de nós, não foi, mamãe? Mas nós nos escondemos naquela casa escura, e eu fiquei com o chapéu bonito...

– Glória, Glória! – teve a moça forças de exclamar.

Paulo Maciel levantou-se convulso, tomou-a ao colo e mostrou-lhe uma estampa, que tirou precipitadamente do armário.

– Que bonito! – não se conteve a criança. – Me dá, papai?

– Dou, se não disseres mais tolices.

Ela pagou-lhe com um beijo. Voltaria à realidade o seu espírito desanuviado das névoas que o envolviam? pensou Maciel. E pousou Glória no chão com a gravura. A criança, porém, pouco se demorou em admirá-la; voltou à senhora que estava a chorar.

– Mamãe, não chore. Você tem tanto dinheiro... Você não apanha... Não é, papai?

Fazia-se escuro. A criada tardava em trazer o candeeiro. No completo repouso da casa, à sombra que abafava os últimos clarões da luz, a figura e as palavras de Glória, como a imagem e a voz de um passado horrível, que ressurgia em meio da felicidade, tinham ares de monstros. E ainda assim Maciel gozava um absurdo e requintado prazer intelectual naquelas tenebrosas visões da criança...

– Você não era assim, mamãe, como agora, boa para mim. Eu não tinha boneca, não tinha criada; nem cama! Andava suja. Não era? Você não tinha vestido bonito, não tinha dinheiro, não tinha anel!... Tinha uma pulseira que aquele moço lhe deu... Papai ficou zangado, você apanhou muito, hein, mamãe!...

A pobre moça desalentada parecia ver lágrimas no rosto do marido.

– O moço dormiu lá, quando papai foi preso pelos soldados. Me dava dinheiro, dizia que eu era filha dele, mas eu queria era meu papai... Papai voltou... você disse que ele era tonto... aquela mulher contou tudo...

Levantando os braços num imenso esforço de quem suspende algemas, Paulo avançou esboçando no espaço gestos inúteis para tapar aquela boca maldita e inocente.

– Mamãe também mordeu na rua a mão da menina para tirar o anel. Eu vi. Pensa que eu não vi? Agora a gente não tira mais de ninguém. Papai, cadê o homem que você quis matar com aquela faca?...

De repente, voltou-se para a senhora:

– Amanhã vou passear com o vestido cor-de-rosa? Levo a boneca maior, a Dulce, sim?

Murmurando umas desculpas, a criada penetrou no gabinete trazendo um candeeiro aceso.

– Emília, Emília, amanhã... – gritou Glória, partindo no seu encalço.

A mulher de Paulo Maciel abraçou-se a ele como a um rochedo. Agarrados um ao outro, fulminados pela sensação, olhavam correr a criança. A sua caridade amorosa colhia os frutos amargos de Canaã. Havia dois anos, num grande desespero de infecundidade, tinham aberto o coração àquela filha de uns imigrantes espanhóis. E agora, das células obscuras e implacáveis dela, surgia-lhes, como um castigo, uma existência de outros, um passado alheio...

11

Lentz vagava nas desertas margens do Rio Doce, e o seu espírito, atormentado pela solidão, retraía-se comprimido diante da serenidade desesperadora da terra. Sobre ele o céu cavado, longínquo, desdobrava-se sereno e luminoso, o sol abrasava um mundo parado e morto. Ia errante e perdido, embebidos os olhos no que ali era a única vida, nas águas vagarosas, deslizando como alma expirante. A implacável beleza do silêncio o exaltava, e ele passava amaldiçoando a impassibilidade do Universo, que não estremecia nem se agitava fecundo aos seus pés sobre-humanos. Na conspiração da calma, da solidão, da luz, do esplendor, do infinito, o espírito do homem delirava. E nesse delírio a memória apagava-lhe as origens da existência, o passado não tinha sido; e tudo, formas deliciosas das coisas, água, que ainda se movia, árvores silentes e concentradas, céus, sol, montes, nuvens, tudo era a expressão de vidas que se extinguiram, de seres que se agitaram cheios de alma, e que preparavam extáticos o leito admirável para o despertar do primeiro homem. E a nova existência das novas formas ia começar...

Lentz sentiu-se maravilhado pelo cenário, em que se abriam seus olhos sem passado, virgens e primitivos; mas o tédio de se ver único, errante, desalentava-o, e imortal, e infinito, mergulhava o espírito no tempo imemorial, e tremia de tristeza. E assim na região do silêncio as ânsias da criação agitaram o homem forte.

O princípio da vida, o ímpeto de repetir-se eternamente erguia-se nele, súplice e imperioso. Lentz quis que as suas forças íntimas e essenciais, desagregando-se, se fracionassem em parcelas imponderáveis e invisíveis, como partículas de luz, numa misteriosa fecundação do Nada. Ansiado, inquieto, doloroso, delirava... e uma ilusão perversa descortinava a sua imagem multiplicada em miríades de corpos formosos e serenos, como a geração de um deus. Deliciou-se extasiado nos olhos da sua raça, nos cabelos, nos membros e traços de glória, em que cada um resumia a beleza e a força do Universo... E tudo era belo, e tudo era bom, porque tudo era ele.

Depois, não tardou a chegar-lhe a invencível monotonia de se ver a si, a si indefinidamente. No desespero, quis voltar ao incriado, extinguir tudo, e gerar novos seres, que não fossem a sua imagem, que não fossem divinos, que gemessem, que morressem e fossem humanos. O criador lutou com o próprio espírito e o espírito, como uma força diabólica, indestrutível, venceu-o, criando sempre a mesma expressão, sempre as formas ele só. Ele... E que saíam da força solitária e desdenhosa, acompanhavam-no eternas e fatais. Lentz horrorizava-se de se ver a si mesmo, numa multiplicação infernal. Do alto da montanha, aonde chegara, precipitou-se, fugindo da multidão de fantasmas que o perseguiam amorosos e escravos e que eram ele, sempre ele... Aproximou-se do rio, voou sobre este num impulso de salvação, num desejo estranho de aniquilamento, de alívio... e parou. Sobre o cristal das águas a sua imagem o espreitava para o seguir ainda na morte...

E o delírio se repetia sob mil terríveis combinações, nos dias serenos que abrasavam a alma frágil e desvairada do solitário. E quando, nas noites sossegadas, os tormentos da nova vida sobre-humana não o mortificavam, ele penetrava na solidão infecunda do espírito e errava pelo deserto ululando, amesquinhado e cobarde. Implorava a companhia tenebrosa do vento, e o vento se calava àquela invocação satânica; com os olhos ardentes e devoradores, buscava, em vão, reanimar as coisas que adormeciam. A lua voltava para ele a sua lívida face de cadáver.

Um movimento de piedade trouxe Milkau à colônia. Durante todo aquele tempo, não esquecera o seu companheiro de destino. E, quando houve uma parada no processo, veio ao Rio Doce. Era ainda madrugada quando entrou no prazo, e logo no jardim abandonado, invadido pelo mato, que não perdoa e está sempre atento ao descuido do homem, Milkau adivinhou tudo. A casa estava aberta, e derrubado no chão adormecia pesado o corpo de Lentz.

Permaneceram juntos na colônia até o dia seguinte. O contato de Milkau alevantava e restabelecia o espírito do infeliz. E agora, num incomensurável pavor da solidão, este se ia deixando governar pelo instinto da ligação universal, e prendia-se numa afeição entranhada e decidida a Milkau, que o chamava ao Cachoeiro, à defesa e ao consolo do sofrimento. Um raio da luz que irrompia do martírio de Maria chegou a Lentz, que, obedecendo ao poder do inconsciente, contra que tanto lutara, curvou a cabeça e seguiu o amigo.

Na estrada, quando tudo se animava à passagem deles, e ventos, e pássaros, e árvores cantavam em volta, Lentz, recapitulando a curta história da sua desilusão, dizia consigo:

– Ah! como tenho saudades dos meus sonhos de audácia, dos meus desejos de ambições... E tudo isso que eu e ele ambicionávamos fazer é nada. Encontramos no nosso caminho a dor mesquinha e poderosa, e ela nos guia e nos transforma...

"Toda a maldade nele era obra da imaginação", refletia Milkau, acompanhando-o com o carinho dos olhos. "Mas não é a ideia que governa o homem, é o sentimento. A nossa força individual não é nada em comparação à força acumulada na vida. Que pode um só contra a corrente imperiosa e dominadora, formada pelas primeiras lágrimas, descendo das origens do mundo, avolumando-se, tudo arrastando, tudo vencendo, até que um dia seja um perene preamar de bondade e doçura? Que pode o homem, insignificante e inútil, erguer para desviar o curso, o ímpeto da piedade e da simpatia?"

Chegando ao Cachoeiro, foram logo à cadeia. Durante a ausência de Milkau, tinha conhecido Maria uma nova tortura, a que sai das perseguições da sensualidade. Com sua brancura, com a estranheza da sua raça, ela vinha já de algum tempo alvoroçando os soldados negros. A princípio, o aspecto severo da desgraça os afastara, envolvendo-a num círculo de respeito e de proteção; imperceptivelmente, porém, a convivência e a familiaridade foram permitindo que neles se erguesse o desenfreado desejo. Procuraram seduzi-la, comunicando-lhe por instinto a lubricidade; mas, quando a viram insensível e obstinada nas suas recusas, fugindo ao velho costume da prisão, onde as mulheres encarceradas eram amantes dos guardas, enfureceram-se e empregaram para vencê-la o medo, a força e a crueldade. As suas noites eram agitadas, escapando ela sempre de ser violada pelos soldados assanhados e bêbados. Debatia-se nas mãos deles, e salvava-se, ou pela disputa sensual da posse que entre os dois pretos se formava, ou pelo alarido levantado, diante do qual se recolhiam cobardes e espavoridos. E os dias, que lhe concediam, eram para vingar as lutas da noite, obrigando-a a trabalhar para eles como uma escrava, dando-lhe pancadas, negando-lhe alimento. E Milkau, agora na frouxa luz da prisão, notava, surpreendido, quão terrível fora a devastação da miséria no corpo da rapariga. Não se enganava ele sobre a exata situação da pobre vítima, por mais que esta lhe sorrisse, mostrando-lhe vislumbres de esperança e traços de resignação, querendo com esforço apagar a história do seu martírio escrita indelevelmente nos olhos famintos, no rosto murcho, nas mãos de esqueleto e no peito mirrado... Milkau teve a impetuosa ânsia de arrebatá-la dali e carregá-la afoitamente para longe, e pô-la onde as feras não fossem homens.

Durante o tempo que aí passaram, Lentz ficou silencioso. Pela primeira vez se via num cárcere, misturando-se com criminosos e réprobos. A sua velha alma aristocrática estremecia de repugnância, e o espírito de sonhador soberano e forte, que não se lhe tinha extinguido de vez, estranhava o contato da miséria, revoltava-se por se libertar da moleza, da piedade, ardendo em remontar às alturas do silêncio e do império. Mas era tarde: a garra da compaixão o prendia ao mundo, que ele também assim fecundava com o seu quinhão de sofrimento.

Na rua, quando saíram da cadeia, Milkau ouviu, como um eco do seu próprio coração, estes murmúrios:

— Pobre mulher! Como é triste a vida! Era o novo Lentz que falava.

Comovidos e angustiados, os dois amigos separaram-se. Enquanto o outro voltava a se recolher ao repugnante albergue do Cachoeiro, Milkau seguia sem propósito, vagando, para as bandas do Queimado, a região abandonada, onde fora a antiga cultura do lugar, e que atravessara no dia de esperança em que chegou à colônia.

Entrou na velha terra exausta e morta. Ainda no chão, que pisava, estavam os marcos deixados pela geração extinta e vencida... Um dia, tudo o que fora vida já por ali transitara... E agora, restos disformes de habitações humanas se sustinham petrificados, dolorosos e nus, e trepadeiras mesquinhas e bravas se esforçavam por cobrir-lhes o pejo de ruínas mutiladas. Nas colinas baixas e humildes da redondeza, destroços de pedras miravam com suas caladas máscaras de monstros a grande Terra em frente, as altas e viçosas montanhas, onde se fartava a força dos invasores... Perdido no largo e desdobrado espaço, o Santa Maria, desembaraçado das pedras que antes o faziam vibrar alegre e vivaz, passava vagindo mofino e lento... Tudo era lânguido, e vazio, e descampado, e deserto. Num canto da planície, uma moita de árvores extinguia-se mansamente. Elas vinham de outrora e ainda eram a derradeira vida que ali restava... Cadáveres de árvores derrubadas desmanchavam-se em pó, e outras de pé, tocadas pela morte, vestiam-se de púrpura e ouro, numa transfiguração gloriosa. O sol impaciente precipitava-se a mergulhar nos braços verdejantes e opulentos da Terra futura e mostrava ao Passado a outra face roxa, fria e morta... No silêncio dos ventos, cabras aconchegadas aos filhos roçavam-se nos oitões das ruínas, ruminando preguiçosas... Pássaros no céu desmaiado buscavam o pouso da noite... Àquela hora, no teatro da Agonia, Milkau cismava: "Não, eu não te fujo, doce Tristeza! Tu és a reveladora do meu ser, a razão da minha energia, a força do meu pensamento. Sobre ti me reclino, como se foras um insondável e voluptuoso abismo; tu me atrais, e estendo-te os braços nesse doloroso e invencível amor, com que o sonho ama o passado, a morte ama a vida. Antes de te conhecer, pérfida ilusão me entorpecia os sentidos, e a minha frívola existência foi a lúgubre marcha do inconsciente risonho por um caminho de dores. Nesse momento eu ainda te não buscava, sol moribundo! No meu rosto se estampava o riso contínuo e fatigante, e ele afastava de mim os homens, para quem a eterna alegria é morte... Mas tu, Tristeza, não estavas longe. Tu te sentaste à minha porta, numa postura de resignação e silêncio. E como esperaste! Um dia à alegria, de cansada, se extinguiu, e então soou para mim a hora da paz e da calma. Entraste. E como desde logo amei a nobreza do teu gesto! Oh! Melancolia! minha alma é a morada tranquila onde reinas docemente."

Milkau caminhou ainda iluminado pelos últimos clarões da luz. No céu não passavam mais os bandos das aves. O sol resvalara de todo no fundo do horizonte. A aragem se calara... O débil vagido da cachoeira ia-se perdendo para sempre. E Milkau cismava:

"A dor é boa, porque faz despertar em nós uma consciência perdida; a dor é bela porque une os homens. É a liga intensa da solidariedade universal. A dor é fecunda, porque é a fonte do nosso desenvolvimento, a perene criadora da poesia, a força da arte. A dor é religiosa, porque nos aperfeiçoa, e nos explica a nossa fraqueza nativa.

"Tristeza! tu me fazes ir até ao fundo das remotas raízes do meu espírito. Por ti compreendo a agonia da vida; por ti, que és o guia do sofrimento humano, por ti, faço da dor universal a minha própria dor... Que o meu rosto não mais se desfigure pelas visagens do riso cansado e matador; dá-me a tua serenidade, a tua séria e nobre figura... Tristeza, não me desampares... Não deixes que o meu espírito seja a presa da vã alegria... Curva-te sobre mim; envolve-me com o teu véu protetor... Conduze-me, oh!, benfazeja!, aos outros homens... Tristeza salutar! Melancolia..."

12

– Maria!

A desgraçada estremeceu; e com as mãos hirtas, estiradas, afastou de si o rosto que se inclinara sobre ela. Nas torturas do pesadelo, parecia-lhe que beiços roxos, sedentos e viscosos lhe buscavam os lábios...

– Maria, sou eu... – repetiu Milkau.

Ela abriu os olhos e ficou deslumbrada. A sua mão agora branda e lânguida tateava incerta para se certificar da súbita e estranha aparição do amigo. E gestos infantis e leves roçavam pela barba de Milkau numa inconsciente carícia...

– Vamos! Levanta-te... – disse-lhe ele, baixo e com firmeza, sacudindo o morno carinho, recolhendo e enfeixando com energia as suas forças mais intensas.

Obedecendo, Maria ergueu-se; e pela mão de Milkau foi seguindo pela casa meio escura. No corredor, a claridade da noite, que entrava pela porta da rua, aberta como de costume, deixava ver o corpo de um soldado negro dormindo numa postura brutal, como uma figura tosca e arcaica. A prisioneira alarmada quis recuar; Milkau tomou-lhe as mãos com império e passou com ela sereno e forte ao lado da sentinela, conduzindo-a para a noite e para a liberdade.

Fora, o ar sutil e frio que lhe penetrava nas carnes sonolentas e tépidas, o céu cristalino, a cintilação das estrelas, a largueza, a imensidade do espaço davam à fugitiva uma deliciosa vertigem, e, num esmorecido colapso, ela vacilou e veio se apoiar nos braços de Milkau, que a foi arrastando vagarosamente.

Enlaçados, caminhavam pela cidade calada e adormecida. Iam morosos; os passos dela eram vacilantes, e os pés, por tanto tempo entorpecidos, tropeçavam nas pedras soltas da rua. O silêncio inquietador enchia-lhe o espírito do antigo pavor que se não extingue nunca. Uma ou outra vez, cães sonolentos despertavam com o passar dos vultos, e ladrando se arremessavam em vão contra eles. E depois tudo voltava ao sossego ameaçador, que parecia ser a cada instante bruscamente interrompido pelas vozes da perseguição surgindo das casas acordadas... Mas só lhes chegava o chiar monótono e eterno da cachoeira. Dobraram de cautela, espiando com os olhos imensos e dilatados pela treva, as formas apagadas e sinistras do mundo. Era no ouvido delas assustadiça e trêmula, que Milkau ia falando:

— Fujamos para sempre de tudo o que te persegue; vamos além, aos outros homens, em outra parte, onde a bondade corra espontânea e abundante, como a água sobre a terra. Vem... Subamos àquelas montanhas de esperança. Repousemos depois na perpétua alegria... Vamos... corre...

Deixaram a cidade, e agora sem receio de despertá-la galgavam a montanha, lépidos e radiantes. A fria rigidez, criada pelo terror, se fora dos braços de Maria, que se prendiam aos de Milkau, tépidos e brandos.

Subindo, perdiam eles de instante a instante a vista do Cachoeiro, embaixo aos seus pés, coberto pelo manto cinzento e vaporoso da bruma, sobre que passava a luz exausta da noite úmida, levantando ali uma fosforescência vaga de nebulosa... E debaixo desse manto se desenhavam seres fantásticos, colossais, gigantescos, sem forma ainda imaginada... Um trecho do Santa Maria, lívido, morto, cortava como um gládio fumegante a várzea do Queimado, onde as colinas baixas semelhavam corpos deitados de heróis antigos e mutilados, corcundas e aleijões... Depois, nada mais viram; subiram ainda e entraram no bojo da mata. Os braços de Maria retesaram-se de novo e apertaram os de Milkau. Havia um rumor contínuo e aflitivo de vento mau nas folhas da grande massa. Iam inquietos, afundando os olhos na infindável negrura, donde vinha o clamor do mistério e do sofrimento das árvores castigadas. E o vento implacável ia passando, fazendo-as gemer rumorosamente... No vão das trevas, de espaço a espaço, pelas frestas descia a claridade, e do jorro de luz se formava dentro da floresta uma coluna alevantada do chão para o céu, atravessando o teto ondeante, e docemente iluminada pelos reflexos das árvores espectrais... Estreitados um ao outro, aspirando o aroma capitoso e perturbador que se desprendia das flores noturnas, caminhavam velozes. Milkau repetia no ouvido da companheira o seu apelo de sedução.

– É a felicidade que te prometo. Ela é da Terra, e havemos de achá-la... Quando vier a luz, encontraremos outros homens, outro mundo, e aí... É a felicidade... Vem, vem...

Assim espantava o terror, e Maria já se animava, recolhendo nessa voz acariciadora o canto mágico dos seus esponsais com a ventura. Subiram, voando, voando...

O caminho deixou a mata sombria e saiu pelas alturas descobertas. Era pedregoso, escasso, margeando o despenhadeiro. O passo da fuga moderou. Cautelosos e arquejantes, escalavam a subida. Milkau não mais falava, e os seus olhos mergulhavam no abismo e se perdiam fascinados na toalha branca e espumosa do rio... Maria quase não caminhava; fatigada e de pés maltratados, puxava com esforço o braço de Milkau, mais inclinada sobre ele, aquecendo-lhe o rosto com o seu hálito ofegante. Subiam lentos, arrastando-se unidos. A estrada tomava sempre pela beira de precipícios cada vez mais difíceis de vencer, e aos fugitivos, como uma zoada infernal, vinham os urros do Santa Maria, acorrentado no fundo do cavado e fragoso vale. E este se ia estreitando, e as ribas mais angustas pareciam se terminar, confundidas no horizonte, sobre rochedos escarpados e negros. Milkau desanimou, vendo-se perdido naquele recôncavo tenebroso, naquela solidão de pedra. Percorria-lhe os membros um suor gelado, e o corpo frio, alquebrado, abatia-se, escapava-se, desprendia-se para o abismo, para a morte... Maria, num assomo de pavor, recobrou uma estranha energia e tentou retê-lo, arrastando-o para a encosta da montanha. Ele olhou-a com os olhos desvairados, agarrou-a pela cintura, e com um sorriso diabólico, feroz e resoluto, gaguejou estrangulado:

– Não há mais nada... Mais nada... Só, só... A morte...

Maria resistia com fúria, debatendo-se nas mãos fortes do homem; rolaram por terra confundidos, lutando, destruindo-se, alucinados, doidos... O calor da mulher, já olvidado, incendiava-o implacavelmente agora; e no combate ele a estreitava com veemência, com ardor, beijando-a febrilmente, ferozmente. Também ela se apertava com fúria a ele, num acordar violento das suas entranhas... A tentação satânica da morte era mais poderosa... O Santa Maria urrava soturno e medonho... De um salto, Milkau ergueu-se, e arrebatando a mulher do chão avançou alegre e infernal para o abismo... e logo estacou. Os braços dela, enlaçando-se como correntes a uma árvore, o retinham. Pregados assim nessa postura, os dois desgraçados lutaram longamente, mas a força dele que a queria levar para a morte teve de ceder à dela, que os prendia à vida... E Milkau fraqueou por fim, caiu num súbito desfalecimento, aniquilado, confuso, e dos seus braços esvaídos desprendeu Maria. Ela, lívida, espavorida, sentindo-se em liberdade, deitou a correr veloz pela vereda de pedra, que aos seus pés medrosos e vivos se tornava macia e segura. Milkau, reanimando-se, seguiu-a. E as duas sombras, enormes, na obscuridade da treva, iam desfilando sinistras e rápidas pela aresta da barranca... Num momento, galgaram o alto da montanha, e pasmaram a vista nos livres descampados por onde descia a estrada. A agonia de Milkau se desmanchava à vista da planície dilatada e benfazeja, os ruídos desesperados e atraentes do rio morriam atrás, o abismo negro e assombroso passava como o tormento de uma vertigem; e agora eles se precipitavam numa campina suavemente esclarecida pela noite maravilhosa e límpida. Corriam, corriam... Atrás de si, ouvia ela a voz de Milkau, vibrando como a modulação de um hino...

– Adiante... Adiante... Não pares... Eu vejo. Canaã! Canaã!

Mas o horizonte na planície se estendia pelo seio da noite e se confundia com os céus. Milkau não sabia para onde o impulso os levava: era o desconhecido que os atraía com a poderosa e magnética força da Ilusão. Começava a sentir a angustiada sensação de uma corrida no Infinito...

"Canaã! Canaã!..." suplicava ele em pensamento, pedindo à noite que lhe revelasse a estrada da Promissão.

E tudo era silêncio, e mistério... Corriam... corriam. E o mundo parecia sem fim, e a terra do Amor mergulhada, sumida na névoa incomensurável... E Milkau, num sofrimento devorador, ia vendo que tudo era o mesmo; horas e horas, fatigados de voar, e nada variava, e nada lhe aparecia... Corriam... corriam...

Apenas na sua frente uma visão deliciosa era a transfiguração de Maria. Animada, transmudada pelo misterioso poder do Sonho, a Mulher enchia de novas carnes o seu esqueleto de prisioneira e mártir; novo sangue batia-lhe vitorioso nas artérias, inflamando-as; os cabelos cresciam-lhe milagrosos como florestas douradas deitando ramagens, que cobriam e beneficiavam o mundo, os olhos iam iluminando o caminho, e Milkau, envolto no foco dessa gloriosa luz, acompanhava em amargurado êxtase a sombra que o arrebatava... Corriam... corriam... E tudo era imutável na noite. A figura fantástica sempre adiante, veloz e intangível; ele atrás, ansiado, naquela busca fatigante e vã, sem a poder alcançar, e temendo dissolver com a sua voz mortal a dourada forma da Ilusão, que seguia amando... Canaã! Canaã! pedia ele no coração, para fim do seu martírio... E nunca jamais lhe aparecia a terra desejada... Nunca jamais... Corriam... corriam...

A noite encantadora recolhia-se, o mundo cansava de ser igual; Milkau festejou num frêmito de esperança a deliciosa transição... Enfim, Canaã ia revelar-se!... A nova luz sem mistério chegou, e esclareceu a várzea. Milkau viu que tudo era vazio, que tudo era deserto, que os novos homens ainda ali não tinham surgido. Com as suas mãos desesperançadas, tocou a Visão que o arrastara. Ao contato humano ela parou, e Maria volveu outra vez para Milkau a primitiva face moribunda, os mesmos olhos pisados, a mesma boca murcha, a mesma figura de mártir.

Vendo-a assim, na miseranda realidade, ele disse:

– Não te canses em vão... Não corras... É inútil... A terra da Promissão, que eu te ia mostrar e que também ansioso buscava, não a vejo mais... Ainda não despontou à Vida. Paremos aqui e esperemos que ela venha vindo no sangue das gerações redimidas. Não desesperes. Sejamos fiéis à doce ilusão da Miragem. Aquele que vive o Ideal contrai um empréstimo com a Eternidade... Cada um de nós, a soma de todos nós, exprime a força criadora da utopia; é em nós mesmos, como num indefinido ponto de transição, que se fará a passagem dolorosa do sofrimento. Purifiquemos os nossos corpos, nós que viemos do mal originário, que é a Violência... O que seduz na vida é o sentimento da perpetuidade. Nós nos prolongaremos, desdobraremos infinitamente a nossa personalidade, iremos viver longe, muito longe, na alma dos descendentes... Façamos dela o vaso sagrado da nossa ternura, no qual depositaremos tudo o que é puro, e santo, e divino.

Aproximemo-nos uns dos outros, suavemente. Todo o mal está na Força, e só o Amor pode conduzir os homens...

"Tudo o que vês, todos os sacrifícios, todas as agonias, todas as revoltas, todos os martírios são formas errantes da Liberdade. E essas expressões desesperadas, angustiosas, passam no curso dos tempos, morrem passageiramente, esperando a hora da ressurreição... Eu não sei se tudo o que é vida tem um ritmo eterno, indestrutível, ou se é informe e transitório... Os meus olhos não atingem os limites inabordáveis do Infinito, a minha visão se confina em volta de ti... Mas, eu te digo, se isto tem de acabar para se repetir em outra parte o ciclo da existência, ou se um dia nos extinguirmos com a última onda de calor, que venha do seio maternal da Terra; ou se tivermos de nos despedaçar com ela no Universo, desagregar-nos, dissolver-nos na estrada dos céus, não nos separemos para sempre um do outro nesta atitude de rancor... Eu te suplico, a ti e à tua ainda inumerável geração, abandonemos os nossos ódios destruidores, reconciliemo-nos antes de chegar ao instante da Morte..."